玛多娜生意

中国短经典

苏童 著

人民文学出版社

图书在版编目(CIP)数据

玛多娜生意/苏童著.—北京：人民文学出版社，2018

（中国短经典）

ISBN 978-7-02-014235-4

Ⅰ.①玛… Ⅱ.①苏… Ⅲ.①短篇小说-小说集-中国-当代 Ⅳ.①I247.7

中国版本图书馆 CIP 数据核字(2018)第 086087 号

责任编辑 **朱卫净 杜玉花**
装帧设计 **高静芳**

出版发行 **人民文学出版社**
社 址 **北京市朝内大街 166 号**
邮政编码 **100705**
网 址 **http://www.rw-cn.com**

印 制 **上海利丰雅高印刷有限公司**
经 销 **全国新华书店等**

字 数 **198 千字**
开 本 **890 毫米×1240 毫米 1/32**
印 张 **10.5**
版 次 **2018 年 9 月北京第 1 版**
印 次 **2018 年 9 月第 1 次印刷**

书 号 **978-7-02-014235-4**
定 价 **59.90 元**

如有印装质量问题，请与本社图书销售中心调换。电话：010-65233595

目录

玛多娜生意

1

那些年，我也做过生意。

我和庞德合伙的鸢尾花广告公司开张了五个多月，人气很旺，庞德每天都在公司接待好几拨客人，咖啡机烧坏了两台，一次性纸杯用掉了好几箱，但我后来得知，并没有一份像样的合同，那些人都是来找庞德谈艺术的。有一个摇滚乐手喝啤酒喝醉了，捏着那玩意儿在公司里跑来跑去，对着每一盆植物撒尿，嘴里高喊，come on！come on！那些杜鹃、龟背竹、发财树不知所措，没几天，就一盆一盆地枯死了。

必须介绍一下庞德。他是我的朋友，一个业余诗人，一名音乐发烧友，本业则是美术设计，朋友圈公认他为最有艺术才华的人，但现在，他是我们公司的经理，才华不能挣钱，要它何用？大家可以想见我的恐慌，五个月颗粒无收，我对庞德的敬佩，已经变成了愤怒。我多次奚落了庞德的无能，也顺带抨击了他所热爱的一切事物，诗歌的酸腐、音乐的无用，甚至诋毁了庞德最崇拜的大师毕加索，说他不过是个色情狂。也许是类似的电话接多了，庞德的抵御非常理智，逻辑性很强，他说，我请问你，失去一点金钱，就有资格诋毁艺术吗？然后我听着他对经营的失败做出流利的辩解：一切都归咎于一个香港天皇巨星的爽约，朋友介绍来的合作伙伴极不可靠，其中一个是诈骗犯，还有一位洽谈户外广告的家具商人，竟然是目不识丁的文盲。后来不知怎么提到了公司的名称，他埋怨我们盲目听从一个女画家的建议，注册了鸢尾花这个倒霉的名字。鸢尾的花季很短很短，知道吗？梵高画了鸢尾花就疯了，知道吗？现在可好，鸢尾的诅咒应验了，我也快被你们逼疯了。说到这里，他旧事重提，我本来是要叫南方草原的，记得吗？庞德大声嚷嚷，南方，草原，多么开阔多么好听的名字，是你们反对的。

那一阵子庞德还坚持续租太平洋酒店裙楼的写字间，悉数保留所有雇用的员工，每天西装革履，开着他的桑塔纳轿车出没在太平洋酒店。他对人心惶惶的员工说，放心吧，苹果树上的最后一只苹果，一定是最红最甜的。有人告诉我，他女朋友桃子生日的那一天，他给桃子送去了九十九朵玫瑰，这让我怀疑他对浪漫与享乐的追求，会把公司账户上最后一点余额挥霍一空。我再一次打电话谴责了庞德，也就是那一次，庞德与我翻脸了。我听见庞德电话里的声音变得傲慢而尖锐，你那点钱，可以撤走，我根本不在乎。然后在一阵蓄意的沉默之后，他向我亮出一张底牌，令人难以置信。玛多娜，玛多娜你知道的吧？庞德清了清喉咙说，我透露一个消息给你，玛多娜要来了，我们的大生意，马上来了。

我在太平洋酒店的咖啡厅里看见了庞德。

他和一个陌生姑娘面对面坐着，喝咖啡，说话，耸肩膀。与以往一样，庞德与姑娘在一起的时候显得格外帅气，意气风发，耸肩的动作会极其频繁。我走过去的时候，他似乎忘了之前的不悦，很大度地向我介绍了身边的姑娘。深圳来的简玛丽小姐，玛多娜生意的合作伙伴。他这么说着，看我猜疑的表情，用胳膊肘捅了我一下，轻声补充道，简老大的侄女啊。

庞德嘴里的简老大，我当然知道是谁。所谓广告界的大鳄和教父，一个传奇的成功人士，白道黑道还有红道，路路皆通。我只是本能地怀疑这笔大生意的真实性，庞德社交生活的浮夸与芜杂，多少让我对这个陌生姑娘心存戒备。我记得很清楚，简玛丽当时没有站起来，似乎是回敬我多疑的眼神，她皱皱眉，将一只手懒懒地伸出来，让我握一下，明显是作为恩赐的。她将嘴里的咖啡渣吐在纸巾里，团了团扔在烟灰缸里，愤愤地说，这叫什么咖啡？瞟一眼远处的侍者，又宽宏大量了，说，什么样的地方做什么样的咖啡，不计较了。什么时候我带你去喜来登，那儿的蓝山咖啡，还算不错。

是一个时髦、高贵而且神秘的姑娘，穿皮裙，短靴，白衬衫。肤色微黑，脸型稍显方正，谈不上多么漂亮，但是，有某种说不出的动人之处。当她的面孔朝向庞德，眼神单纯清澈，微笑的时候，那一丝妩媚与羞怯，似乎还属于一个少女，偶尔目光朝我瞥过来，一切都不同，我从她的脸上发现某种明显的骄矜与冷酷之色，我相信那是刻意流露的，对我的多疑，她给予了必要的报复。

我其实插不上什么话。他们在热切地谈论玛多娜。她的音乐。她的舞台。她的造型和头发的颜色。甚至谈及她新婚的丈夫，一个英国导演，他最近拍了一部什么黑帮电影，杀人，杀得很浪漫。我急于打探玛多娜巡演的代理细节，庞德明确阻止了我，称现在我们还没有资格商谈细节，鸢尾花能否承接这笔生意，还要等简玛丽回到深圳再说，一起都要简老大决定。听起来这是可信的。我问简玛丽，简老大是你叔叔还是伯父？她抿了抿嘴唇，用征询的眼神看看庞德，庞德照例耸耸肩。她突然凌厉地看着我，你猜呢？我并没有从她的眼睛里发现任何的虚弱，倒是看到一丝孩子气的调皮，我像庞德一样耸了耸肩，这怎么猜？她发出了突兀的一声冷笑，其实你猜得出的。然后她从包包里掏出一支口红，开始修补唇妆，问我，吕先生你听过玛多娜吗？我说我听过，就是一时不记得她唱了什么了。她斜睨我一眼，忽然灿烂地一笑，我知道你们这款男人最喜欢什么，《像一个处女》，你肯定喜欢吧？

玛多娜生意后来不了了之，这在我们很多人的预料之中。好在事情并未能向前推进，除了庞德陪同简玛丽去黄山和杭州的那点旅游费用，鸢尾花公司并没有什么损失。那个简玛丽究竟是不是骗子，暂时成为了我们心底的一个悬念，难以追究。

朋友圈内有人在上海遇到过简老大，有幸与他攀谈了几句，自然问起了那笔玛多娜生意，回答是确有其事，只不过中间人太多，演出承包商那边的预付没有谈拢，生意最后黄了。后来问起简玛丽这个人，简老大矢口否认，说他从来没有什么侄女。大家对简老大浪漫的私生活都有所耳闻，身边美女如云，否认是侄女，并不排斥是其他什么人，简玛丽与简老大的关系尚待多方查考，那朋友只好自己找台阶下，说，一定是碰巧了，姓简的人不多，那姑娘恰好也姓简。

鸢尾花真的很快凋谢了，广告公司关了门。庞德愤怒了几天，又沮丧了一阵，最后一次去公司的办公室，他枯坐在办公桌前，对着一本画册发呆，手里把玩着一把美工刀。有人注意到那是梵高割耳后的自画像，立刻引起了警惕，告诫他道：庞德你别想不开，公司开开关关很正常的，割了耳朵你怎么泡妞？割了耳朵你怎么听音乐？庞德说，别吵，我离发疯还早呢，我不过是在体会，什么是背叛，什么是悲伤。还好，庞德最后化悲痛为力量，他只是用美工刀在办公桌上刻了四个大字：壮志未酬。刻得缓慢艰难，因为是篆体的。之后他把美工刀扔在字纸篓里，扬长而去了。

有一段时间庞德销声匿迹。谁也找不到庞德，包括他的女友桃子。庞德向我们描述过他的好多人生计划，最惊人的莫过于去青海塔尔寺做喇嘛，其中并不包括失踪这一项。有人猜他是设法去美国了，那是他多年的梦想。但桃子说庞德被美国大使馆拒签了，无论是去拉斯维加斯听玛多娜的演唱会，还是去哈佛大学留学的计划，暂时都还是庞德的空想而已。

桃子是少年宫的琵琶老师，也是圈内公认的淑女，容貌酷肖邓丽君。之前庞德狂热地追求她，追了三年，还是个朦胧的恋人。桃子的父母嫌庞德浮夸不可靠，一直反对女儿的爱情。等到桃子终于说服了父母，准备谈婚论嫁，庞德却不告而别了。我们都同情桃子的境遇。她的生活已经习惯了两个内容：被庞德宠爱、孩子和琵琶。庞德不在，孩子和琵琶的陪伴便可有可无，桃子的生活彻底失去了平衡。她憔悴了许多，跑到庞德的所有朋友那里哭诉，言辞之间多少流露出对我们这班朋友的抱怨，是我们把庞德拉上一条贼船，现在船沉了，大家都不管他了。哭到伤心处，桃子要大家设法转告庞德一个限期，如果在六一儿童节之前不回来，她会抱着琵琶从少年宫的塔楼上跳下去。有点危言耸听，但桃子以满眼泪水告诉我们，那不是威胁。看着一个知书达理楚楚动人的淑女形象，转眼成为一堆绝望恐怖的碎片，大家都心痛，也感慨爱情的变幻无常。都说他们的爱情是一坛浓烈的蜂蜜，可是这坛蜂蜜居然就打翻了，打翻之后凝结成一把锋利的刀，连我们都被刺伤了。

寻找庞德，就这样成了一件人命关天的事，当然也成了我们这个朋友圈的义务。证券公司的小辛先找到了一丝线索。是一张用傻瓜相机随意拍下的照片，背景灯光紊乱刺眼，导致影像有点模糊，但还可以分辨出庞德那张意气风发的面孔，倚靠在他身边的那个外国女郎，银发红唇，艳光四射，引起了我们的一片惊叫，玛多娜玛多娜！那分明就是大家错失了的玛多娜。庞德真的去了美国吗，这么快，他就见到玛多娜了吗？

很快就冷静下来，不可能的。定下神来分析那个玛多娜，应该是一次模仿秀，一个替身而已。细看照片的一角，隐约可见庆祝什么股份公司上市的横幅标语。至于庞德身边的那个冒牌玛多娜，她眼神里放出的空茫而妖媚的气息，几可乱真，但仔细甄别容貌，应该是我们的同胞。是谁呢？有人说出了几个当红歌星的名字，而我当时就联想起了简玛丽，只是印象里的简玛丽的脸型稍显方正，做玛多娜的替身，她的脸该怎么拉长呢？还有鼻梁和眼窝，是怎么化妆的呢？

后来的消息证实了我的直觉。那个玛多娜，是蛇口玛多娜，所谓蛇口玛多娜，其实就是简玛丽。我们寻找庞德的义务，就这样演变成对一个外地女孩的暗中调查。

很快就水落石出了。简玛丽的履历背景，不像庞德说得那么神秘，也不像我们猜想的那么简单。她最初是川东一个小城的歌舞团演员，跟着几个朋友南下深圳，成立了一个舞蹈团，专门为晚会伴舞。舞蹈团不久散了，朋友各奔东西，只有她留了下来，拜师学声乐。有很多深圳一带爱泡夜场的朋友，见过她狂放的歌舞，说她唱功一般，经常对口型，但舞台形象令人难忘，劲爆火辣，性感无敌，蛇口玛多娜这个艺名，对于简玛丽来说是恰如其分的，她确实住在蛇口。有人了解到的信息属于隐私，说简玛丽曾经被一个香港的中年地产商包养，有一次不知为何拿了一只高跟鞋追打那个香港人，从电梯追到公寓大堂，再追到停车场，邻居们看见她用高跟鞋将香港人的轿车玻璃砸出一个坑，光着脚提着鞋子往回走，对邻居说，这下有点爽了。所以，她在那幢公寓里又有个特殊的绰号，叫作“有点爽”。还有一些人在电视上见过简玛丽。她参加过很多选秀活动，也在几部电视剧里跑过龙套，甚至还经商，是一种韩国美容乳液的代理商。关于简玛丽的种种消息，我们最关心的是她的现状。她的现状简洁明晰，却没有人敢告诉桃子。

听说在深圳，简玛丽与庞德已经同居了。

2

五月将尽的时候，桃子的父母和庞德的兄嫂联袂去了趟深圳，把庞德押回来了。

不知道为什么，庞德如此归来，竟仍然给人衣锦还乡的感觉。他约了我们一帮老友见面，不在以前我们的聚点太平洋，而是在喜来登酒店的西餐厅，喝香槟，吃牛排，花销明显要贵很多。桃子也在，她很少说话，只是以一种悲伤的手势握着庞德的手，告知我们爱情失而复得的艰辛。庞德穿了一套奇怪的镶白边的黑色西装，当我们对他的西装表示出好奇，他不以为然，说，你们是穿惯冒牌货了，少见多怪，知道吗？阿玛尼的新款，从来都这么出位。我们又问他出位是什么意思，他懒得解释了，耸耸肩，给我们递上了新的名片。公司名字叫热带风暴演出经纪公司，他身兼三职，法人、董事长、总经理。有个朋友讽刺地说，庞德你在深圳就这三个职务？不止的吧？庞德倒是不介意，自嘲道，别的职务，名片上就不写了。他身边的桃子听出了话音，脸上乍然变色，大家就不忍心再拿庞德开涮了。无论如何，六一的隐患已经消除，他们的复合是一件好事，至少省却了朋友们的烦扰。

最初谁也不知道，简玛丽尾随庞德，一起回来了。庞德后来声称他对此毫不知情，那是否谎言，我们一时无法证实。只是在事情发生之后，我们很多人联想起桃子那天在喜来登西餐厅的奇遇，她不过是去了趟洗手间，白色长裙的裙摆上，居然被人用口红打了一个红色的大叉叉。

那天是六月五日了，照理说桃子的通牒已经失效，但她还是上了少年宫的塔楼。学习琵琶的孩子们说，有个金色头发的玛多娜阿姨一直在等桃子老师，后来庞德叔叔也来了，他们在课堂里听见庞德叔叔与玛多娜阿姨在外面争吵，等到孩子们跟随桃子出去，庞德叔叔已经不见了。当天的琵琶课程因此草草结束。孩子们看见桃子和玛多娜阿姨说着话，先是在草坪上，后来桃子老师就拿着琵琶往塔楼上走，那个玛多娜阿姨跟在她身后。

他们站在塔楼上，塔楼上有一面鲜艳的少先队队旗迎风飘展，他们就站在那面旗帜下面，为爱情交涉。两个人影，一个是黑色的，一个是蓝色的。孩子们听不清他们在塔楼上的交谈，只是目睹了黑色与蓝色长时间的对峙，突然，他们听见了玛多娜阿姨尖利的声音，你跳啊，你跳我陪你跳！

孩子们看见他们的桃子老师扶着栏杆哭泣，看起来真的有跃身而下的危险。有聪明的孩子叫来了别的老师。书法老师先来了，据说他一直暗恋着桃子，他径直冲向了塔楼，随后少年宫的负责人严老师也来了，严老师不敢上去，她脸色煞白，嘴唇哆嗦着，向着塔楼质问，那位小姐，你从哪儿来？玛多娜阿姨回答，从地球上来。严老师跺了跺脚，又向桃子发出了严正的谴责，这是少年宫！看看你头顶的旗帜吧！桃子你别让爱情冲昏头脑，孩子们都看着你呢，当着孩子们的面，就在少先队队旗下面，你怎么敢？立刻下来！

桃子被书法老师扶下来的时候，一直用琵琶盒子遮着自己的面孔，很明显她不想让孩子们见到她崩溃的样子，但琵琶盒子遮掩不了她颤抖的身体。桃子的身体在颤抖，她不停地对孩子们说，对不起对不起，我太软弱了，不配做你们的老师。有个女孩上去扶住了桃子，出于一颗爱憎分明的心，女孩朝玛多娜阿姨啐了一口，你不是玛多娜，你是女魔鬼！

少年宫的人们都看着玛多娜阿姨。那天她黑衣黑裙，戴着两个硕大的贝壳耳环，脚踝上套了一圈彩色布条，布条上系了一只红色的铃铛。他们看见她皱起眉头，用纸巾擦去了女孩的唾沫。再抬起脸来，她猩红的嘴角出现了一丝宽容的微笑。你那么小，还不懂玛多娜。她用手指在女孩脸上刮了一下，有时候玛多娜是仙女，有时候她就是魔鬼。

3

简玛丽就这样成为了一个黑暗的传说。

六月发生的事情，让我们对庞德失望透顶，甚至无法确定他的归来，究竟是为了与桃子复合，还是为了与她做个了断，或者干脆相信，庞德到最后都没有拿定主意，他是需要桃子，还是需要简玛丽。对于庞德残存的友谊，迫使很多朋友向他晓以利害，告诉他简玛丽今天对桃子有多么冷酷，未来对你就有多么冷酷。庞德为简玛丽做出了辩护，你们不了解她。他说，她其实很善良。有人尖刻地问，跟一块石头比，还是跟一头狼比？他说，跟我们大家比。又说，跟我在一起的时候，你们不知道她是多么善良。这是可能的，因为爱情。大家没有反驳，他便来了精神，你们猜猜看，她收留了多少流浪猫？没人理睬，他自己回答，举起一个巴掌说，五只啊，她收留了五只流浪猫，一只叫白玛，还有一只叫花玛，跟我们睡在一起的。又期盼地看着大家，等待谁来提问白玛和花玛是什么意思，偏偏没人配合他，他只好自己解释，白玛是白猫，就是白色玛多娜的意思，花玛是一只花猫，花花玛多娜，懂了吧？看朋友们的表情充满讥讽，他无奈了，整了整领带总结道，我知道你们对她有偏见，你们不懂得爱，爱，是独占性的。告诉你们吧，是爱的独占性，才让她变得那么疯狂。

庞德留在了我们的身边。可以说，是在多种逼迫之下做出的选择，也许算是悬崖勒马，也许是出于对桃子剩余的爱，也许，仅仅是某种畏惧，他害怕桃子的以死相胁。不久之后，庞德与桃子举行了婚礼。桃子那天的打扮，以及她的一颦一笑，都酷似我们众人热爱的邓丽君，有个朋友注视着容光焕发的新娘，忽发感慨，说，毕竟是在我们的地盘上，看，邓丽君打败了玛多娜！

我们挽留了庞德，多少也为自己挽留了一些累赘。庞德的热带风暴公司还在，只是离开了简玛丽，也就离开了玛多娜，

离开了玛多娜，他对自己能做什么陷入了空前的迷惘。他与桃子的婚房坐落在聋哑学校附近，有一天路过那里，他看见两个美丽的聋哑女孩在学校门口以手语激烈争论，忽发奇想，决定要组织一场聋哑人辩论大赛，让电视转播。必须承认，我们的朋友圈里不再有人愿意再与庞德合作，却有人还愿意赞美他的创意和智慧。庞德受到了鼓励，开始为此奔忙。聋哑学校方面倒是有兴趣借此推广他们的品牌，电视台也勉强承诺，可以先录一台节目，看看节目效果再说。关键是赞助商，要找一个愿意赞助聋哑人辩论的商家，很不容易。那一段时间里我们频频接到庞德的电话，记得最清楚的就是庞德沙哑而充满激情的声音，类似宣言，也好像是恫吓。会轰动的，这一次，商业效益跑不掉，社会效益无法估量，一定会轰动的，他说，你们现在敷衍我，到时后悔也来不及！

只剩下桃子陪着庞德，到处游说。那个做大理石生意的郝老板，我们原来都不认识，听说是桃子的琵琶班上一个学员的父亲。庞德能够与郝老板签署赞助协议，是琵琶，或者说是弹琵琶的桃子立下了汗马功劳。庞德那一阵子去赴郝老板的饭局，总是带着桃子，或者说，是桃子带着庞德和琵琶，吃完饭，她照例要为满桌客人弹一曲《春江花月夜》。我们知道，那是桃子最擅长的琵琶曲。

电视台录制节目的前夕，我们很多人受到了庞德的邀请。为了见证庞德这次辉煌的起步，我也去了电视台的录播大厅。

庞德忙得团团转，无暇顾及我们，只是匆匆地向我们介绍了郝老板。那是个胖胖的黑乎乎的福建男人，笑起来很憨厚，眼神里又透出几许精明，桃子陪着他，不知为什么，看起来并没有多少成功的喜悦，倒是心事重重的样子。

聚光灯下的聋哑孩子们在辩论一个关于爱与怜悯的主题，相信那是庞德的构想，对于孩子们来说有点难了，所以我不断地看到一个美丽的聋哑女孩忘记台词，急得要哭的样子，另一个男孩则情绪激烈，以旋风般的手语向对手发起攻击，我问旁边的人他说了些什么，原来那男孩在控诉对手不配谈爱与怜悯，昨天夜里他还被对手逼迫，喝了一杯尿液。突然，那男孩涨红了脸，以手做枪，扳动扳机，向对手做了个开枪的动作。下面一片哗然，有人不停地哄笑，我隐约听见庞德在摄影机那边大叫，红方红方！二辩住嘴！CUTE！CUTE！

桃子和郝老板静静地坐在一起，有点混乱的录像场面并没有影响他们的坐姿。他们的腿应该在一起，挨得近一些，无伤大雅。但是我无意中瞥见，他们的手在暗处交流。郝老板抓着桃子的手，尽管很快被桃子推开，但我相信，那不是我的幻觉。在郝老板与桃子之间，似乎已经发生了什么。我所不能确定的是，在桃子与庞德之间，到底发生了什么？这么快，桃子就决定背叛庞德吗？为了庞德，桃子背叛了庞德吗？他们之间那份以命相许的爱情，再一次让我陷入了疑惑之中。

庞德的聋哑学生辩论大赛在电视台播出了一期，紧急叫停了。有关部门认为节目导向不明，又涉及特殊人群，没有任何积极意义。庞德写了洋洋万言的申诉材料，奔波于各个部门，最终徒劳，不得不放弃了他的心血之作。之后他疝气发作，住进了医院。我们到医院去看他的时候，他有点委顿地总结了自己的得失，我跟官僚机构天生打不了交道，我还是适合做音乐。他说，你们知道吗？玛利亚·凯丽要到香港了！大家一下就都不说话了。庞德的眼睛放出光来，我过几天准备飞香港，去见见她的经纪人，我有个同学在纽约，认识那个经纪人。我们看他的眼神，等着他的下文，果然他的声音开始变得神秘，那个经纪人对中国市场很有兴趣啊，这是个好机会，你们有兴趣吗？

我们因此提前离开了庞德的病房。在走廊上，我们遇见了桃子。桃子一脸倦容地提着她的琵琶，说是刚刚去乐器行给琵琶换了弦。我们问她是否要跟庞德一起去香港。她露出一丝哀婉的微笑，还去香港呢，机票都买不起了。现在都是我在挣钱养家。她突然拨响了琵琶，拨出一声刺耳的杂音，我现在，上门给学生做家教啊！

4

那年冬天多雪。

庞德在一个雪夜不约而至，敲响了我家的门。一定是临时起意，我注意到他只穿着毛衣和睡裤，满身雪花，看见我他的手举起来，亮出一只料酒瓶子，你看，我家里的料酒都喝光了。他说，现在没地方买酒，你借我一瓶酒。

他的眼神是破碎的，走路的脚步已经踉跄。我把他扶进屋子的时候，他很感恩，忽然在我脸上亲了一下，喷出一嘴酒气。他说，还是朋友好，只有友谊，可以天长地久。

其实我猜到发生了什么，桃子去为郝老板的女儿做家教，做出了些意外的插曲，庞德与桃子分居多日，朋友圈里已经有所耳闻。大家没有想到的是，庞德悬崖勒马，桃子变了心。听说郝老板的妻子曾经找到少年宫去，不知为何，最终也跑到了少年宫的塔楼上。桃子跟着那女人，与她并排站在一起，桃子说，你想想好要不要跳，要跳就数一二三，我陪你跳。这件事听起来很像谣言，桃子这么快就变成了简玛丽，谁也不敢轻信，但有人认识少年宫那个美术老师，按照他吞吞吐吐的口径来推敲，似乎那是真的。

我不知道该怎么开导庞德。我们坐下喝酒。他不说话，指指喉咙，捂捂胸口，意思是嗓子哑了，心碎了。我害怕他跟我谈论他的婚姻危机，试探道，你喝成这样，我们还是谈谈诗歌谈谈音乐吧，要不谈谈毕加索也行。

他目光炯炯地审视着我，看透了我的畏惧，忽然发出一声尖锐的冷笑，诗歌，是狗屁。音乐，也是狗屁。顿了一下，打了个嗝，他哑着嗓子说，毕加索算老几？他不过是艺术的男妓。

我几乎要笑，不忍心，打岔道，玛多娜呢？玛利亚·凯丽呢？她们是什么？

他想了想，没有再贸然羞辱他曾经的偶像，只是坚定地摇着头，我现在不听她们了，一个太商业，一个太肤浅了。他说着从毛衣里挖出一张CD来，你可以放一下听听，震撼，震撼，我现在天天听这个，听一下，心情就好多了。

是一张黑色封面的进口CD，银色的骷髅头长了两片鲜艳的红唇。我不认识那一排花哨的洋文。庞德介绍道，骷髅玫瑰乐队，曼哈顿的地下摇滚。我好奇地把CD放进音响，先听见一阵阵呻吟，伴随着玻璃碎裂汽车奔驰和推土机打桩机的噪声，然后各种电声乐器涌入，夹杂着一个女声疯狂的尖叫。正值夜深人静时分，我赶紧把CD退出来，问庞德，谁给你的CD？吵死人了。他的脸上又出现了我所熟悉的神秘表情，你猜？我照例不猜。他说，是简玛丽给我的，她现在在纽约。又问，你知道那女主唱是谁？我摇头。他说，听不出来？就是简玛丽啊！她的乐队，键盘，吉他，贝斯，鼓手，不是白人就是黑人！他们去过黑暗厨房演出，黑暗厨房你听说过的吧？简玛丽现在不跳舞，做地下摇滚，成功了！

我知道简玛丽去了纽约。我以为她是去寻找玛多娜的，预计她暂时会在一家中餐馆或者服装厂洗衣店打工。庞德嘴里简玛丽的成功，我凭本能觉得可疑。然而，庞德不容我对简玛丽的成功提出任何质疑，他捏着拳头捶了下大腿，我错过了她，我说过只要给我五年时间，我就会把她打造成国际巨星，你们都不相信我。庞德说着说着伤感起来，抱住头说，我错过了她。也错过了我自己的幸福，我不怪你们，怪我自己被绑架了。我一惊，谁绑架你了？他愤愤地看着我，突然吼道，道德！还有你们这帮虚伪的朋友！你们利用了我的善良！然后是他所擅长的自问自答环节，善良是什么东西，你知道吗？他说，告诉你们吧，善良，是个最大最臭的道德狗屁！

窗外大雪飘飞。我想象此刻纽约的街道上说不定也在下雪，此刻的简玛丽会在做什么，我的头脑里却一片空白。我与简玛丽匆匆一面的印象已经模糊，说起简玛丽，我眼前浮现的竟然都是玛多娜且歌且舞的样子，有点吵，有点窒息，但某种妖娆的挑逗隔空而来。真的有点奇怪，一个川东姑娘，就这样以玛多娜的形象驻扎在我记忆里了。

那个雪夜庞德留宿在我家里。他酒醉严重，去卫生间吐了两次。第一次呕吐的间隙，他还清醒，向我透露了下一个人生计划，说他在等简玛丽的绿卡，她有了绿卡，他就可以去美国了。第二次呕吐很厉害，庞德抱住马桶，流出了眼泪。他抱着马桶哭泣，有点胡言乱语了，他说他恨不能从马桶里钻到美国去，要是可以钻过去，简玛丽一定会在下水道的出口等他。

5

现在看来，庞德的去国之路，其遥远程度堪比丝绸之路。简玛丽的绿卡遥遥无期，而庞德等不及了。是一个旅行社的朋友替他安排了一条漫长而诡谲的路线。他先去了云南，从云南去了越南，从越南去了澳大利亚。按照他们事先的计划，最终还是要越过太平洋，目的地确定不变，是美国。

大多数朋友都收到过庞德在悉尼歌剧院门口的照片，是与卡拉扬的演出广告合影，他说他听了卡拉扬的音乐会，无比震撼，还将去听瓦格纳的歌剧《尼伯龙根的指环》，必将更加震撼。这如果是真的，当然令人羡慕，只可惜无从证明。悉尼有我们的朋友。最初我们听到他的消息，大抵是找工作找住房之类的琐事，庞德没少去麻烦别人，后来便失去他的音讯了。大家以为他是设法去了美国，后来知道，庞德没有能去美国，不清楚是他无能，还是简玛丽那边的变故，他瞒着悉尼的朋友，去了新西兰，到一家葡萄园摘葡萄去了。

没有人料到他在新西兰摘葡萄，摘了那么多年。也是葡萄，后来与庞德结下了不解之缘。大约是五年之后的一个夏天，朋友圈里纷纷得知一个消息，庞德回来了，兜里揣着一本新西兰护照。他以一个葡萄酒酒庄经理的名义回来，回来开拓营销市场，顺便邀约了过去的朋友，参加一个品酒会。

五年后的庞德依然相貌堂堂，衣着考究，我们想象的艰辛与沧桑在他的脸上并没有留下多少痕迹，只是白色的紧身西裤夸大了他的肚腩，看起来是发福了。他向我们展示了几款葡萄酒，不停地说着单宁、甜度、果香、黑品诺之类的词汇，我们都听不懂，只是注意到席间有个戴耳环的白人男子，看起来四十岁左右的样子，忙着招呼几个洋人，不时与庞德传递眼神，热烈，多义，还有点诡秘。我们都察觉到他与庞德之间关系亲密，悄悄打听他的身份，庞德说，他是杰克，伟大的酿酒师啊。庞德忽然笑了，笑得有点腼腆，大家都看着他，不明白他笑什么，然后我们就听见庞德压低声音说，他妈的，我明明是一串西拉，被他酿成了一杯夏多内！

我们都对葡萄酒一无所知，也就没有人听得懂庞德隐晦而真诚的告白。庞德的美国梦，他自己已经放下，我却记得清楚。我想起那个雪夜庞德的誓言，忍不住追问他，这些年来，你究竟去没去纽约，见没见过简玛丽？他叹口气说，去了，见了，人家已经是两个孩子的妈妈。我问他简玛丽嫁给了什么人，他说，谁也没嫁，一个女孩，是跟白人的混血，一个男孩，是跟黑人的混血。我一时默然，问，现在呢，她会不会还在等你？他又耸肩，做了个天知道的动作。我试探庞德，你为什么还是单身，你还在等她吗？他发出一种短促而夸张的笑声，不知道是对我的愚蠢表示轻蔑，还是表示感伤。你知道我在等谁吗？他的笑容很快变得狡黠起来，瞥一眼远处杰克的身影，打了个响指，告诉你，我和杰克在等李嘉诚，李嘉诚已经收购了我们隔壁的酒庄，我们在等他收购我的酒庄。又晃了一下手里的酒杯，你看我们的酒，这酒体，这果香！庞德说，都是黑品诺，都在玛尔堡，我们不比他们差啊！

庞德与简玛丽依然隔着太平洋，天各一方。他们之间，似乎还刻意保留着朋友关系。两年前的一个春天，我忽然接到庞德打来的电话，说简玛丽要带着孩子回国探亲旅游，会在我们这个城市停留，他要我们几个朋友替他招待一下简玛丽。坦率地说，大家都想看看这个传奇的简玛丽，现在是怎样的一位母亲，朋友们都一口应允，为了纪念大家的相识，也为了向一个破碎的爱情故事致意，我们特意将他们安排在太平洋酒店。

我们请简玛丽一家吃饭。简玛丽带着两个混血孩子，姗姗而来。她那天穿了件白色镶嵌蓝边的旗袍，头发恢复了黑色，盘成一个复古的圆髻，她的脸被很厚的粉底罩住，口红很重，岁月的痕迹被谨慎地涂抹之后，看起来很像是从前二十世纪三十年代的烟草广告女郎。有人这么直白地说出自己的感受，她淡然一笑，说，我的打扮很正常啊，现在纽约流行复古风。

我带去的葡萄酒来自庞德的酒庄。她瞥一眼酒瓶就猜到了，说，基佬酿的酒，味道都很复杂，我要多喝一点。果然就喝了不少，人也显得松弛了。席间不知是谁提起了桃子，被人在桌子底下踢了脚。没想到她倒坦然，主动问，听说桃子后来嫁给一个大富翁了？听说有几个亿？大家猜到是庞德夸大其词了，在任何时候，我们都需要掩护庞德的虚荣心，没有人轻率地接茬，简玛丽也没有再追问下去。庞德酿造的葡萄酒在她身上起了奇妙的效用，她勤于回忆往事，又毫无保留地披露她在纽约的生活。是她自己主动提起了少年宫塔楼上的那件往事。说到跳楼，真的没什么大不了的。我在曼哈顿，差点也要跳，三十七层的大厦啊，比少年宫那塔楼高多了。她这么说着，诚恳地看着我们，我不光是为了爱情，也是为了房租，为了，为了——心碎。她艰难地选择了心碎这个词汇，眼睛里忽然闪烁出一丝泪光，我都已经写好遗书了，我已经走到楼顶了，知道是谁救了我吗？空气骤然紧绷，大家都紧张地看着她，猜测她要宣布的人选，我记得我当时思维偏向电影化，脑子里跳出的是玛多娜，而我注意到对面小辛的嘴形，他明显轻轻吐出了庞德的名字。简玛丽抿了一口酒，以莞尔一笑，原谅了我们的轻浮或愚昧。别猜了，你们猜不到的。她突然用手指着她的混血女儿，是露西亚，露西亚那年才五岁，她穿着睡衣追到楼顶上来了，她对我说，妈咪你别丢下我，我陪你跳，你抱着我，我们一起跳。

一时满桌静默，谁也不敢说话，大家的目光都聚焦在露西亚脸上。露西亚是一个美丽的混血女孩，腿很长，头发是亚麻色的，眼睛有一点点发蓝。我们很少见到蓝眼睛，难以定义露西亚的眼神，它流露的究竟是纯真还是早熟，是羞怯还是无畏。她正与弟弟一起玩游戏机，这时候抬起头，以一种谴责的目光看了看她母亲，她用英语说，妈咪，你喝多了。我不准你再说话了。

简玛丽吐了下舌头，果然不说话了。为了调节气氛，有人小心地与露西亚搭讪，露西亚，小美人，你喜欢玛多娜吗?

露西亚摇了摇头，说，不喜欢，玛多娜早就过时了。

她的名字

1

她家隔壁有个胖女孩，与她同龄，名叫顾莎莎。顾莎莎的上身像一只砀山梨，双腿像一对洗衣槌，她的身材不知要比顾莎莎苗条多少倍，但是顾莎莎不叫福妹，是她叫福妹。她家的斜对面还有个少女，名叫凌紫。凌紫是她的好朋友，除了脸上有几颗青春痘，长得算是俏丽的，她自知容貌普通，不及凌紫，幸运的是，她的皮肤好，她的皮肤不知要比凌紫白皙多少倍，这一点，连凌紫也羡慕不已。但是，世上就有如此不公的事，人们亲昵地称胖女孩为莎莎，喊她的好朋友阿紫，她却被唤作福妹。有什么办法呢？要怪就怪祖母赐予她的名字。她的名字就叫段福妹。

长大之后，福妹一直嫌弃自己的名字。

嫌弃到最后，几乎是痛恨了。她认为这个俗气而卑下的名字，令她无端蒙羞，它像一个羞耻的记号，刻在她的身上，提前毁坏了她的生活。她质问过父亲，为什么哥哥叫段明，弟弟叫段勇，我要叫福妹？哪怕叫段红也行，凭什么让我叫福妹？段师傅认为女儿无理取闹，他说，叫什么还不一样？你的名字是奶奶取的，她心疼你，指望你以后有福气，你怎么就不知好歹？她继续问责父亲，为什么哥哥弟弟的名字是你取，我的名字就要让奶奶取？父亲说，你妈妈生你的时候，奶奶从乡下来伺候月子，赶巧了。她沉默了一会儿，突然跺脚道，谁要她来的？这个乡下老太婆，害死我了！她对祖母的不敬引起了父亲的愤怒，为了这次泄愤，她挨过父亲一个响亮的耳光。

2

她一心要更名，与自己的名字一刀两断。

摆脱祖母愚昧的祝福，从侧面报复父亲对她这个生命的轻慢，这让她感到一丝反叛的喜悦。她在纸上草拟了好多新的名字，拿给阿紫看。阿紫毫不掩饰对那堆名字的鄙夷，什么姗姗？什么小洁？什么美娜？笑死我了，你挖空心思，就琢磨出这些好名字？都烂大街啦！她委屈地叫起来，美娜都不好？

段美娜，多洋气啊！阿紫撇嘴说，还洋气呢，收购站那个胖阿姨就叫陈美娜，你要跟她同名？你崇拜她？她无趣了，赌气撕掉那张纸，说，反正哪个都比福妹强，我叫什么都行，就是不叫福妹了，我一写自己的名字，就觉得那两个字张着嘴，笑话我！

阿紫应允她，三天之内为她选择一个好名字。福妹相信阿紫的品位，天天去催阿紫，但她等来的，不过是段嫣这个名字，虽然摆脱了土气，看起来还是普通。福妹不解其意，问，段嫣有什么好？这个嫣字，还那么多笔画，写起来烦死人。阿紫指着自己的鼻子，我叫什么？我叫凌紫，你叫段嫣，我们两个配在一起，就是姹紫嫣红，绝配啊。福妹念叨了几遍段嫣这个名字，还是失望，说，你那个紫很雅致，我这个嫣，很一般嘛。阿紫说，你懂什么？凌紫段嫣，你要连起来念，连起来，很好听的！她听从阿紫的命令，把两个名字连起来念，也许她太崇拜阿紫了，也许是暗示的力量，福妹的口腔里发生了奇迹，那四个字的音节如同花草缠绕攀援，她依稀看见了一片姹紫嫣红的新世界，两朵花，她与阿紫，紧紧依偎，真的像两朵花，呈现出公平的美丽。她爱上了这个名字，它不仅妩媚，还因为与阿紫的名字配了套，结了盟，显示出一种强大的不可轻侮的力量。

3

她心里清楚，在更名的问题上，父亲的障碍无法清除，无论改一个什么样的名字，他都不会同意，唯一可行的是先斩后奏。她偷偷从家里拿了户口簿，约上阿紫，一起去了派出所。

值班民警刚刚处理完两个家庭的斗殴事件，白制服的胸口留下了一摊暗红色的血迹，非常刺眼。对于两个少女的来访，他很不耐烦，捣什么乱？名字能随便改吗？未成年人，不得擅自改名，要改名需要家长申请，还要所长批准！福妹不懂得如何与人交涉，更不擅长求人，自然是阿紫替她出头。阿紫伏在窗口，叔叔长叔叔短地央求了半天，未见分晓，后面的福妹呜呜地哭起来了，嘴里埋怨道，官僚主义，官僚主义！民警说，我这算官僚主义？好，我这个官僚主义，专门对付你的自由主义。又发牢骚说，现在的小姑娘，都让父母惯坏了，为个名字，有什么好哭的？叫福妹有什么不好？不是很喜庆的吗？她反唇相讥道，既然福妹这个名字好，你为什么不叫福妹？那民警被她的锐利惹笑了，亮出他的证件说，你让我叫福妹？那你要不要叫大刚，干脆我们俩换个名字？

他们终究知道派出所是个冷酷的地方，再缠下去也是徒劳，阿紫拉着福妹跑出派出所，低声说，现在什么事都要走后门的，你要去找李黎明，李黎明他爸爸，是这里的所长。福妹脑子里浮现出一个瘦高挑少年的身影，穿一身运动服，膝盖上毫无必要地绑了两块蓝色护膝，他不是在刀具厂门口的小广场踢足球，就是和几个男孩坐在善人桥上，看来来往往的路人，傻笑，或者无端起哄。她从来不与陌生男孩打交道，有点畏难，对阿紫说，他们男孩不喜欢我的，你帮我去说说看，你那么漂亮，李黎明肯定会给你面子。她的奉承取悦了阿紫，但阿紫面有难色，说，听说那个李黎明是花花肠子，他喜欢跟女孩子接吻的。福妹哎呀叫了一声，脸色已经绯红，嘴里说，什么接吻？说那么肉麻，就是让他亲一下吧？阿紫朝她翻了个白眼，你是装傻还是真傻？亲一下是亲一下，接吻是接吻，两回事！又皱起眉头说，听说李黎明有个笔记本，专门记录女孩的名字，吻一个记一个，说是要记一万个名字，以后去申请吉尼斯世界纪录！福妹听得愣怔，醒过神来，轻蔑地说，吻一万个？他神经病啊？别人又不是傻子！

要不要去找李黎明，他们谁也不敢拿主意。两个人尽量避免直视对方，双方的目光因此显得鬼鬼祟祟的。路过善人桥边的水果店，他们闻到了一股水果散发的甜酸味，阿紫说，进去看看，肯定有处理水果卖。架子上果然有一堆桃子，标价是五角钱。阿紫说她要吃桃子，掏掏口袋，又说忘了带钱，福妹便知趣地掏出她仅有的五毛钱，买了四个桃子。

他们往善人桥的桥堍下走，去石埠上洗桃子。桥洞里似有人声，他们知道善人桥特有的地形，从石埠上稍微花点力气，便可爬到圆拱形的桥洞里，遇到大热天，经常有男孩子聚集在那里打牌消暑的。但这一次，他们的脚步声惊动了一个穿绿色连衣裙的女孩，她突然从桥洞里跳了出来，用一块手帕蒙着半张脸，慌慌张张地奔上石埠，像一支箭，从他们的身边掠过去了。他们吓了一跳，回头瞪着那个绿色的背影，福妹问，是谁？你看清楚了吗？阿紫说，可能是桃花弄的乔莉，她的眼睛像猫眼睛，有点发绿的。又压低声音，吞吞吐吐地告诉福妹，她，那个作风，很那个什么的。

他们蹑手蹑脚地下到水边，蹲在石阶上洗桃子，洗得并不专心，两个脑袋都小心翼翼地转向桥洞。桥洞里的另外那个人，恰巧是李黎明。李黎明若无其事地站在桥洞里，不仅不躲闪，反而有点炫耀，他的后背倚靠在桥洞壁上，虚了一只眼睛，叼着香烟，膝盖上的两块蓝色护膝在暗处闪闪发亮。福妹和阿紫对视了一眼，用四只桃子在水里展开对话。阿紫的桃子撞了一下福妹的桃子，表达的几乎是惊喜：看看，看看，我没骗你吧？他在这里吻乔莉！而福妹的桃子反撞阿紫的桃子，传递的是紧张与慌乱，怎么办？我们怎么办？她用桃子向阿紫讨教主意，阿紫是知道的。阿紫站起来，用牙齿慢慢地清理桃子的皮，嘴里评论的是桃子，她说，处理无好货，这桃子一点也不甜。

是李黎明先跟他们搭讪的，准确地说，李黎明是在跟阿紫搭讪。他向阿紫挥挥手说，不甜给我吃！阿紫，给我吃个桃子！

阿紫没有给他好脸色，她说，给你吃个屁。我们买的桃子，凭什么给你吃？福妹急了，她担心阿紫的态度会破坏这个难得的机会，举起手里的桃子向桥洞示意，我的给你吃，已经洗干净了。她把桃子扔给李黎明，回头看着阿紫，阿紫似乎反感福妹的急功近利，又不便批评她，就对着桥洞照本宣科，我告诉你，福妹的桃子不能白吃的，你要帮她一个忙，到你爸爸那儿走个后门，明天就把她名字改了，她不愿叫段福妹，要叫段嫣了！

李黎明没有表态。他眨巴着眼睛，似乎在思索这笔交易是否值得一试。他三口两口便吃完了桃子，用桃核在河面上打出了一串漂亮的水花，然后表态了。他说，想得美，一个桃子就来走我的后门？你们的面子比地球还大么？

福妹失望地看着阿紫，阿紫的表情有点诡秘，福妹又看一眼手里的另一只桃子，对着桥洞喊，那我再给你一个？她想扔第二个桃子，被阿紫拦住了。他这种人，喂多少桃子也没用的。阿紫跟福妹耳语道，他要什么，我不是告诉你了吗？福妹未及反应，听见阿紫用一种老练的谈判者的腔调说，李黎明你听着，你的要求我知道，没什么大不了的，不过我告诉你，福妹可不是乔莉，要是让你那个了，你要保证，不能往本子上记她名字。

福妹要捂阿紫的嘴，来不及了。她听见李黎明说，你瞎操什么心，我的花名册哪能随便给人看？只有吉尼斯纪录组委会有权利看。阿紫说，还有一个条件，不能超过一秒钟，我在旁边数，滴答一下，必须停止。福妹这时已经羞红了脸，举起拳头在阿紫肩上捶了一下，阿紫，你神经病，你去跟她滴答一下好了！

福妹仓皇地往上跑，听见阿紫在后面骂，没出息的东西，你只配叫福妹，就一个滴答，有什么大不了的？福妹已经快跑到大街上了，忽然觉得自己在错失良机，滴答，她在心里数了一下，滴答，其实是很快的，滴答一下，她就可以不再叫福妹了。她站住，回头朝阿紫看，眼睛里有了明显的悔意。阿紫气咻咻的，叉着腰在台阶上走，嘴里说，气死我了，段福妹同志，我再也不管你的闲事了。福妹咬着手指思考了两秒钟，冲下去挽住了阿紫，不会上他当吧？要是他过河拆桥呢，我们怎么办？阿紫气还没消，目光凶狠地徘徊在福妹的面孔与桥洞之间，突然大声地说，李黎明你听着，人家问你呢，要是你过河拆桥怎么惩处？李黎明在桥洞里探出脑袋，说，那要看你阿紫够不够义气了，你要是也让我吻一下，我保证，明天她就可以改名，我要是骗你们，罚款一百元，够不够？

李黎明的要求，对于阿紫是无理的，对于福妹，不啻一个好消息。福妹捏了捏阿紫的手，用眼神哀求她，用手势鼓励她。阿紫怨恨地拍开福妹的手，嘴里说，烦死了，陪你走这么多路，陪你磨破了嘴皮子，还要陪上初吻？这是我的初吻呀，你懂不懂？福妹被她说得害怕，一下乱了方寸，嗫嚅道，那就算了，我们回家吧？但是，这次是阿紫拽紧了福妹的胳膊，把她拉到桥堍背光的一侧，阿紫谨慎地观察善人桥桥头的动静，桥上无人经过，阿紫忽然下了决心，说，走！我豁出去了，帮你帮到底吧！

福妹不记得自己是怎么来到李黎明面前的，只记得他温热柔软的嘴唇上有一股烟丝味，与父亲骂人时口腔里喷发的烟臭不同，李黎明的烟丝味有点香甜。她分不清他脸上的笑意是调皮还是讥嘲，他的目光游移不定，更多的投向了阿紫那一侧。她听见阿紫用夸张的声音数时间，滴答，滴地一声，烟味来了，答地一声，烟味远了，那个吻就草草结束了。她的头脑一下变得晕乎乎的，嘴唇上有点潮，她捂住嘴唇，依稀听见阿紫说，福妹，你来替我数。她看见那两个人站到了一起，像两名格斗士一样，面对面地探寻着什么，李黎明的脸孔向阿紫迫近，嘴唇启开，李黎明的眼睛里有一簇炽烈的光焰，它在炙烤阿紫的面孔，福妹觉得他对阿紫的吻很投入，与自己的并不一样。福妹准备好了数滴答，但是阿紫没有准备好，阿紫突然捂住了嘴咯咯地笑，阿紫一边笑一边叫，太滑稽了，哎呀，笑死我了！然后，阿紫临阵脱逃，转过身，一猫腰，从桥洞里跳出去了。

4

为了新名字，她转了学，从此上学要多走一千米路。

在陌生的铁路子弟学校，有一个初中女生叫王福妹，还有一个高中女生叫高福梅，铁路司机的女儿，就在她一个班上。她对高福梅这样的名字有着本能的怀疑，悄悄地问其他女生，那个高福梅，原来是不是叫高福妹呀？她的怀疑果然被印证，别人夸她赛神仙，她不敢得意，反而有点心虚，说，我瞎猜呢。她努力地在新环境里塑造段嫣的形象，广交朋友，但对待高福梅是例外，她看见高福梅，就像看见自己的一条不洁的尾巴，总是绕着走。

无论如何，她不再是段福妹，她是段嫣了。新生的段嫣。名正言顺的段嫣。唯一的隐患是王德基的小女儿秋红，她不知怎么也舍近求远，在铁路子弟学校上学，有一次秋红跟着她进了厕所，问，你不是段福妹吗？怎么成了段嫣了？她没好气，朝秋红翻了个白眼，你是谁？我不认识你，别来跟我说话！

父亲大骂了她一顿，之后不得不默认女儿改名的事实，这对于她来说算是极大的仁慈了。父亲依然叫她福妹，她不奢望父亲会改口，只要求哥哥弟弟改口叫她段嫣。她哥哥段明试着叫了几次，很快不耐烦了，说，什么段嫣？太别扭了，好像是在喊外人的名字，你要是不让喊你福妹，我以后就叫你喂，好不好？她弟弟段勇则狡诈，只在有求于她的时候叫段嫣，平时，还是口口声声叫福妹，她不答应，段勇故意会尖叫，福妹福妹福妹！你耳朵聋了？

桑园里的那些邻居知道她改了名，有人是愿意成全她的，喊她福妹不答应，便及时地改口，只是他们大多昏庸无知，总是记错她的新名字，有人记成了段燕，有人记成了段英，阿紫的奶奶最荒唐，她不知怎么把福妹的新旧名字综合了一下，喊她燕妹。段嫣很沮丧，向阿紫诉苦说，你听见了吗，你奶奶总叫我燕妹！告诉她三遍了，就是记不住。阿紫说，你急什么？燕妹不比福妹好一点？慢慢来，现在他们不习惯，以后就习惯了。

所幸有阿紫，也只有阿紫，她总是能够在朋友的窗前，以响亮的声音，自然地喊出那个新名字，段嫣，段嫣，你出来一趟！在很长一段时间里，是阿紫的声音证明了段嫣的存在。所以，段嫣对阿紫的依赖，不仅出于友情，还包含着一颗感恩之心。

5

她和阿紫。

他们是姹紫嫣红的组合。

可惜时光无情。时光无情地摧残了世界上的许多友谊之花，也包括段嫣和阿紫的这一朵。我们大家都知道，姹紫嫣红最终成了残花败柳，后来的段嫣和阿紫，几乎是一对冤家。段嫣后来的好朋友是胖姑娘顾莎莎，而阿紫后来再也没有影子般的女友了，围绕着阿紫的，都是男孩，其中包括那个李黎明。

友情的破裂大凡是因为背叛，被背叛者往往有很多故事向他人倾诉。段嫣后来告诉过顾莎莎，她之所以与阿紫决裂，是因为阿紫泄露了她最大的隐私，否则，桑园里的街坊邻居怎么会谈论李黎明的吉尼斯纪录本子呢，她父亲又怎么会知道她的名字出现在那个本子上呢？她更不能原谅的是阿紫的自私。那天她父亲大发雷霆，拉着她去阿紫家里求证女儿的清白，阿紫没有帮她。阿紫不肯为她作证，她根本没有与李黎明接吻，只不过是让他亲了一下，滴答一秒钟，亲一下而已。阿紫只是一味地撇清自己，向自己的父母和祖母赌咒发誓，我不知道她的事情，反正我没有让他吻过，反正我凌紫的名字，不在他的本子上，我要骗你们，出门就掉河里，淹死！

她开始冷落阿紫，与顾莎莎形影不离了。阿紫争取过这份友情，好几次跑到段嫣的窗前来，段嫣，段嫣你出来，我们去看电影！这么喊了几次，她不予理睬，阿紫意识到那是一种绝交的信号，气坏了，在外面大喊大叫，段福妹，我算是认识你了，你才是过河拆桥的白眼狼，没良心！你不配叫段嫣，只配叫段福妹，你就天天跟顾莎莎在一起吧，你们两个大胖子，去合肥吧！

她也不想看见李黎明，看见他的嘴唇，她会想起初吻这个字眼，心里莫名地慌乱，然后嘴唇便有点微微的酥痒，那讨厌的酥痒感令她感到羞耻。但她很想看见他那个本子，上面记录的她的名字，是段福妹，还是段嫣？如果是段福妹，如果是那个已经抛弃的名字，她的感受会稍稍好一些。

她没有勇气去询问李黎明，隆重地委托顾莎莎去打听。顾莎莎自己不敢去，又委托她表哥三霸去问。这倒是个聪明的办法，三霸在香椿树街上威风八面，所有人都惧他三分，他找到李黎明，李黎明老老实实地拿出了他珍贵的本子。三霸告诉顾莎莎，他看清楚了，那本子上不过记录了十来个女孩子的名字，没有段福妹，只有段嫣，位列最后一位。

段嫣得知这个消息，一下就哭了，跺脚道，该死，该死，刚改的名字，就给弄脏了！顾莎莎不知道怎么安慰她，陪她声讨了李黎明，顺带着抨击了阿紫，忽然灵机一动，说，你别叫段嫣了，去跟那种人配什么套？干脆再改一次名字，跟我配个套吧，你叫段菲菲算了！她抹干眼泪，说，你说得轻巧，好不容易改了名字，派出所怎么会让我再改一次？除非等到十八岁，法律规定，满了十八岁，你爱叫什么名字就叫什么名字。顾莎莎叫起来，等到十八岁？还有两年呢，万一李黎明的本子公开了怎么办？万一他真破了吉尼斯世界纪录，全世界都看得到段嫣这个名字，你不是臭名昭著吗？她被顾莎莎说得面色如土，发狠道，真要有那么一天，我跳河自杀！顾莎莎观察她的表情，看不出来那是真话还是假话，顾莎莎说，要不，让我爸爸去找谢叔叔？他们是老朋友，谢叔叔是市局的，管李黎明他爸爸。看段嫣开心起来，顾莎莎又适时地强调说，不过有个条件，不准反悔，我们先说好，你得叫段菲菲，跟我配套！

她把家里的户口簿悄悄交给了顾莎莎，也把第二次更名的重任交给了顾莎莎。但等了两天，顾莎莎那边毫无动静，她担心父亲发现，去催顾莎莎。未料顾莎莎的口径改了，说她爸爸与谢叔叔现在没那么热络了，找他办事要送礼的。又吞吞吐吐地说，谢叔叔是个烟鬼，最喜欢抽中华牌香烟。她听出顾莎莎的意思，问，送一包？顾莎莎撇嘴道，一包香烟，那叫什么送礼？她当即大叫，一条？中华牌香烟那么贵，我怎么送得起？你爸爸不是敲竹杠吗？顾莎莎有点不悦，你怎么冤枉我爸爸呢？他又不抽烟的。她自知失言，吐了舌头说，不就是改个名字么，有那么贵吗？顾莎莎说，我爸爸说了，改一次名字好办，改了又改才难办的，我也没办法，要不你把户口簿拿回去，你还是叫段嫣，等到十八岁再改吧。她僵立在顾莎莎的小房间里，不肯去接户口簿，也不甘心放弃，脑子里盘算着自己攒的私房钱，突然抬头看着顾莎莎，问，你能不能借我一点钱？顾莎莎思考了一下，表态道，我只有十多块钱，都借给你好了。她冷笑一声，你们家那么富，你只有十块钱？鬼才信，我就知道你是小气鬼。顾莎莎为了证明自己的清白，打开了她的小钱包，段嫣不愿意检查那个空瘪的纸钱包，赌气道，算了，我还是叫段嫣吧，我就准备以后跳河自杀吧。她拿过户口簿准备走了，听见顾莎莎突然叫道，你们家不是有个紫铜脚炉吗？我爸爸说了，旧货市场有人收紫铜脚炉，一百块一个！她一愣，站在门口犹豫了半天，说，那是我妈妈的遗物，拿脚炉去卖钱，我妈妈的阴魂会不会来找我算账的？

6

那只紫铜脚炉，为她获得段菲菲这个名字，立下了汗马功劳。

但顾莎莎的功劳另当别论，因为逼迫她花了那么多钱，她心里对顾莎莎始终有怨气，说不出口，积在心里，形成了偏见。她觉得顾莎莎俗气，比不上阿紫，但是，重新选择是不可能了，阿紫已经不再理睬她，而她与顾莎莎的友谊之间，弥漫着一只紫铜脚炉笨重硕大的阴影，不知怎么就显得别别扭扭的了。

她担惊受怕了一段时间。还算幸运，卖掉的是一件过时的器物，家里没有人需要紫铜脚炉取暖，也没有人发现它已经从家里彻底消失。只是在很多年之后，段菲菲在自己的婚礼上，听姨妈问起那只紫铜脚炉。姨妈说那是母亲当年的陪嫁，他们姐妹四人出嫁，每人都有一只紫铜脚炉做陪嫁，因为他们有一个共同的气虚的毛病，一到冬天双脚就冰冷冰冷的，穿多少袜子也没用，烤了脚炉就好多了。也许是心虚，她说她不记得那只脚炉了，而且刻意贬低了脚炉的功用，她说，现在谁还用那种老古董？还要烧炭，多麻烦，再说我的脚从来不冷。姨妈说，你可别那么说，你跟你妈妈活脱脱一个模子刻出来的，身体随她，气虚，会脚冷的，现在你年轻，等以后生了孩子，老了，你就知道了，脚炉是个好东西。

她嫁给了卷毛小莫。是那种偶发的爱情，带来一个差强人意的婚姻。她在著名的红玫瑰理发店做理发师，卷毛小莫常来店里推销洗发水，渐渐就混熟了。小莫看她的眼神，有火苗隐隐地燃烧，她早发现了，但那火苗不能打动她，因此视而不见。直到有一次小莫来店里，径直坐到椅子上，点名要她理发，她知道他要表白了，她都想好了如何拒绝他的表白，但小莫什么都没说，在她为他刮鬓角的时候，他突然抓住她的手，额头顶着刮胡刀的寒光，吻了她的手背。她保持了足够的冷静，从镜子里审视他的嘴唇，爱情从那两片嘴唇上喷薄欲出，然后她检查自己的手背，手背上有隐隐的一小片亮光，似乎来自一个遥远的时空。她想起了善人桥下的初吻，想起了李黎明的嘴唇，她的眼睛不知为什么就湿润了。

婚后第二年，她有了个女儿。姨妈的预言渐渐应验，她的身体在产后发生了奇怪的变化，特别怕冷，尤其是脚，一到冬天，她就觉得脚冷，而且，她开始厌恶小莫的卷毛，觉得那狮子般的脑袋天天钻在她胸前，忙那件事情，一切都很脏。小莫为她留了平头，也不在意她脚冷，但她的性冷淡成为了他的烦恼。不知从哪儿听说的偏方，他从自己的父母家里找出了一只紫铜脚炉，买了一袋子木炭回家，对她说，你天天给我烤烤脚，把脚烤热了，你对我就不会是那个态度了。有一个冬天的夜晚，小莫没有回家，她抱着女儿，一边烤着脚炉，一边看电视连续剧，突然接到小叔子火急火燎的电话，问她家里有没有三千元钱。她觉得蹊跷，盘问再三，小叔子挂掉了电话。她是聪明人，预感到那是风月场上的治安罚款。他去捞谁？还能是谁呢？她有了不祥的预感。当场就拨小莫的手机，拨了好几遍之后，她终于听见了小莫疲惫的声音，说他人已经在广州，要谈一笔生意，过几天才能回来。她当即恸哭起来，你在广州？你还能回来？我知道你干了什么事！你永远也别回来了，永远别进我家门，算我当初瞎了眼睛！

丈夫的背叛，她是不能容忍的，更何况这门婚姻，她本来就是屈就。她与小莫的离婚之战，打了三年之久，起初并没有那么决绝，一方面是孩子妨碍了她的决心，另一方面还有一个隐秘的原因不宜启齿，那段时间小莫的生意波澜起伏，她守着看结果，不仅是给小莫一个机会，也给自己一个机会，可惜小莫内债未清，外债越欠越多，开始有人跑到红玫瑰理发店来，拿了欠条出来找她要债。她彻底死了心，再也不愿意等下去了。

有一天她抱着孩子回香椿树街的娘家，路过善人桥的桥堍，正好看见阿紫和李黎明从一辆宝马轿车里出来。她很久没见过阿紫和李黎明了，听说他们在海南做汽车生意，做发达了，她总是不相信，认为是阿紫家放出的虚荣的风声，没想到他们真的衣锦还乡了。她注意到阿紫容光焕发，好像是换了一层皮肤，看起来比从前要漂亮许多，那一身时髦的装扮不是由廉价衣物堆砌的，是货真价实的名牌，阿紫颈链上那颗钻石的光芒，几乎刺伤她的眼睛，她情感上倾向于是假货，但理性告诉她，那也许是真的。她以前总是不敢看李黎明，现在无所谓了，她斜着眼睛看李黎明。李黎明戴着墨镜，穿白色西服，他的嘴唇被香烟熏得厉害，不再那么红润了，但那两片嘴唇之间，漂浮着某些往事，像烟一样，若有若无的。她记得李黎明少年时代的妄念，那个什么吉尼斯世界纪录，此后再也没听说过下文，她心里并没有多少庆幸，反而戚戚然的，暗自猜测，海南岛不是到处见海吗，那本子，一定是被阿紫扔到大海里去了吧？

7

离婚之后，多少有点寂寞，她首先修复了与顾莎莎的友谊，两个人又成了朋友。

顾莎莎还是胖，永远处于减肥的各个疗程之中。她经常到红玫瑰来，有时候来做头发，有时候是为了等她，一起去附近的健身中心做热瑜伽。她不算胖，只是害怕发胖，顾莎莎站在她身边，像是一面反射镜，反射了她残存的风韵，但是，也就是这点安慰了。她承认顾莎莎命比她好，嫁得比她好，顾莎莎和她丈夫名下有好多套房子，光是收租金，就衣食无忧了。她与顾莎莎一起出行，吃饭，打车，甚至旅游，总是等着顾莎莎掏钱买单，嘴上不忘感谢，心里是不以为然的，她觉得自己的命运遭受如此的不公，总是要有人偿还，顾莎莎，不过碰巧是一个偿还者罢了。

她一直在默默地等待第二次婚姻，试着与几个男人见过面，但所见总是不如所闻，臆想中的那个男人，始终没有出现。她扪心自问，认定自己不是一个坏女人，于是确信自己运道不好，一定是在哪里不小心犯了什么忌讳。哪里需要纠正？如何纠正？她自己不知道，要去问别人了。听说扫帚巷里有个算命大师，她拉着顾莎莎一起去求教。那大师相了她的面，问了她的生辰八字，说她本该是享福的命，只是取了菲菲这个名字，大错特错，她命里缺水，要忌草木的，怎么能菲菲呢？她一拍大腿，几乎尖叫起来，怪不得！然后她问大师，要是我叫段嫣，是不是命会好一点？大师在纸上涂涂画画，点头承认，用这个嫣字，会好一点。她用谴责的目光看着旁边的顾莎莎，似乎提醒她，你听听，听听吧，我一生的不幸，都是因为我的名字跟你配了套，你那么幸运，我这么不幸，都是我的名字为你牺牲，成全了你！顾莎莎很窘，过后慷慨地采取了补救措施，掏出钱包，让大师给女友再起一个好名字。于是，段瑞漪这个名字被大师隆重地写在一张红纸上，熏香片刻之后，她几乎是颤抖着把那张红纸装进了包里。

她第三次更名，赶上了末班车。派出所的人看着她的户口簿，说你这个人有意思，改名字像换衣服一样的？算你来巧了，最后一个机会，晚来一个月，就不让你改了，我们已经拿到了文件，下个月开始，严禁公民随便改名！

8

她作为段瑞漪的生活，开始得有点晚了。

名字被矫正以后，命运依稀也被矫正，她真的感谢扫帚巷的算命大师，段瑞漪这个名字带给了她幸福，遗憾的是，幸福显得很短促。那年秋天她遇上了马教授，一个丧妻的知识分子，年纪稍大，研究光缆的，除了懂得深奥的光缆技术，还懂得疼爱女人。她陷入了与马教授的恋情之中。因为自己无知，她特别崇拜马教授的知识，总觉得他那干瘦的身体里隐藏着无限的能量，这些能量会给她一个美好的未来。很奇怪，与马教授在一起，她从来不觉得脚冷。她慷慨地向他付出了自己封存已久的身体。马教授对她的乳房很迷恋，但是他不无担心地指出，她乳房里的那个硬结有点问题，应该去医院看看。她解释说是乳腺增生，好多女人都有，你一个大男人，怎么在意这个？马教授忧伤地说，不是我在意，是你自己应该在意。又坦白地告诉她，他的前妻就是乳腺癌去世的。她一下愣住，想起自己的母亲也是乳腺癌，三十多岁就离世了。她又惊又怕，说，这毛病不可能遗传吧？老天爷凭什么专门欺负我？我要是再得这个病，世上还有什么天理？

果然就是遗传，她的乳腺癌已经悄悄地发展到中晚期了，事实证明，老天爷对她似乎是有成见的。她在医院里哭了半天，与顾莎莎商量要不要听医嘱，立即做乳房切除手术。顾莎莎说当然要听，怎么能不切？保命要紧啊。她沉思良久，苦笑道，保了命，马教授就保不住了，他最喜欢我这里了。

她舍不得放弃与马教授约定的香港之行，把手术通知单塞到包里，陪马教授一起去了香港。白天，马教授要参加一个学术会议，她一个人去逛街，在几家有名的金铺之间来来往往，想给自己买一条白金项链，等到项链挂到脖子上，凉凉地垂到锁骨以下，她忽然觉得这是个错误，一个即将失去乳房的女人，还有什么必要装饰她的胸部呢？这样，项链没买成，她临时改主意，挑了一条手链。

那些香港的夜晚嘈杂而潮湿，她与马教授同床共枕，脑袋贴得很近，她向马教授传授她的逛街心得，他听得很耐心，然后她开始控诉邪恶的命运，他小心地附和，终究敌不过睡意，打起了呼噜。他们依然亲密，但彼此的身体，其实失去了联系。她在黑暗中凝视马教授摊开的手掌，似乎看见那手掌里握着一根银色的长度无限的光缆，它穿过旅馆的窗子和窗外的街道，穿过不远处灯火通明的维多利亚湾，抵达彼岸，抵达全世界。全世界的声音和图像都浓缩在马教授的手里。她崇拜他的手。之后她开始凝视自己的乳房，它们仍然丰硕而结实，看起来很性感，但是，那已经是一首挽歌了。她轻轻地抓住马教授的手，放在自己的乳房上，马教授沉在睡梦中，手先醒了，热情地揉摸一番，忽然惊醒，翻身坐起来，惊恐地瞪着她的乳房，说，对不起，瑞漪，对不起，我忘了。

她用枕头捂住自己的胸部，先是笑了两声，然后就哭起来了。

9

世界上只有马教授一个人，叫过她瑞漪。

她喜欢他用浑厚的男中音，叫她瑞漪，那声音传递出一些赞美，一些祝福，还有一丝温暖的爱意。但可惜，马教授后来改口称她为小段了。她质问他，你为什么不叫我瑞漪了？马教授的解释听起来很真诚，叫你瑞漪，嘴巴总是张不大，舌头很紧张，有点累啊。她知道那只是事实的一半，事实的另一半是合理的退却，是礼貌的躲避。那是他的权利。她清醒地认识到，段瑞漪这个名字带给她的不是幸福，只是一堆篝火，或者是另一只紫铜脚炉而已，仅供御寒之用，而所有的火，迟早是要熄灭的。

她不舍得浇灭马教授剩余的火苗。有一次她从医院跑出去，带上嫂子给她炖的红枣莲子汤，拦了辆出租车，直抵马教授的家。辛辛苦苦地爬到五楼，敲门无人应，她怏怏地转到南面，仰头观察马教授的阳台，一眼看见晾衣竿上有一只黑色胸罩，像一只巨大的黑蝴蝶，迎风飞舞。她愣怔了几秒钟，打开保温壶，对准花圃里的一棵月季花，把红枣莲子汤一点点地倒了个干净。壶空了，她又仔细看了眼五楼阳台上的那只胸罩。大号吧？她鼻孔里冷笑一声，自言自语道，我就知道，肯定是大号。

与马教授分手，是与幸福的假象分手，也是与段瑞漪这个名字分手，她很心痛。住院化疗的那段时间，护士叫段瑞漪的名字，她无端地觉得那声音缺乏善意，总是慢半拍才答应，不仅是抵触，她心里有一丝深切的恨意，不知是针对护士的，还是针对自己的名字。她对护士说，别叫我段瑞漪了，你能不能喊我段菲菲？要不叫段嫣也行，我原来叫段菲菲的，以前还叫过段嫣，姹紫嫣红的嫣。护士埋怨她说，你那么多名字，我怎么记得住？菲菲不是很好吗？又好记又上口，谁让你乱改名的？你这个漪字我不知道怎么念，还去查了字典！她半晌无语，低头看着自己的胸部，说，是啊，这个漪字有什么好的？害你去查字典，害我丢了乳房。

她幻想以乳房换生命，但一切都晚了。再完美的乳房，切了就无用，什么都换不回来的。后来我们听顾莎莎说，她比医生估计的多活了半年，比自己期望的，则至少少活了半个世纪。

那年冬天遭遇罕见严冬，她的弥留之际，恰遇一场暴雪，亲人们都被困在路上，病房里只有她老父亲一个人陪护。她看着窗外的鹅毛大雪，认为是茫茫大水，说，这么大的水啊，都漫到三楼了。段师傅说，不是水，是雪，外面在下大雪。她说，不是雪，是水，我命里缺水，临死来了这么大的水，还有什么用呢。过后她看见有人蹚水来到了窗前，她对父亲说，她来了。段师傅以为她牵挂自己的孩子，说，你放心，小铃铛马上就来了，你哥哥去学校接她了。她摇头，说，不是小铃铛，是她来了，我看见她了。段师傅猜她看见了亡母的幽魂，你看见你妈妈了？妈妈跟你说什么了？她还是摇头，说，不是妈妈，妈妈不敢来，怕我埋怨她。是乡下奶奶来了，她蹚这么大的水来骂我，骂我活该，她问我呢，给我取了那么好的名字，我为什么鬼迷心窍，非要给改了？

段师傅以为那是糊涂话，他记得女儿只是在襁褓里见过祖母，怎么会认得祖母呢？所以他问，真是你奶奶？她什么样子？她说，干干瘦瘦的，黑裤子，打赤脚，右边眉毛上有一颗痦子。段师傅很惊讶，那确实是他乡下母亲的基本模样。然后他听见女儿叹了口气，说，算了，还是听奶奶的话好，我以后还叫福妹吧。

10

我们香椿树街居民后来送到殡仪馆的花圈，名字都写错了。即使是马教授和顾莎莎的花圈，名字改成了段瑞漪，其实也是错的。遗嘱需要尊重，一切以家人提供的信息为准，被哀悼的死者不是段瑞漪，不是段菲菲，更不是段嫣，她的名字叫段福妹。

段福妹。

听起来，那是一个很遥远的名字了。如果不是去参加这场追悼会，谁还记得她有过这个土气而吉祥的名字呢？

香草营

1

尽管香草营与医院的住院部仅仅是一墙之隔，梁医生却从来没有走进过那条小巷。除了名字，这巷子实在乏善可陈。巷口有个公共厕所的标示牌，告诉路人前进二十米有公共厕所，有一次梁医生上班途中内急，差点就向香草营深处走了，他只走了五米左右，巷子里杂乱的人流和露天摊档挡住了他匆忙的脚步，路边有两个老妇人突然停止了聊天，其中一个对他露出了突兀的热情的笑容，王医生！是王医生吧？你怎么上这儿来了？梁医生不清楚那老妇人是喊错了名字，还是认错了人，他的生理需要被莫名其妙地干扰了，他朝两个老妇人挥挥手，果断放弃了原计划。梁医生是个思维缜密行事讲求科学的人，他想，与其前进二十米去这么个公共厕所，不如后退，多走几步路去自己的医院，毕竟医院里的厕所环境好一些，而且是天天消毒的。

梁医生万万没想到，有一天他会住到香草营来。

租房的事情一直由三病区的勤杂工老孙替他张罗，多少带一点秘密的性质。他把这么重要的事情委托给老孙，是不得已，也是必然。一方面老孙是医院附近锣鼓坊的老居民，周围人头熟，信息来源广泛，另一方面也是出于私交，梁医生是三病区最出名的主刀大夫，多年来不知收到了多少病人的礼物，他习惯把一部分廉价的礼物赠送给底层人员，勤杂工老孙是受惠最多的，因此也格外领情，每次到梁医生的办公室去拿东西，老孙总不忘向梁医生表达他的感激之心，梁医生，你有什么事情尽管吩咐，你的事情就是我的事情！

为什么要在医院附近租房？租房派什么用场？不用梁医生多费口舌，老孙替他说了理由，梁医生，你家住得那么远，又不开车，早该在附近租个房啦，你们开刀的医生，不缺钱，就是缺休息，租个房好，什么时候想休息就可以休息啦！至于这件事情为什么需要绝密，梁医生强调他妻子比较小气，又生性多疑，如果知道他花钱在外面租房子，一定疑神疑鬼，家里会吵翻天的。老孙没有追问他妻子会在哪方面疑神疑鬼，只是暧昧一笑，那点租金算什么？你跟我们不一样，老婆乌眼鸡似的，天天盯着你口袋里那几文钱，我可是知道你们医生的口袋深呀，红包奖金夜班费什么的，你夫人怎么知道？梁医生察觉到他的理由没有让老孙信服，他说老孙我跟你说知心话，你怎么不相信我呢？要是让别人知道我在香草营租房，那我就是搬起石头砸自己脚了！随后梁医生开始抱怨他的病人太多太麻烦，其他科室不管有没有必要都喜欢邀他会诊，而实习医生凡事都要请教他，要是知道他在附近租房，一定会天天找上门来，那他反而得不偿失了。听起来梁医生说的确实是知心话，老孙感受到了某种莫名的压力，他一边思考，一边开始频频点头，脸上的表情显得愈加复杂起来，眼神也深邃了许多，最后他用戴着橡胶手套的手在梁医生肩上重重地拍了一下，梁医生你放心，我只管给你找房子，其他的事，不该说的不说，就是该说的，我也不说！

2

老孙告诉他房子就在香草营，单门独院，一切都符合他的要求，不知为什么，梁医生当时有点意外。老孙以为他嫌远，说，香草营就是医院隔壁的巷子呀，几步路就到了，你还嫌远？梁医生摇头，不，不是嫌远。老孙眼睛一亮，那你嫌太近了？近了也不好？梁医生敏感地瞥了老孙一眼，反问道，近了怎么会不好？我不是嫌远嫌近，是觉得那条巷子有点那个，那个什么。老孙初步理解了梁医生的意思，我知道了，梁医生是嫌香草营环境不好吧？环境是差一点，没法跟你们家花园别墅比，可梁医生你想一想，租那儿的房子不是为了享受，是图方便，环境计较不得呀，你就把它当小旅馆住，人家小马的房子什么都有，比小旅馆干净多了，也方便多了。

梁医生跟着老孙匆匆地去看了一次房子。房子离那个公共厕所不远，是一幢再普通不过的七层楼房，楼体像一块巨大而笨拙的积木竖在香草营深处，所有的窗子和阳台都朝向街道，分别展示着鸟笼、盆花、拖把、棉被、腊肉、雪菜，以及形形色色的湿漉漉的衣物。五个门洞依次开在大楼的背面，每个门洞里都塞满了自行车和杂物，看上去乱糟糟的。老孙其实夸了海口，小马的房子根本不是什么单门独院，就是一个普通的底楼单元房，二室一厅，但这房子的隐蔽性似乎好过了梁医生的预期，位于第一个门洞，进出方便，还带有个临街的院子，院子里高高低低地堆满了木板箱和杂物，乍一看好像是战场上的临时工事，也像是一排天然的保护隐私的屏障。

梁医生对室内的陈设和家用电器并不关心，他最关注卧室的隐秘性，对卧室窗外面的那个小院，他观察得尤其细致。院子里有一棵梧桐树，树枝被房东发挥了衣架的作用，挂满了晾晒的衣物，衣物以及梧桐的树荫遮盖着房子的门窗，室内的光线显得幽暗而神秘。梁医生隔着窗子研究满院子的杂物和木板箱，它们勾勒出了一座棚屋的轮廓，人在窗内，仍然可以听见鸽子低沉的咕哝声，空中偶有鸽哨清脆地掠过，几只鸽子从远处归来，落在白塑料和油毛毡铺成的屋顶上，左顾右盼，姿态安详。很明显，院子里的棚屋是一个鸽房，梁医生并不讨厌鸽子，但那些鸽子让他产生了第一个疑问，鸽子怎么办？我搬进来以后，鸽子怎么办？

老孙说，鸽子哪儿要你管？小马说了，房子归你，院子归他的鸽子，鸽子当然是小马管。

梁医生说，还是有问题，他怎么去管鸽子？房子归了我，他不能从房间里进出了，怎么进那个院子？院子里没看见有边门，除非他天天跳墙头！

跳墙头？对啊，他跳墙头！老孙突然笑起来，小马就是这么说的，暂时他就只好跳墙头，他准备在院子里开个边门，但是开那个门要向街道申请，还要等批准，十天半月开不了。

他们正要离开，房东小马风风火火地赶来了。一个三十多岁的男子，眉眼周正，体型微胖，剃了个板寸头，脖子上用红线挂了块玉坠子，胳膊上夹了个黑色的人造革公文包。乍一看，他的身上穿得衣冠楚楚，但总觉得什么地方不协调，细细观察，梁医生差点笑出来，原来，房东小马的脚上竟然穿了一双塑料拖鞋。

房东小马嗓门很大，寒暄也跟吵架似的，他说，梁医生，你不认识我，我可是认识你的，你是医院的大名人！

梁医生谦虚地说，什么名人不名人的，我就是动刀子动多了，有点小名气罢了。

老孙在旁边补充道，你忘了，梁医生还是市里的政协委员啊。

梁医生摆摆手说，那也没什么了不起的，开开会举举手罢了。

房东小马笑着点了点头，对梁医生的谦逊表示欣赏，随后他话锋一转，梁医生你肯定不知道，我其实也很有名的！不养鸽子的人不认识我，只要他养鸽子，他一定知道香草营小马的名字，我是养鸽爱好者协会的副秘书长啊！

梁医生看见小马在掏名片，掏半天没有掏出来，便客气地制止了对方，不用名片了，我租你的房子，以后打交道的机会多呢，我看你性格很豪爽，我也一样，说不定我们会成哥们呢。

那天梁医生有手术要做，他向老孙交代了几句，急着赶回医院去。他伸出手去跟房东小马握手，这一握握了起码有两分钟。小马似乎对他的手依依不舍，他兀自摊开梁医生的手掌，察看梁医生的掌纹，嘴里说，梁医生我看看你的手相，看一下，马上就好！小马的手劲道很大，也很执着，出于礼貌，梁医生不好挣脱，任凭对方紧紧地捏着自己的手，老孙的脑袋也凑了上来，一边调侃小马道，你既然会看手相，先把自己的命好好算算嘛，人家梁医生的命，你的道行是看不出来的。梁医生无奈地看着两颗男人的脑袋在他的手掌上方浮动，小马的头发油腻腻的，沾着白色的头皮屑，老孙则未老先衰，满鬓白发，头顶上散发出一股难闻的热乎乎的酸臭味。然后梁医生听见了小马对自己命运的宣判，看见没有？到底是大名人，手长得也跟我们不一样，生命线，财富线，爱情线，样样都是畅通的！

3

梁医生和女药剂师的私情发端于一年以前在海南岛的集体旅游，阳光沙滩和海浪并不一定能催生性欲，但在那样的环境里，匆忙的野合也容易给人浪漫的自我感觉。他们的私情就像海南森林里的亚热带植物，生长速度接近疯狂，一年以后就枝繁叶茂了，而且难以修剪。他们是一枚钱币的正反两面，肉体紧紧地纠葛在一起，心却是朝着不同的方向。他们都还深爱着自己的家庭，双方一直小心地逃避着某些严峻的话题，不谈家庭，不谈离婚，更不探讨将来。都是中年人了，或许他们清楚，偷欢是他们唯一正确的出路。他们巧妙地把幽会与工作结合起来。这一年间他们在医院各个掩人耳目的角落里做爱，仓促，紧张，有点刺激，但非常危险。他们互相思念对方的肉体，然后以快速的方法解决问题。当然，男女有别，对于梁医生来说，浇灭欲望之火是容易的，就像饥肠辘辘的时候吃一碗快餐面，谈不上美味，但可以果腹，而女药剂师总是要受点委屈。梁医生有点歉疚，毕竟都是从事医务工作的，有狂热的时候，必定会有冷静的时候，在医院附近租房幽会，是男方提议女方默许的结果。

他们去香草营的房子，大多是趁午休的时候，这个时间离开医院，可以有一个冠冕堂皇的理由，没有人会特别在意。通常是梁医生先到，五六分钟后女药剂师就闪身进来了。有时候女药剂师在外面转一圈再进来，那是因为有邻居在门洞前晒衣物或者给自行车轮胎打气，他们是很谨慎的，尽量不与别人打照面，毕竟是医生嘛，你不认识别人，不代表别人不认识你。

防盗门关起来，窗帘拉起来，室内就是一个安乐窝了。他们最初的几次幽会非常热烈，甚至有点狂暴，一切都很顺利，只是有一次客厅里的电话突然响了，他们不得不中断了好事，面面相觑之间，都从各自的眼神里发现了恐慌之色，梁医生说，是找小马的，我忘了，该把电话拔掉的。女药剂师抬起头环顾着房间的四周，说，我怎么也忘了，这是别人的房子啊！梁医生拔掉了电话线，然而双方的激情自此打了折扣，都有点心神不定的。女药剂师说，你听，外面什么声音？我老觉得外面有人走动。梁医生劝她放宽心，说，不是人，是鸽子，外面有个鸽房，小马在院子里养了好多鸽子。

他们掀开窗帘一角，朝窗外的院子观望。午后的阳光照耀着小马的院子，院子显得愈加凌乱不堪，几只灰鸽站在鸽棚的屋顶上，正面看鸽子，它们似乎正在监视窗内的人，侧面望过去，鸽子却像是在守护他们的窗子了。女药剂师说，这些鸽子是信鸽还是肉鸽？梁医生说，不知道，不管是信鸽还是肉鸽，都好吃，听说信鸽的肉更鲜嫩。女药剂师指着院子角落里的一包饲料说，鸽子吃小米，小米很贵呀，这房东自己那么穷酸，还养这么多鸽子！梁医生说，穷人有穷人的乐趣，那小马还是什么养鸽爱好者协会的头头呢。女药剂师环顾着卧室的四周，脸上露出一种恍惚的神色，好奇怪，我老觉得这屋子里有堆人影子在晃，是一家三口人的影子，女的影子在厨房里晃，男的影子到处走，还有一个小男孩扒着房门朝我们张望。梁医生不以为然地笑起来，你是恐怖电影看多了！女药剂师沉默了一会儿，又问，那小马的老婆孩子，你见过吗？梁医生说，没见过，见他们干什么？小马离婚好几年了，老婆带着孩子又嫁人了。女药剂师说，我倒是想看看那一家子的照片，可惜他把屋子收拾得干干净净的，一张照片都没留下。他们这么说着话，两个身体渐渐地冷了，两双手却握在了一起，女药剂师突然吸着鼻子说，你能闻到这屋子里的气味吗，我能闻出来，这房子里有一股又酸又苦的味道。梁医生也吸紧鼻子，试图闻出房子的气味，但除了女药剂师身体的体味和床下电蚊香片的香味，他什么也闻不出来，然后他听见女药剂师问，你换过门锁吗？他说，门锁换了，小马当着我面换的，你放心，他保证不会进来的，三把钥匙都在我们手上了，这房子现在不是他的，是我们两个人的。

房子是他们的了，但利用率并不高。除了卧室和卫生间，他们什么也不需要。通往小院的卧室门反锁了，还额外加了一把挂锁。他们与一群鸽子为邻，鸽子是无害的，尽管一只鸽子曾经飞到卧室的窗台上，轻轻啄击窗子的玻璃，打扰了窗子那一侧的好事，但鸽子毕竟是鸽子，它的羽毛和眼睛都显示出罕见的纯洁性，室内的男女并不怪罪鸽子。他们受到的惊吓还是来自人，来自房东小马。

那天上午医院开会，他们开会的时候四目相对，临时起意，两个人先后溜出了会议室。这次他们去香草营去早了，巷子里人多眼杂，不知什么人在公厕那里吵架，厕所外面围了一群人，最初是一个女人和一个男人吵，后来是一群女人和一个男人吵，再后来就是一片噪声了，只有一个声音依稀可辨，流氓，流氓，流氓。梁医生莫名地有点烦躁，他等了很久，才等到了女药剂师。女药剂师一进门就显出了懊恼之意，以后上午来不得了，这破巷子怎么那么多人？出什么事了？人都站在街上聊天，聊天就聊天吧，还都抽空瞪你一眼，不会有人认得我吧？梁医生宽慰她说，公厕那边有人吵架，你别疑神疑鬼，他们最多认得我，不会认得你的，你既不门诊又不发药，这里的居民怎么会知道你是谁呢？

他们在宽衣解带的时候听见了院子里的动静，先是墙角处响起一阵均匀急促的水流声，似乎有人正对着院墙撒尿，然后那个人开始走动，很大声地刷牙，一边刷牙一边清理喉咙。室内的两个人脱了一半，又都慌忙地穿上了。透过窗帘的缝隙，他们看见了刷牙的房东小马，头发零乱，睡眼惺松，上身穿了一件西装，下身则套着一条紧绷绷的旧棉毛裤，嘴角上沾满了白色的牙膏沫，看那样子，小马一定是刚刚起床的，这令人起疑，他的床在哪里呢？室内两个人的目光不约而同地落在那个狭窄破陋的鸽棚上，鸽棚的网窗里隐隐可见一条悬空的绳子，绳子上晾着一条毛巾，三只衣架分别挂着一件西装，一件衬衫，一条藏青色的裤子，梁医生从女药剂师的身体语言中感觉到她有惊叫的预兆，赶紧捂住了她的嘴。

他们完全没有料到，小马住在鸽棚里，他和鸽子住在一起！

室内的两个人面面相觑，对于这个意外的发现，他们都没有承受的准备，一时也无法做出理性的分析。女药剂师的眼神被一片惶恐的乌云笼罩着，似乎发现了一场阴谋，她不仅有一种被算计的感觉，还有上当受骗的错觉，她涨红了面孔质问梁医生，你们这唱的是哪一出戏？怪不得我老是闻到院子里有尿臊味，那房东一直住在鸽棚里呀，他没别的地方住，为什么要把房子租给你？天底下哪儿有这样的房东？你和他到底是什么关系？梁医生发现他突然陷入了一个荒唐的困境之中，不由得苦笑起来，指天发誓道，冤死我了，我和他什么关系都没有！

是老孙介绍的，我什么都不知道，早知道是这个情况，再方便再便宜我也不租这房子。

女药剂师不知什么时候爬到了床角，人倚着墙，两只手把脸蒙住了。梁医生过去要摸她的脸，摸到的是她的手，很奇怪，他从她的手指上感受到了她紊乱的心跳。梁医生说，真不知道这人怎么混的？还吹牛呢，什么养鸽爱好者协会，什么副秘书长！父母家，兄弟姐妹家，朋友家，都可以想办法的，为什么偏要住鸽棚呢？女药剂师的眼睛透过指缝注视着梁医生，目光里有一种明显的怨恨，我们也可以想别的办法的，你为什么非要租他的房子呢？我们这种事本来没什么，这会儿，我怎么觉得自己那么脏呢？她瞥了一眼梁医生被三角裤包裹的突出部位，又补充道，你也一样，你也脏，像一个臭流氓。梁医生试探着去搂她，被果断地推开了。女药剂师侧过脸，看着窗帘说，谁还有那个心情？这地方，以后来不得了。梁医生知道她的意思，人颓唐地躺下来，顺手捏着女药剂师的脚趾，一颗一颗地捏过去，忽然觉得自己很冤屈，愤愤地说，谁让他穷呢，是他穷疯了！我们出钱租房天经地义，只要不犯法，干什么都行，我们有什么错呢？女药剂师没说什么，但她的脚趾从梁医生的手里逃逸了，他要抓没抓住，就拍了拍床铺说，咳，你不必那么高尚的，其实也不关我们的事，没准他喜欢和鸽子住一起呢。

4

他们的罗曼史就像在高速公路上行驶的汽车，突然遭遇了一场交通事故，不得不停下来，再启程，发现这辆汽车的引擎发动机也出故障了。房东小马无疑是那个肇事者，肇事过程如此奇特，梁医生没有办法让他做出任何赔偿。

梁医生和女药剂师还是经常在医院的走廊上或者食堂里相遇，每次梁医生用眼神询问她是否可以幽会的时候，那女药剂师总是按一下她的鼻子，那是代表她不方便。梁医生起初以为她是不愿意去香草营，他悄悄地告诉她，还有别的地方可以去，女药剂师还是按她的鼻子，说她是真的不方便，又说她丈夫最近对她很好。梁医生心里清楚了，不是她不方便，是她不需要他了。他们炽热的私情已经被一阵风吹冷了，房东小马就是那阵冷风。梁医生是个理性的人，处理自己的私生活也一样理性，他不会对一个秘密情人死缠烂打，但心里多少有点失落，失落过后就有点迁怒于房东小马。他当着老孙的面发泄对小马的怨气，我见过不把自己当人的，没见过这么自轻自贱的，我见过穷人怎么挣钱，没见过这么挣钱的，他还人模狗样的，天天穿西装打领带呢！老孙替小马打圆场，说小马还有一套房子，是毛坯房，没来得及装修。梁医生思维敏捷，当场驳斥了老孙，你听他吹牛，他就会吹牛！住毛坯房也比住鸽棚强一百倍，他要真有毛坯房，还用得着跟鸽子一起住？我看他穷得只剩下那套西装了！

香草营的房子，梁医生再也不愿意去了。他每天上班经过香草营巷口，下意识地会偏转脑袋，不敢朝巷子里张望，唯恐不小心撞见了房东小马。他自己都觉得很奇怪，一个故事匆匆开始，又草草收场，他留下了一些记忆，扫除了一些痕迹，香草营，这条巷子，现在跟他又没有关系了。

好在梁医生只预付了三个月的房租。租期未到，他就把钥匙交给了老孙。老孙拿着钥匙很诧异，说，你不是说要租一年的吗？梁医生说，还一年呢，住这样的房子，摊上这么个房东，迟早要惹上一大堆麻烦！

老孙还钥匙的时候一定与小马发生过什么插曲，回来后一直躲着梁医生，一千元的押金也没了下文，估计拿不回来了。有人说老孙跟人打架了，脸颊上新添了一块淤青。梁医生觉得蹊跷，去找老孙，一眼看见老孙的脸上果然有伤。是小马打的？梁医生问，他为什么打你？就因为我没住满一年？老孙吞吞吐吐的，自己要面子，还替小马要面子，什么要害都不肯说，只说没事没事，说小马的脾气来得快去得也快，这房子的事他负责到底了，有什么事都有他老孙挡着。

梁医生没想到房东小马会闯到他办公室来。那天小马仍然穿得西装革履，胳膊下夹了一只公文包，他径直走过来和梁医生握手，一边握手一边说，梁医生你不把我当朋友啊，租不租房没关系，一年三个月也没关系，你至少要跟我打个照面道个别吧？

梁医生说他忙。

忙？小马笑了一声，说，我知道你忙，你忙什么我也知道。

我忙什么？梁医生镇定地注视着小马的眼睛，我忙什么你说说看。

我不说。你忙那些事，跟我没关系，以前我生意好的时候，我也忙那些事。小马向梁医生挤眉弄眼，看对方脸色不好，自己拉了一把椅子坐下来，他从包里拿出一页纸，举起来给梁医生看，看看我在忙什么吧，梁医生，我忙什么跟你有关系的。我忙了一个多月，总算把院子开门的手续跑下来了，我刚刚找人把院墙砸开了，你却把钥匙送回来了。

这跟我没关系啊，房子以后租给别人，你又要养鸽子，那院子总要开个门的。

谁说我的房子还要租给别人的？我的房子，不是随便什么人都可以租的。是你梁医生梁委员面子大，我才租房给你的。

梁医生不置可否，耸了耸肩膀。

你不相信？小马说，你以为我是穷人？要靠房租吃饭过日子？

没有，我没那么说。

你没那么说，可你是那么想的。小马仍然目光炯炯地注视着梁医生，过了好一会儿，他突然叹了口气，我为你跳院墙跳了一个月，梁医生你不够朋友啊，你也够粗心的，你有没有注意到床底下的席梦思是新的？你有没有发现卫生间的热水器也是新的？

梁医生茫然地摇了摇头，席梦思？热水器？真的没注意。

我知道你们医生爱干净，我把旧的热水器拆了扔了，给你新装了一台，是阿里斯顿啊，进口的！席梦思也是名牌，你拿钥匙的前一天才放到床上的，还有沙发，台灯，都是新的！

那你的意思是？

没别的意思！你是名人，是知识分子，是政协委员，租我房子是我的荣幸，我不能怠慢你，你给我的三个月房租，我都花在房子里了，没赚你一分钱！你说要租一年，我相信你，我有计划的，可是你一点都不讲信用，才两个月多一点，你就拍屁股走人了。

你到底有什么计划？梁医生突然从小马的话里听出了悬念，他警觉地追问，你的计划跟我有关系吗？

有。小马点点头，直视着梁医生，忽然笑了笑，不过计划赶不上变化，你也不用打听了，现在我的计划要保密了。

梁医生的身体突然打了个冷战，他站起来，用一种强硬的口气说，我有手术要做，没时间陪你说话了，你就打开天窗说亮话吧，今天来你到底想要干什么？

不干什么。小马说，我就是来告诉你，我把手续跑下来了，我把院墙都砸了，你却把钥匙还给了我，我就是来告诉你，你耍了我。

那要不要我赔偿你的经济损失？

我不稀罕钱，你那一千元押金，我也还给你。小马从公文包里拿出一叠钱，啪地砸在桌上。这一千块钱，我本来想请你去顺风楼吃饭的，他说，现在我明白了，你瞧不起我，不会给我这个面子的。

梁医生突然觉得过意不去，押金应该是归小马的，他拿起那叠钱要往小马的公文包里塞，但小马敏捷地闪开了，表情看上去不屑一顾。小马夹着公文包走出办公室，带上门，又反身推开，从门缝里露出半张脸，对着梁医生挤眼睛，他的神情看上去有点诡谲，又有点轻薄，他说，梁医生啊，你那个女朋友，看上去很面熟嘛。

5

梁医生有了心病，尽管他不能确定小马的所谓计划是什么，但是按照常规的思维，他一直提防着来自香草营的敲诈勒索。

他与女药剂师的关系，一点一点地降温，他的理性能够果断地放下这段感情，但是欲望一时是放不下的，他每次看见女药剂师丰满性感的身影时，总是要制服自己的欲望。他制服欲望的媒介就是房东小马，有时候他会想象那场敲诈勒索的细节，涉及多少相关人士，涉及多少金钱，有时候他会想象小马敲诈勒索的手段，是写匿名信？给他和她写，还是给他们的妻子和丈夫写，或者写给医院？他会不会直接闯到医院来摊牌？梁医生的想象往往会产生奇妙的效果，有一次女药剂师从他面前经过，他耳朵里忽然灌满鸽子扑闪翅膀的声音，然后他眼前出现了那个荒诞的幻觉，他看见女药剂师的两个肩膀上站了两只鸽子，一灰一白，两只鸽子！

夏天风平浪静地过去了，什么事也没发生。梁医生对小马的戒备渐渐地放松了。八月的一天，老孙突然来梁医生的办公室，有事要说的样子。梁医生很敏感，跟着老孙到了走廊上，果然，老孙劈头第一句话就是小马来了，小马来了！梁医生的心悬了起来，他向走廊两边张望着，故作镇定地问，在哪儿？来干什么？老孙说，在四病区，他胃癌，晚期了。结果令人意外，梁医生愣了好一会儿，一时竟然不知道该说什么。老孙观察着梁医生的表情说，小马的意思要麻烦梁医生去四病区打个招呼，他到处跟别人说，说他和梁医生是好朋友，别人不相信他，他说你去打了招呼就好了。梁医生点了点头，抬腿就往楼梯口走，走了几步又站在了，回头问老孙，这人怎么回事？晚期了才进医院？这胃癌很疼的，他以前不知道自己得病了吗？

老孙说，他以为自己是胃溃疡，一直乱吃药撑着，到现在都不相信自己得这个病。

他们再次相遇是在梁医生的地盘上，几个月不见，梁医生胖了一点，小马则消瘦了许多。梁医生忘不了他走进病房的时候小马向他伸出的那只手，那只干瘦的手上布满了输液针孔的痕迹，剧烈地颤抖着，他的眼神在梁医生和病友之间游移不定，落在梁医生脸上时，那眼神是感激的，因为感激过度而显得有一点卑琐，落在病房里的其他人身上时，则带着明显的炫耀和得意，他握住梁医生的手不放，一边对病房里的一个护士说，我告诉你我和梁医生是老朋友，这回你信了吧？

梁医生不管辖胃癌病人，但小马的病他确实没少过问。他向四病区的同事打了招呼，也仔细看了小马的病历。依照医生的职业判断，他知道小马的性命凶多吉少，这使他对小马没有了任何戒备，多的是一种深深的怜悯。他以老朋友的姿态出现在小马面前，两个人的亲近不是那么自然，却来得正是时候。有一次病房里没有旁人，他突然想起小马的那个神秘的计划，干脆就开口问了，小马，你那个计划到底是怎么回事？你是想修理我，还是讹诈我？小马的反应出乎他的预料，他的脸涨红了，眼睛里几乎渗出了委屈的泪水，梁医生你把我当什么人了？冤枉死我啦！小马指天发誓，否认了任何恶意，他说，我的计划其实也不叫计划，就是想趁你租我房子的机会，和你交个朋友！梁医生觉得他的解释不够令人信服，反问道，为什么要花那么大的成本和我交朋友？我对你有什么用，就是看个病方便一点罢了。小马这时候又露出了他诡谲的微笑，他竖起一根手指摇着，梁医生你错了，我这大半辈子为什么失败？就是缺少你这样的朋友，路越走越窄，你是名医，又是政协委员，政界商界，什么头面人物你不认识？你神通广大路路通，我要是和你交上了朋友，没有大路还有小路呢，升官我不想，发点小财总是有机会的。我是没想到你走那么快，联络感情的机会都没有，竹篮打水一场空呀。梁医生看他说得有点动容，赶紧安慰他说，我们这不交上朋友了吗？小马沉默了一会儿，苦笑着说，是啊，算是交上朋友了，可惜人算不如天算，最后身体不争气，就落了个看病有照应啦！

他们都是中年人了，互相知道信任的意义，百分百的信任是不存在的。梁医生多年行医阅人无数，他始终觉得小马的真诚与浮夸是一体的，小市民特有的狡黠和谋略，有时候会以一张率真的面孔出现。梁医生隐隐觉得小马还会有求于他，很快这预感被印证了。小马有一天以非常直露的语言，要求梁医生去区里帮他疏通关系，他想当养鸽爱好者协会的秘书长，而不是副秘书长。梁医生又好气又好笑，他无法理解这个狗屁职务对一个胃癌病人的意义，又不便当面奚落他，就含糊地表了个态，你先养好病，养好了病才能当秘书长！小马听得出梁医生的推诿，一下发急了，他说，万一这病养不好呢？万一我翘辫子了呢？我要是在养鸽爱好者协会都扶不了正，这一生不是太失败了吗？梁医生你替我想想，死了连悼词都不好写呀！梁医生想笑又不敢笑，他意识到这件荒唐的事情对于小马是一个最真切的梦想，他既不忍心伤害他，也不愿意鼓励他，就随口说，好吧，什么时候遇见刘区长，我试试看。

梁医生其实没有把这件事情放在心上，他凭着常识认定这养鸽爱好者协会的职位，不值得他出马走关系。小马进手术室的前一天，他去看望小马，小马的床竟然是空的，原来他溜回香草营伺候鸽子去了。梁医生知道他对自己的病情盲目乐观，也许这是好事，也许并不一定是好事。傍晚时分他准备离开医院回家，发现小马穿着病号服在楼梯口等他，他刚要批评他擅自离开医院，小马先急迫地开了口，梁医生，你见到刘区长了吗？那事再不办，我的黄花菜都凉了！梁医生一下恼了，虎着脸从他面前径直下了楼梯，一边走一边说，什么刘区长刘主任的，我没兴趣，你还是给我准备一下明天的手术吧！

覆水难收，后来梁医生一直懊悔他那天对小马粗暴的态度。小马的手术结果很坏，主刀医生打开他的腹腔后又缝上了，因为癌细胞已经完全扩散，没有了做手术的必要。梁医生是第一时间知道这个结果的，很奇怪，他当时第一个想到的是香草营鸽棚里的那些鸽子，然后他眼前依稀出现了女药剂师丰满性感的身影，她从走廊上一闪而过，肩膀上驮着两块灰色的生动的影子，那应该是两只鸽子。

手术过后小马在四病区又住了一个多月。纸包不住火，小马最终知道自己是个没有未来的人了。梁医生去看望他的时候，发现他变得很沉默，他不再提养鸽爱好者协会的职务问题了，也不爱说话，他的眼神是冷的，怀着一丝敌意，还有讥讽，梁医生察觉到小马的心里涌动着仇恨，不公平的命运容易让病人情绪失衡，这一点梁医生能够理解，但他万万没想到，小马的仇恨最后是向他发泄出来的。有一天他收到病人送的一篮水果，一转身就提到四病区给小马了，小马没有接那篮水果，他在床上翻了个身，用屁股对着梁医生，然后他就听见了小马一串愠怒的叫声，少来这一套，谁要吃你的水果！你算什么名医，什么成功人士？什么政协委员？都他妈是骗人的，别人不知道你，我可知道你的底细，你是自私鬼，伪君子，大骗子，你还是一个大流氓！

梁医生是个自尊的人，各种各样的病人也见多了，他扪心自问，除了一次小小的食言，自己并不亏欠小马什么，实在没有理由遭受小马的侮辱，他不动声色地吩咐护士给小马服用镇定剂，走出了病房，从此以后再也没有去四病区看过小马。

小马出院的那天，老孙跑来告诉梁医生，说小马想跟他见个面，有话要跟他说。梁医生犹豫了一下，还是借故推托了，我要准备手术，他要说什么话尽管跟你说，你转告我就行了。老孙说，这话不好转告，他大概是要当面跟你道歉呢。梁医生假装糊涂，道什么歉？没什么可道歉的，他不欠我什么，我也不欠他什么呀。梁医生看了一会儿报纸，什么也看不进去，就走到窗边朝楼外面张望，正好看见四病区那里出来几个人，小马西装革履地坐在一辆自行车后座上，垂着脑袋，他的背影看上去像一个孩子，有个肥胖的穿红衣服的中年女人推着自行车，自行车后面跟着一个腰背佝偻的老妇人，手里提着大包小包，一路小跑着，梁医生知道他们是小马最后的亲人，推车的是他轻度智障的姐姐，另一个是他年迈的母亲。

梁医生与香草营小马的故事风起云涌，最后却是一个不太愉快的记忆，既然不愉快，干脆就忘了。他的职业容易忽略一些旧的故事，因为每天都有新的故事开始。这年秋天梁医生买了一辆小汽车，天天开车来医院，不从香草营走了。他与香草营小马的相识缘于一段隐秘的私生活，当私生活无疾而终，小马也淡出了梁医生的记忆。直到十一月的一天，梁医生从手术室回到办公室，发现外面的秋风已经带着深深的寒意，桌子上躺着几片干枯的梧桐叶，办公室里很冷，他去关窗，忽然看见两只灰鸽子一左一右，静静地站立在窗台上。鸽子不怕他，他也不撵鸽子，他和两只鸽子隔窗对峙，发现两只鸽子的脚上都拴着一条黑布，鸽子灰色的羽毛看上去很湿润，像是被雨水淋湿了，一股悲伤的酸楚的气息扑面而来。

香草营离医院这么近，那边在下雨吗？不，不是下雨。梁医生敏感地扳了扳指头，一个月，两个月，三个月，三个月了。梁医生的心抽搐了一下，作为医学专家，他能够估算小马这类病人的寿限，他猜，香草营那边一定是有丧事了。

但梁医生不知道小马的鸽子为什么飞到他这里来。鸽子不应该喜欢医院的窗台，也许它们只是来替主人捎话的？鸽子捎来的是什么话，梁医生一时半会儿还猜不透，他不知道鸽子是来替主人道歉的，还是来替主人索债的。

发表于《小说界》2010 年第 3 期

木壳收音机

莫医生撑着黑布雨伞走过铁路桥的桥洞，听见一种哐当当的金属撞击声从头顶上滚过去，手里的伞轻轻地往上蹦了一下，莫医生把伞斜撑着快跑了几步，回头看见一列货车刚刚从铁路桥上通过。货车是黑色的，漆写了一些白色的文字和标码，没有车厢的那几节蒙着油布，它们挟卷着一阵风响在莫医生的视线里一闪而过。

莫医生吓了一跳。

雨已经停了，或者城北的这条街道上并没有下过雨，莫医生收起伞，发现碎石路面仍然很干燥，没有雨的痕迹。莫医生觉得天气有些奇怪，他从城南的那位病人家里出来时，明明是下着雨的。他竟然不知道雨是什么时候在哪段街道上突然停止的。

莫医生沿着街道的左侧走了一段路，看见石码头的空地上堆积着一座小山似的垃圾，有一条狗在垃圾堆旁边转悠。莫医生用伞朝嗡嗡乱飞的苍蝇挥了几下，走到街道的右侧，右侧是密集的民居，没有垃圾堆。昔日棉花店的大门虚掩着，莫医生无意中看见一个陌生的女人躺在竹榻上，女人好像睡着了，莫医生发现她穿着短裤。莫医生因此在昔日棉花店的门前停留了两秒钟。他没有想到竹榻上熟睡的女人突然翻了个身，她睡眼惺忪地朝着门外啐了一口，莫医生听见她骂了一句极其难听的脏话。

莫医生又吓了一跳。他拔腿就走，在剩余的那段归家路上，他的心情忽然变得阴郁而烦躁起来。

钥匙拴在钥匙圈上，钥匙圈拴在钥匙链上，钥匙链拴在莫医生的皮带襻上。莫医生站在他的家门口，焦急地寻找铜质的马头牌钥匙。铜质的马头牌钥匙有两把，莫医生总是分不清哪把是开家门的，哪把是开诊所门的。按照惯例他依次试了一遍，这时候他突然听见房顶上有人在走动，莫医生又吓了一跳。

谁在房顶上？莫医生往后退了几步，踮起足尖竭力想看清楚房顶上的动静。房顶上瓦片咯咯地又响起来，并且有一股尘土从屋檐上落下来，莫医生挡住眼睛，继续朝房顶上喊，谁在房顶上？再不说话我要喊人了。

你喊谁？两个泥瓦匠的脸在屋檐上渐次出现，姓孙的用瓦刀当当地敲着铁皮漏水管，姓李的拔下一颗瓦松从上面扔下来，姓李的说，你看他急得那样，不让干拉倒，大热天的谁想跑房顶上晒太阳？

你们怎么跑到我房顶上去了？莫医生仰着脸喊。

筑漏呗，你不是向房管所打了修房报告吗？姓孙的说。我们在上面忙了一上午，连半口水也没喝到。

筑漏？我的房子不漏，为什么要筑漏？莫医生觉得很疑惑，他说，你们肯定弄错了，我没有打过修房报告，我的房子也不漏。

你是香椿树街十七号？你不是邓来先吗？

果然弄错了。莫医生舒了口气，指指北面的方向，这是七号，十七号在前面，化工厂隔壁，你们下来赶紧去吧。

我们得歇一会儿，我们累坏了。房顶上的人说。

你们既然累了就歇一会儿吧。莫医生想了想说。他走进屋子后用力关上了门。地上很潮湿，这是雨季留下的烙印。莫医生发现家中的地面和桌椅到处落下了墙泥以及毛茸茸的灰尘，墙上祖传的挂钟位置也倾斜过来。这就是房顶上的两个泥瓦匠的责任了。莫医生想想这事来得莫名其妙，心情也因此变得更加恶劣和低沉。

莫医生拧响了木壳收音机，电台正在播放一段熟悉而难以记住的乐曲。莫医生知道在乐曲播放完毕后就是天气预报节目了，他坐在红木靠椅上，静心等待那个圆润动听的女声的出现。天空情况，最高气温和最低气温。风向和风力。多年来莫医生一直习惯于午间收听天气预报，他对这个节目的程式可以倒背如流。木壳收音机里的音乐戛然而止，然后出现了一片沙沙的磁盘空转的声音，然后女播音员的声音准时响起来，一切都在娓娓地重复，但当她谈到气温的时候，莫医生愣了一下，很快发出了一声惊叫。

今天最高气温二十五度，最低气温三十一度。女播音员说。

莫医生从红木靠椅上站了起来，他听见自己的叫声在闷热的房屋里悠悠回荡，散发的情绪介于欢喜和恐惧之间。莫医生弯下腰，凑近了木壳收音机朝它注视着，他觉得手足无措。说错了，你说错了。莫医生拍了拍收音机。那个播音员一无察觉，现在重复一遍，她在收音机里说，今天最高气温二十五度，最低气温三十一度。

不对。她在胡说八道。莫医生拧小了收音机的音量，走到后门的石阶上。莫医生端着脸盆在石阶上擦洗。穿城而过的河水就在他的脚下汩汩流过。河水是暗绿的类似苔藓的，微微泛着氨肥的气味，水面上时而可见零星的油污、死鼠和形状各异的塑料制品。莫医生最后举起一盆水自头顶往下浇去，他看见紊乱的泛着肥皂泡沫的水流激溅而下，沿着石阶汇流到河水中去。

铁路桥横跨在百米之遥的河面上，午后一点相对静寂，没有车辆从那些菱形的桥栏里急速驰过。莫医生远眺铁路，两手绞干了毛巾。屋里的收音机换了一套节目，是弹词开篇《林冲夜奔》。莫医生一边擦着身体，一边听着陈旧的听过无数遍的弹词。林教头烧了马料房，顶风冒雪直奔梁山泊而去。评弹艺人在收音机里抑扬顿挫地说。莫医生微笑了一下，他对着桌上那台收音机做了一个轻蔑而猥亵的动作。

你们都在胡说八道。他说。

莫医生孤身一人住在这栋临河的房屋里。莫医生有午睡的习惯。莫医生有午睡时听收音机的习惯。莫医生有时候认真地收听午后的评弹节目，有时候想着忍冬和黄芩这些草药，有时候想着粉红色的内脏和蠕动其中的细菌以及积液。有时候莫医生什么也不想，很快睡着了。除了桌上那台木壳收音机，偌大的房屋里空空荡荡，莫医生或者睡在床上，或者睡在地板上，或者干脆睡在方桌上。只要能够顺利入睡，莫医生就能听见自己的心脏猛地敲击一记，就像墙上的挂钟一样，然后他就睡着了，睡着了就什么也听不见了。

但是莫医生没有睡着。屋顶上的两个泥瓦匠始终没有下来。他们在屋顶上不时地踩动青瓦，弄出一些清脆的刺耳的声响。莫医生不知道他们长久地逗留在上面出于什么用意，从天窗玻璃上可以看见他们晃动的身影。他们马上就要下去了，莫医生想，用不着去催促，他们马上就会下去了。他们不会无缘无故地留在我的房顶上的。莫医生想着，看见天窗玻璃突然黯淡了一下，好像有一张报纸盖在上面了，然后有什么东西软软地摊在报纸上，又有一只重物砰地撞击了天窗玻璃，他们还在干什么？莫医生惊诧地从草席上爬起来，他跳到桌子上仰脸朝天窗张望，终于发现压在上面的是一堆卤菜和一瓶酒。这么说他们正在我的房顶上就着卤菜喝酒？莫医生苦笑着摇了摇头。他抓起一根竹竿朝天窗玻璃捅了捅，你们快给我下来，你们凭什么在我的房顶上喝酒？

屋顶上的两个泥瓦匠没有丝毫动静。莫医生想也许是收音机开着，又隔着一层屋顶，上面的人听不见。莫医生就抓着竹竿走到后门那里，用竹竿的头端敲着瓦棱，你们快下来，你们不是要去十七号筑漏吗，怎么在我的房顶上喝起酒来了？

不去十七号了，我们喝点啤酒解解渴。姓李的说。

你也上来喝点吧，最好带一只杯子上来。姓孙的说。

我要午睡。你们要喝酒下来喝，随你们上哪儿喝，就是别在我的房顶上。莫医生用竹竿继续敲击着瓦棱，提高了嗓音说，我真不懂你们为什么要跑到我的房顶上喝酒。

你睡你的，我们喝我们的，别管闲事。姓孙的说。

可是你们在我的房顶上喝，吵得心烦。莫医生说。

谁说是你的房顶？屋子里是你的地盘，房顶可不是你私人的。姓李的哂笑了一阵说，我们是房管的，我们最懂这些了。

你们都在胡说。莫医生涨红着脸说。我从来没碰到过这种怪事。莫医生还想说什么，最终还是语塞。他抓着竹竿走进屋子，突然骂了一句脏话。他想起这就是棉花店女人骂的那句脏话，竟然很快被自己动用了。莫医生想这是因为他气愤过度的缘故，对此他并不感到自责。

莫医生重新躺到凉席上，听见收音机里的弹词已接近尾声，他无奈地意识到这天的午休将归于失败。他睡不着，也不想起来整理一周来接触的病例。莫医生怀着一种憎厌的心理想到一些令人恶心的东西，譬如湿疹和痔疮，譬如尿失禁和前列腺肥大症，它们现在就像烂糟糟的卤菜，从莫医生的眼前一一掠过。

大约是午后两点钟，有人忽轻忽重地敲着莫医生的门。莫医生开门看见一个穿灰裙的女人站着，她身后跟着一个十岁左右的小男孩。莫医生想起男孩是他的一个病员，几乎隔一个月就要跟他母亲来一趟。男孩患了肾炎，因为拒绝打针就被他母亲带到莫医生这儿来了。莫医生是中医，莫医生从来不给他的病人打针。

穿灰裙的女人以一种温柔的姿势牵着男孩的手，男孩的手却下意识地挣脱着，他的手里握着一个彩纸和细木棍做成的风车。莫医生注意到那只彩色小风车，它由红、黄、蓝三色组成，在幽暗的屋子里异常炫目。

敲门敲了好一会儿，莫医生在睡午觉？女人坐下来后问。

你听见房顶上的响动了吗？你猜是什么人？两个泥瓦匠，他们在我的房顶上喝酒。他们说房顶不是我私人的。

尿还是不好，又黄又浑，我拿到医院验了一下，红血球还有两个“+”。女人迟疑了一会儿说，真把人急死了。

你说什么？莫医生如梦初醒地去抓孩子的手，孩子敏捷地闪开了，他鼓起腮吹着风车，风车无力地转了一圈又停住了。莫医生再抓孩子的手，这回抓住了。别躲。莫医生说，不把脉怎么给你治病？莫医生屏息感受着男孩的脉息，视线却被男孩另一只手里的风车所吸引，莫医生觉得风车的彩色叶片鲜艳刺眼，他忽然产生了一种虚弱而困倦的感觉。

我真不明白这么多帖的药下去，孩子的病情怎么还不见好？女人抚摸男孩细软的头发。她说，我真是急死了。

孩子是不是偷吃咸的了？我告诉过你别让他偷吃咸的。否则我的药方不起作用。

我真是急死了。女人对莫医生的问题不置一词，她说话的声音变得喑哑凄楚，有没有办法让孩子沾点盐？大人老不吃咸的也不行，别说这么小的小孩子。

莫医生微笑了一下，他觉得女人的想法很奇怪也很糊涂，莫医生说，你不是在给孩子治病吗？治好了就能吃咸的，但是治疗过程必须忌盐，你不能让他偷吃咸的了。

我只是让他沾一丁点咸的。想让他长点力气。

莫医生叹了一口气，他的心里涌上一种愤怒的情绪，又不宜表现出来，他突然觉得无需跟这个女人费什么口舌，于是，他转向孩子说，你想病好吗？想病好可别偷吃咸的了。

不想。男孩大声地说，我就要偷吃。

不想？莫医生又微笑了一下，然后他俯在男孩耳边说，难道你不怕死吗？

我不死。我才十岁。你才会死呢。你马上就要死了。

莫医生吓了一跳，松开男孩细瘦的腕部。莫医生装作没有听见男孩的话。让我看看舌苔。他用消过毒的木片撬开了男孩的牙齿，动作有点粗暴，男孩发出了一声尖厉的哭叫。穿裙的女人在一边不满地说，请你轻点，孩子说话不懂事。莫医生摇了摇头，他想孩子确实不懂事，但你做母亲的也不能处处宠着孩子。再想想确实没有必要跟一个患病的孩子怄气，于是他换了一种轻松调侃的语气对女人说，你听今天的天气预报了吗？播音员说今天最高气温二十五度，最低气温三十一度。莫医生说着自己先笑了起来，他说，真滑稽，播音员重复了两遍，结果都说错了。

我不听天气预报。我没有闲工夫听。女人随口附和着，侧脸看了眼桌上的木壳收音机，收音机里现在没有节目，红色指示灯却亮着，仔细分辨时可以听见嗡嗡的电流声。女人说，没有节目了，你还开着收音机？

马上就有新闻节目，我在家就得听收音机，到夜里九点钟才关掉。莫医生伏案写了一纸新的药方，塞到女人的手里，他说试试这帖药，也许病情会很快好转，千万记住别让孩子沾盐，否则他的病永远好不了的。

女人已经站了起来，她牵着男孩的手走到门口，突然回眸注视着莫医生，一副欲言又止的样子，而男孩再次挣脱了他母亲的手，他的一只脚踩在外面的街道上，另一只脚踏着莫医生家的门槛。我不要玩风车了，送给你玩吧。男孩一边说一边用力将风车扔进莫医生的家里。莫医生看见那只残破的风车无声地落在地上，看上去就像一只滑翔的彩鸟。

你脸色很难看。女人终于对莫医生说，你是不是有心脏病？你肯定有心脏病吧？

莫医生又吓了一跳，他不知道女人凭什么判断他有心脏病，况且她还是登门求医的病人。莫医生注意了女人脸上的表情，她的表情含有一丝狡黠和复仇的意味。莫医生下意识地摸了摸自己的心脏部位，心脏病？他说，也许有一点，问题不大，我会给自己治病的。

你要当心。女人拉着男孩走了几步，最后回过头朝莫医生喊了一句。

街上洒着一半淡金色的阳光，另一半则是经屋檐遮挡后产生的阴影。莫医生站在门口目送母子俩远去心里突然有些疑惧。你要当心。他琢磨着女人的这句话，听见房顶上突然哐啷滚下一件东西，是一只酒瓶，一俟落地就碎成几片了。莫医生从玻璃残片中嗅到了强烈的酒气，他朝房顶上徒劳地仰望着，什么也看不见。唯一可以肯定的是两个泥瓦匠仍然在上面喝酒。莫医生张大了嘴，他想高声地喊叫什么，喉咙却变得干涩发黏，伴随着一种刺痛，他的脑袋也晕眩起来。没办法，就让他们在我的房顶上喝下去了，看他们能喝到什么时候。莫医生回屋关上了门，他感觉到了身体内部出现的变化，他想在弄清病因之前首先应该给自己量量血压。

莫医生坐到楸木圆桌前，将绷布绑在手臂上，绑了好几次才绑紧了，然后他竖起血压计的盒子，开始给自己测量血压，他听见桌上的木壳收音机里出现了前奏曲的音乐，它预告了新闻节目的来临。莫医生想音乐并不妨碍他测量血压，但奇怪的是水银柱在不断上升，他却始终听不见那熟悉的咔哒一声。莫医生恐慌起来，难道我的血压高得已到极限了？莫医生觉得他的脑袋很沉重，他的虚弱的肩胛、脖颈和脊椎支撑不住他的脑袋。莫医生坐在椅子上慢慢往下塌陷，往右侧倾斜，他最后看见的是被男孩丢弃的彩色风车，它就丢在莫医生的脚下，他最后看见的是彩色风车的自然旋转。午后有风从临窗的河面上轻轻拂来，那只彩色风车在微风中飒飒地旋转起来。

到了黄昏，莫医生家里有收音机奏起一支欢乐而喧闹的进行曲，房顶上两个醉酒的泥瓦匠就是被乐曲声惊醒的，他们觉得音乐响了很久了，那台收音机几乎要把他们的耳朵震聋了。姓李的瓦匠爬到屋檐边，发现原来架在西墙上的梯子不知被谁抽走了，梯子跑掉了，我们怎么下去？姓李的瓦匠对姓孙的说。跳呗。姓孙的迷迷糊糊地回答。姓李的又问，从哪里跳呢？姓孙的说，废话，当然从最矮的地方跳。

姓李的泥瓦匠选择了莫医生的后门，那里距屋檐不高，而且地上有一只盛满鸡毛菜的破篮子，还有一只红色的塑料痰盂。姓李的先弓着腰往下跳，恰恰跳到鸡毛菜里，软绵绵的，一点也没有不适的感觉。姓李的高兴地叫了一声，然后他掀起了莫医生家后门的竹帘，径直闯了进去，借个道走走，我要走到街上去。姓李的走过莫医生身边时，朝他肩上亲昵地拍了一下，莫医生没有动。姓李的说，怎么你还在生我们的气，我们还不是下来了吗？莫医生仍然没有动。这时候姓李的看见了桌上的血压计。怎么还有自己给自己量血压的？姓李的走过去拽了拽血压计上的连线，桌子上的血压计和椅子上的人同时摔到了地上，这时候他才发现事情有些蹊跷。

快来看，这人是怎么啦，姓李的匆匆跑回后门的石阶上，他看见姓孙的站在齐腰深的河水里洗头，他好像顺手在莫医生的窗前捞了块肥皂。姓李的看见姓孙的用肥皂一遍遍地往头上抹，然后一次次地往水里沉，姓李的看见姓孙的脑袋，一会儿是白的，一会儿是黑的。而且姓孙的根本不理睬姓李的的叫声。

虽然夏季的河水很脏很臭，姓孙的泥瓦匠还是洗得很惬意，他看见从河的上游驶来一条木船，船舱里满载着棉布和谷糠。撑篙的是个年轻的女人，摇橹的是个更加年轻的女人。姓孙的泥瓦匠莫名地觉得快乐，他朝木船挥舞着湿漉漉的汗背心。

你们要去哪里？姓孙的高声呐喊。

去常熟。船上的人回答说。

两个厨子

两个厨子杀鸡宰羊的忙了一整天了。从顺福楼请来的厨子脸孔白里透红，身架又高又胖，手脚却麻利，说话的声音也响如爆竹。另一个厨子看上去不怎么像一个厨子，且不说他的黑黑瘦瘦腌菜似的脸，他在灶台前始终毛手毛脚的，杀最后一条大青鱼时甚至掏破了鱼胆。

白厨子浇了点醋在青鱼肚子里，怒气冲冲地在水缸里漂那条鱼，他说，早知道你这么笨，还不如我一个人干，老邓说你在德大饭庄干过，我看你是在那儿洗碗扫地的吧？

黑厨子不说话，他只是卑琐地赔着笑脸，垂着手站在旁边看白厨子洗鱼肚。

白厨子朝黑厨子翻了个白眼，他说，你站着干吗？还不快去把那块肉的骨头剔出来？呸，就你这么笨的人，也敢来陈家的宴席做厨子？

黑厨子慌慌张张地从水缸上跳过去，刀在哪儿？他这么问着，立刻意识到不该这么问，扑到桌前抓住了那把刀，他说，刀在这儿呢，我马上把骨头剔出来。

你知道这陈家什么来历？白厨子说，这方圆三百里之内谁也富不过枫杨树陈家，四代盐商，出了一个进士，三个举人，虽然陈老先生一辈子待在镇上，可两个儿子还是出息，一个在县府做副县长，一个在军队里是少校营长呀。

黑厨子说，我知道他家富，光是猪肉就腌了三大缸呢，这么多肉够我们家吃一辈子了。

你就知道肉，陈老先生不稀罕肉，他爱吃鱼，他最爱吃我们顺福楼的红烧划水，要不怎么就点我名上这儿来做宴席呢？白厨子把那条刷洗过的青鱼拎在手上，他用手指在鱼肉上蘸了蘸，然后伸到黑厨子嘴边，对他说，你尝一尝鱼肉，看还苦不苦，要还苦就麻烦了，一盆红烧划水装九条鱼尾，讨吉利的，陈老先生过寿辰讲究的就是吉利，八尾鱼端上去他肯定要骂人的。

黑厨子诚惶诚恐地瞪着那条鱼，他说，我不敢尝，还是你来尝吧。

有什么敢不敢的？是生鱼，做好了我还不让你尝呢。白厨子把那根手指塞到黑厨子嘴里，他说，我整天都在剔鱼片烧划水，可我就是尝不得生鱼的腥味。

黑厨子任凭白厨子把手指塞进他的嘴，他舔了舔那根手指，咽了口唾沫说，不苦，就是有点腥。

不苦就好。白厨子松了一口气，转过去把鱼放在案板上，突然想起什么，又把鱼拎高了对准黑厨子的脸，不行，那么尝我还不放心，白厨子说，你干脆在鱼尾那儿尝一尝，万一苦胆汁渗到尾巴上去就麻烦了。

黑厨子犹豫着，看看白厨子的脸色，又看了看面前的那条鱼，我尝，反正我不怕腥，黑厨子短促地笑了一声，然后吐出舌头在大青鱼的尾巴上舔了两下，不苦，尾巴上也不苦，黑厨子对白厨子露出一张灿烂的笑脸，他说，一点也不苦，就是有点腥。腥得厉害，鱼尾巴怎么这么腥？

白厨子再次把鱼扔到案板上去，回过头瞪了黑厨子一眼，你尽说废话，白厨子说，鱼尾巴不腥什么腥？可等会儿红烧划水做好了，那腥味就没有了，那香味就出来啦。

黑厨子在给一大块猪肉剔骨头时干得异常认真，一边剔着骨头一边咽着唾沫，他很害怕白厨子听见他喉咙里咽唾沫的声音，他想忍住，但因饥饿引起的唾沫像潮起潮落，他无法停止自己饥饿的声音。

你不要再剔了，白厨子说，你他妈的怎么这样笨？剔根骨头要这么长时间，这样下去八点钟也开不了席。

还有肉剔不下来，这么一长条肉粘在骨头上，太可惜了。黑厨子说。

你以为陈家在乎这点肉屑子？嘁，一长条肉，一长条肉！白厨子上来把那根大肉骨头夺过去，往装垃圾的箩筐里一扔，他说，我看你什么也干不好，给我去剥大葱吧！

黑厨子顺从地走到屋角去剥大葱，他蹲在那儿剥大葱，目光却还留恋着垃圾堆里的那根肉骨头，还有一长条肉没剔下来呢，他轻声嘀咕着，剥葱的动作显得三心二意的。

我上了老邓的当，他还说你在德大饭庄做过红案，你算什么狗屁红案？白厨子说，我今天是要累死半条命了，早知道这样，还不如自己找个红案师傅来。

我手脚是笨了点，可我不要工钱。黑厨子嗫嚅道，说好了的，只要管我一顿饱饭。

一顿饱饭，嘁，一顿饱饭！你还这么爱吃，哪儿听说过做厨子的这种猴相？白厨子半笑半恼地切着肉片。他的刀功很好，手中的刀刃随着腕部的抖动舞蛇走龙，案板上跳跃着一堆或红或白的光点。白厨子说，我就猜到你不是厨子，看你的眼神就知道了，做厨子的人看见鱼呀肉呀眼睛是冷的，你见什么眼睛都亮，恨不得生吃了它们呢。

黑厨子没有听见白厨子的话，他的眼睛正如白厨子所描述的那样，闪闪烁烁地亮着，盯着箩筐里的那根肉骨头。那根肉骨头的大半部分被掩在白菜皮里，但仍然有一端倔强地露在外面，骨头上黏附的一层粉红色的肉也仍然清晰夺目。

我做了二十年厨子了，一做酒席不吃就饱，白厨子说，别人见我又白又胖，以为我整天吃什么山珍海味，其实我每顿才吃一块肉，多半块都吃不下去。

黑厨子没有听见白厨子的话，他的眼睛盯着箩筐，呼吸突然急促起来，他的脸上出现一种焦灼而痛苦的表情，一只手迟疑着伸向箩筐，抓住了那根肉骨头。然后他回头瞥了一眼白厨子，嘴里慌慌张张地应了一句，就是，就是吃不下去。

我说我自己呢，白厨子嗤地笑了一声，说，你也会吃不下去？骗鬼去吧，我看等会儿那顿饭你非把肚子吃炸了不可。

黑厨子附和着也笑了一声，但他的笑声听上去突兀而紧张，白厨子猛地回过头，警惕地扫了黑厨子一眼，你在干什么呢？白厨子说，让你剥葱，你把手伸到箩筐里干什么？

我扔这些烂葱叶呢，黑厨子弯腰站在那儿，用身子挡着白厨子的视线，他有点结巴起来，烂葱叶，箩筐，黑厨子说，箩筐满了，我去把垃圾倒掉吧。

手别乱伸。白厨子的目光犀利地盯着黑厨子瘦削的背部，他大概想到了什么，突然冒出话来，上门厨子的规矩你该知道吧？老邓他肯定跟你说过规矩吧？

我懂规矩，老邓说随我怎么吃都行，就是不让带走，什么东西都不能带。黑厨子说。

知道我就放心了。白厨子说，陈家其实也不在乎一碗肉半条鱼的，可万一少了什么，都记在我的名下，传出去不仅坏了我的名声，也坏了顺福楼的名声。

我懂，就是一根骨头也不能带出门。黑厨子的脸红一阵白一阵的，他似乎想把两只手从箩筐里拿出来，但两只手不听话，十根手指抓紧了那根肉骨头把它往垃圾深处埋，最后黑厨子用白菜皮盖住了肉骨头。他直起腰来，对着箩筐叹了一口气，又摊开双掌看了看自己的手，看见他的十根手指都是油汪汪的，他想这辈子从来没见过这么好的肉骨头，可是这么好的肉骨头就这么扔在垃圾堆里了。

陈家的女佣曾经到厨房来查看寿宴上的菜肴，那女人嘴碎，说肉丝切得太粗，又嫌猪肚煮得不烂，白厨子嘴上客气地应允着，心里却很气恼，因此女佣一出厨房，白厨子就冲着她的背影骂了一串脏话。

女佣刚走，那个小男孩就来了。小男孩大约有八九岁的样子，脸很脏，身上穿着件大人的棉袄，腰中用布条扎了一道。小男孩怯生生地把脑袋探进门内，朝厨房四角迅速张望了一番，白厨子正没好气，不知怎么他认为小男孩是女佣的孩子，于是又冲着他大声嚷道，滚出去，哪来的野孩子？

小男孩吓了一跳，那颗蓬乱的脑袋闪了闪，很快就不见了。白厨子悻悻地把切好的肉丝倒在案板上，我做了二十年厨子，轮得到她教我切肉丝？白厨子把案板剁得砰砰地响，他说，狗仗人势，她算老几？嘁，她来教我切肉丝？

白厨子发现黑厨子不在听自己说话，黑厨子抓着一把大葱，看样子心神不定的，他跌跌撞撞地走到外面，一眨眼又抓着那把大葱回来了。

你怎么回事？白厨子又嚷嚷起来，你脑子还在脑壳里吗？让你把猪肚再放到炉子上炖一会儿，你他妈的在梦游呀？

我没梦游。黑厨子神情木然，指着门外说，那孩子走了。

你也走吧，你在这里屁用也没有，白厨子说着鼻孔里发出轻蔑的声音，我知道你不会走，你还等着那顿饭呢。

白厨子用一只筷子插在猪肚上察看它是否煮烂了，他听见身后传来碗碟碰撞的声音，白厨子回过头就看见了一只慌乱的小手，那只小手从窗外伸进厨房，抓住了碟子里的一块卤肘花，白厨子怪叫了一声冲出去，他看见那个肮脏的小男孩缩在墙角边，满面惊惶地望着他，他看见小男孩的嘴被什么东西塞得鼓了起来，嘴角上淌着几摊暗红的油汁，而他的手里紧紧地抓着那块卤肘花。

该死，怎么进来个小叫花子？白厨子扑过去抢他手里的肉，让他吃惊的是小男孩的反抗和挣扎，小男孩朝白厨子乱蹬乱踢，两只小手紧紧抓着那块肉不放。白厨子对厨房里的黑厨子高声叫喊着，快出来！快把肉抢下来！快把这野孩子撵走！但厨房里的黑厨子一声不吭，他没有出来。白厨子大概太高太胖了，他拧住了孩子的耳朵不让他逃走，对孩子的嘴和手却无可奈何，眼看孩子张大嘴凑近了那块肉，白厨子朝厢房里高声大叫起来，来人哪，快来抓小偷！

厢房那里跑来了几个人，他们帮着白厨子抢下了卤肘花，白厨子用围兜托住卤肘花仔细看了看，看见油亮的肉皮上已经留下一排细小的齿印。白厨子骂了一声，对着那个女佣劈头盖脸训了一顿，是谁把这小叫花子带到厨房里来的？是谁家的孩子？跟条野狗似的，见什么咬什么？白厨子把卤肘花送到女佣脸前，说，你看看，你自己看看这牙印，让我怎么端上桌去？

女佣大概对这件事摸不着头脑，她揪住了小男孩的胳膊，与另外三个用人面面相觑，谁家的孩子？女佣疑疑惑惑地审视着小男孩的脸，眼睛倏地一亮说，不是谁家的孩子，肯定是街上的小叫花子！女佣这么说着一扬手就扇了小男孩一记耳光，小叫花子，你怎么溜进来的？女佣横眉立目地说，爬墙进来的？你吃豹子胆了？怎么敢跑到这里来偷东西？

白厨子推开女佣，掰开小男孩的嘴查了查他嘴里的东西，看见一堆白白的馒头渣子，白厨子就放心了。这孩子是饿疯了。白厨子说，我可没见他偷东西，他是饿疯了，你们撵他出去就行了嘛。

白厨子用围兜兜着卤肘花回到厨房，看见黑厨子抱着脑袋坐在炉灶旁，他的干瘦的背影纹丝不动，看上去像一截枯死的树桩。

你坐在那儿干什么？睡着了？白厨子把卤肘花放回到盆子里，用刀刮去肉皮上的齿印，又抓了把葱花盖在上面，白厨子继续数落着黑厨子，没见过你这么没用的人，手脚笨不去说它，长了眼睛也是出气的，你不就站在窗边吗？怎么让那孩子把肘花抓了去？

白厨子听见一种奇怪的声音，他歪过头注视着黑厨子，发现黑厨子的双肩在轻轻地抽搐，他终于意识到黑厨子发出的声音是什么，黑厨子正坐在炉灶旁呜咽呢。

你这人怎么回事？白厨子走过去想看黑厨子的脸，但黑厨子用手把自己的脸遮住了，白厨子只看见一滴浑浊的泪珠从黑厨子的指缝间慢慢地挤出来，白厨子嘻嘻笑起来，他说，你这种人我真是第一次见到，一个大男人说哭就哭起来了？

黑厨子死死地捂住自己的脸，他不说话。

好好的怎么会哭起来呢？白厨子摇着头在黑厨子旁边站了一会儿，很明显白厨子这时候不知说什么好，他站了一会儿只好回到桌子边去，他说，今天是活见鬼了，一个大男人，也在那里哭，告诉你今天是陈老先生七十大寿，不能哭的，就连孩子也不让他们哭，你个大男人倒在那里哭起来了！

黑厨子停止了呜咽，他慢慢地站起来，用衣袖在脸上胡乱擦着，他的眼睛看着通往前院的月牙门，但他终于开始与白厨子说话。我要走了，黑厨子哑着嗓子说，我在这儿待不住了。

这就想走？白厨子诧异地瞪着黑厨子的背影说，还没开席呢，你不是说想吃一顿饱饭吗？你不知道厨子吃饭的规矩？得等到主人家吃好收碗你才能吃呢。

我待不住了，我得走了。黑厨子说。

你在不在这儿我无所谓，本来就帮不了我，可你那顿饱饭怎么吃？现在没什么菜给你吃，白厨子脸上露出一种讽刺的微笑，他说，没吃上那顿饭就走，你不是白干了一天活嘛？

那儿有冷馒头，我吃上几个馒头就行了。黑厨子说，我不是孩子，我不馋肉。

白厨子犹豫了一会儿，把蒸屉里的馒头都端给了黑厨子，你愿意吃冷馒头就吃吧，不关我的事，白厨子说，能吃多少就吃多少，厨子吃饭不看主人脸色，这也是规矩。

白厨子看着黑厨子的手颤动着伸向蒸屉，两只手各抓了两只馒头，白厨子忍不住嗤地一笑，别这么性急，你坐下来慢慢吃，不是告诉过你吗，能吃多少就吃多少，这是规矩。白厨子看了看黑厨子手里的馒头，又看看他的突然明亮的眼睛，很自然地想到了什么，于是白厨子拖长着声调再次重复了他已经说过的话，随便你吃多少，白厨子说，就是不让带走，这是厨子的规矩。

白厨子看见黑厨子的眼睛忽明忽暗的，黑厨子坐在灶膛边吃馒头，他的脸在火光辉映下呈现出一种鲜艳的红色，他把一只馒头放在嘴里咬了一口，同时深深地叹了口气。白厨子看见黑厨子把馒头放在嘴边，黑厨子尖削的喉结上下耸动着，他好像奋力地吞咽着什么，但咽下去的只是口水，那只馒头仍然饱满地塞在他的干裂的嘴唇之间。

怎么不吃了？白厨子说，是不是馒头太硬了？

黑厨子的手仍然僵直地抓着那只馒头，他的神色仍然迷茫而凄恻，我怎么咽不下去？黑厨子的声音从馒头边缘挤出来，听上去像是来自很远的地方，我饿过头了，我怎么咽不下去？

别着急，慢慢咽，白厨子说，我看你是饿过头了。

我饿过头了，我咽不下去，黑厨子摇着头，他的目光茫然无助地游移着，最后落在白厨子脸上，他的急促的呼吸声也从馒头上滑落下来，听来像是人在厮打挣扎时的喘息。黑厨子就这么喘息着，嘴角上突然浮出一丝笑意，他对白厨子说，我这么饿，这么想吃，怎么咽不下去呢？

我怎么知道你？你肯定是饿过头啦！

白厨子无暇顾及黑厨子的事了，他必须在炒菜之前把一锅荤油熬出来。白厨子把一篮子肉膘倒进锅里，回身去找铁铲时看见黑厨子站在他身后，黑厨子手里抓着一根肉骨头，他一眼就认出那是被他扔进垃圾堆里的肉骨头。

我没吃馒头，我怎么也咽不下去。黑厨子用一种乞求的眼神望着白厨子，这根肉骨头上还粘着点肉，骨头里还有油，让我带回去给孩子熬锅汤吧。

白厨子一时愣在那儿，白厨子用锅铲敲了敲那根肉骨头，他想说什么，却突然不知道说什么才好。

我什么也不带，就带这根肉骨头，本来也是扔掉的呀，黑厨子腌菜色的脸现在涨得通红，他一把抓住白厨子的手说，我不吃他家的饭，我就带一根肉骨头走，不算坏厨子的规矩吧？

白厨子轻轻推开黑厨子的手，他张开嘴似乎想笑，但他的嘴刚咧开就愤愤地合上了，这是他妈的什么世道？白厨子用锅铲在空中狠狠地劈了一下，然后转过身去翻弄锅里的那些油膘，想带就带走吧，反正是根肉骨头！白厨子用锅铲压住一块油膘，让它吱吱地叫着冒出第一滴油来，白厨子说，想带就带走吧，厨子的规矩是厨子的规矩，反正你又不是厨子，我是让老邓坑苦了，你哪是什么厨子！

白厨子那天忙坏了，他不知道黑厨子后来是怎么走的，他猜那根肉骨头大概是被黑厨子掖在怀里带走的，陈家人多眼杂，虽然是一根肉骨头，也只有掖在怀里才能带走了。

大约是半个月以后，县城的木材商朱家办喜事，顺福楼的厨子们几乎倾巢而动，那天早晨白厨子去鱼市办水货，路过灾民救济会时看见两口粥锅前排了长长的一条人龙，白厨子眼尖，一眼就看见人群里两个熟悉的身影，一个是黑厨子，另一个就是那天偷了卤肘花的小男孩。

那父子俩一人拿了个破碗，在早晨的寒风中挤在一起，他们的眉眼何其相似，他们饥饿的神色何其相似，任何人都能一眼看出，那是父子俩。他们是父子俩，白厨子并不觉得意外，他想他那天真是忙昏头了，他们是父子俩，他当时怎么就没想到呢？

神女峰

轮船码头比任何一个集市都要拥挤和肮脏，滞留此地的人们有的蹲着，有的站着，还有的四仰八叉地躺在仅有的几块空地上，张大嘴呼吸着污浊的空气，一边打着响亮的呼噜，轮船尖利的汽笛声没有惊动那些人，很明显他们并不是旅客。

最后的两名旅客大概就是描月和李咏。描月的一只手被李咏紧紧地拽着，另一只手一直提着她的黑色长裙，像一个木偶被牵拉到了检票口。描月意识到自己像一个木偶，因此她的脸上一直凝固着一种窘迫的表情，当她在检票口撞到一个农民模样的人时，描月没有向那人道歉，却猛然甩掉李咏的手，你干嘛这么慌慌张张的，描月说，船还没开呢，你慌什么？

李咏回过头匆匆瞥了女友一眼，他的手上肩上各挎了一只旅行袋，脖子上挂着描月的女士皮包。李咏察觉到描月在生气，但他没生气。李咏踮起脚尖朝轮船的甲板上张望，突然高声叫起来，我大哥，我看见我大哥了！李咏朝甲板上的一个男人挥着手，一边揽着描月的肩膀说，看见我大哥了吗？他正跟我们挥手呢。

描月看见一个穿蓝白条衬衫打着领带的男人，叼着香烟伏在栏杆上，一只手高高地举起来，朝左右两侧潦草地晃了两下，他挥手的姿势活像是一个大人物。描月下意识地回头看了看，后面当然没有什么人，她其实知道他在向自己挥手，只是故意不看他。其实不用李咏介绍，描月也知道了，那个人就是老崔。

上船的时候描月仍然目不旁视，但是冷不丁地说了一句，你大哥？哼，你大哥就这模样呀？

描月嘴快，说了话往往自己也不知道是什么意思。描月是个喜欢贬低一切男人的女孩，其实就站在甲板上的老崔来说，他的体型要比描月想象的高大魁梧，他的长相也比她想象的要年轻一些，英俊一些。

他们三个人包下了一个二等舱，舱室不大，却还算干净。描月是第一次坐船，不禁有点喜形于色，她在舱内扫视了一圈，摸了摸床铺说，挺舒服的么。描月说完就后悔了，她看见老崔投来的目光，那么匆匆一瞥，却让她后悔得要命。

老崔含笑道，是第一次坐船吧？

第一次怎么啦？描月说，坐轮船有什么可得意的，又不是坐航空母舰。

老崔愣了一下，看看李咏，说，厉害。

她就是嘴厉害，李咏说，心眼还挺好的。

谁告诉你我心眼好的？描月说，你根本不了解我。

李咏尴尬地笑了笑，转移话题说，×，就我们三个人，没有外人来了，这多痛快。大哥还是你英明，坐二等舱就得包舱。

有钱么，有钱就能摆阔。描月从小包里取出化妆盒，细细地在脸上补了点妆，描月对着小镜子说，我倒希望再来一个人，有趣一点的人，要不，这一路上还不把人闷死。

描月听着两个男人无言以对，总算觉得解了气，又觉得他们嘴笨，忍不住偷偷一笑，她从镜子后面偷窥两个男人，他们都微笑着，脸上是一种相仿的宽容的表情。李咏这时候凑到描月耳边，轻声说，你对我大哥客气点，你忘了你的工作都是他帮忙找的？

描月撇了撇嘴，想说什么又忍住了，描月的报复本来已经完成，没想到李咏紧接着就做了那件事。李咏从床下拿出了三双拖鞋，第一双给了老崔，第二双给了描月，第三双放在自己脚下，描月看着他拿鞋的次序，心里很不舒服，偏偏老崔在说话了，老崔说，李咏你又错了，该先给你女朋友呀。老崔话音未落，描月已经把拖鞋踢了出去。

没出息，描月冲着李咏喊道，你是男人吗，他有钱你就甘心当他的奴才？

你这是什么话？他是我大哥呀。李咏涨红了脸，讪讪地说，一双拖鞋，先给谁还不一样？

老崔在一边哈哈大笑起来，他的笑声听上去快乐而暧昧，他一边笑一边拍着李咏的肩膀，然后附到李咏耳边说着什么。描月瞪着他们，她想听清楚他们在说什么，却看见老崔注视着自己，老崔的眼神有点古怪，似乎在赞赏她，似乎又不是，描月觉得那种眼神很隐秘。

不知怎么描月不敢正视老崔的眼睛。她转过脸去望着船窗外面，窗外码头上的景物已经开始移动，浑黄的江水缓缓地后退，船已经离港了。旅行开始了，描月的心情也一点一点好起来，她的脑海里迅速闪过南京、武汉、万县、重庆这些地名，那是她记得的三峡旅行将要经过的城市。描月的心情一点一点地好起来，她想象着长江三峡美丽壮观的景色，依稀看见一座形状奇特的陡峭的山峰，那就是著名的神女峰。描月是在一张长江游览图上知道它的，神女峰的形状确实像一个守江而望的女人。描月也不知道为什么独独是神女峰让她产生了无限的想象。

描月从小包里找到了那张皱巴巴的游览图，描月的手指沿着图上的长江优美地移动着，在标示神女峰的红点上突然停顿了，神女峰，描月莞尔一笑，叹了一口气说，唉，船开得真慢，什么时候才能到神女峰呀？

李咏已经脱下衬衫光着上身了，他正用毛巾在腋下抹擦着。急什么？李咏说，船不是刚开吗，那个什么峰肯定在三峡里，过了武汉才进三峡，进了三峡才能看见呢。

哪用得着你说？描月朝李咏轻蔑地瞥了一眼，她意识到自己是在问老崔，但不知怎么她的目光一旦与老崔相遇就慌忙躲开了。描月又埋头盯着游览图，像是自言自语地说，我估计船过神女峰是在第三天，要不就是在第四天？

我也不知道是第几天，老崔在另一张床铺上收起手里的报纸，说，我就知道第二天到武汉，到了武汉就该下船啦。

武汉有什么意思？描月仍然低着头说，我小姨妈就住在武汉，我妈去过那儿，说夏天热死人，冬天冻死人，又没什么好玩的。

我知道三峡很美，武汉很没意思，可我就是没空往上游走，没时间呀。老崔说，我要是像你们这么自由自在就好了，生意人没时间，我就不能陪你们往上游走了。

大哥得在武汉下船，李咏坐在描月的身边，说，我不是告诉过你吗，大哥在武汉有许多生意。

谁跟你说话了？描月抬起肘部推着李咏，皱着眉头说，没见过你这么讨厌的人，你就一张嘴，说话还结结巴巴的，还想把全人类的话都说完？

李咏似乎从来不生女友的气，他从描月的身边坐到老崔的身边，对老崔挤着眼睛，说，怎么样，厉害吧？

老崔却哈哈大笑起来，兄弟别生气，他一下一下地拍着李咏的肩膀说，有个幽默的女朋友是男人的福气，男人么，不受点女人的气就做不成男人！

描月这时候扑哧一笑，准确地说，那是发生在她和老崔两个人之间的会心一笑。这种微妙的情景来得很突然。描月的心咚地跳了一下，她猛地转过脸去，心里隐隐地有一种不安的感觉。她甚至不知道这是怎么发生的，她与老崔突然达成了某种默契，他们好像是在合伙捉弄或者欺负李咏。

轮船微微轰鸣着行驶在江面上，从窗口望出去天已黄昏，江岸上的乡野景色笼罩在淡淡的暮霭之中，看上去单调而朦胧。描月想打开船窗，但发现窗子被钉死了。李咏挤过来，拼命想把窗子往上拉，这次描月没有责怪他，她只是指了指那几颗钉子，用眼神告诉他，他是多么愚笨。然后描月含了一颗话梅在嘴里，拿出一本时装杂志看了起来。

轮船进入夜航以前两个男人就开始喝酒了。描月难以想象他们这么喝酒有什么乐趣，可是他们就这么津津有味地喝开了，尤其是李咏，他的白净清秀的脸上满是酒色，说话声也变得亢奋而粗鲁，他一直大声说着一个同事卷走五百万公款潜逃国外的事。大哥你想不到吧，猴子竟敢干这种事，李咏说，操，知人知面不知心，猴子那么胆小一个人，就敢干这种事，操，现在的人，想钱都想疯了。

这事你跟人说了有一百遍了。描月厌烦地说，我看你想钱也快想疯了。

老崔对李咏的絮叨却很有耐心，他说，都疯了就好了，疯了就不想钱了。

描月扑哧一笑，确切地说，又是与老崔的会心一笑。描月有点不自然了，转过脸注视着李咏手里的小酒瓶。桌上的两只烧鸡只剩下半只了，李咏还在努力撕扯一只鸡翅膀，描月就用杂志捅了捅他。李咏回头说，怎么了，猴子的事又不是国家机密，报纸都登了，有什么不能说的？

描月说，谁管你什么猴子大象呢，我让你嘴下留情，人家买的烧鸡，倒全让你吃了。

咳，你在说什么呢，李咏说，我跟大哥谁跟谁？我吃了就等于他吃了，大哥你说对不对？

老崔的脸上停留着那种隐秘的笑容，他对李咏点着头表示赞许，手里的酒杯却出其不意地朝描月送过来，坐船无聊，他说，怎么样，你也来一口？

我不喝酒！描月几乎惊叫起来，她觉得自己推开酒杯的动作过于惊慌了，她的声音也过于尖锐刺耳，似乎老崔的酒杯里盛着毒药。描月意识到了自己的失态，她羞红了脸退到门边，看看李咏，又看看老崔，然后猛地打开舱门跑出去了。

灯光下的甲板半明半暗，描月站在暗处，心里乱糟糟的。江上的夜景一片昏朦，甲板上看夜景的人不多，他们说话的声音也湮没在水浪的轰响之中，按照原来的设想，她和李咏应该在这里一起看夜景的，但这次旅行变得有点莫名其妙了，现在她独自一人站在这里，眼前看见的却是一杯酒，老崔手里的那杯酒。描月想，也许自己太敏感了，也许那杯酒没有什么含义，他和李咏是那么好的朋友，会有什么含义呢？

夜幕沉重地垂在江面上，甲板上的人看见的夜景其实只是一片无边的黑蓝色，半轮月亮，点点繁星，还有远处近处散落的灯光，江风很大很猛，描月在风里站久了，觉得有点凉意，脑子里便突然掠过一个奇怪的念头，要是李咏现在来为她披上一件衣服，他们的爱情也许还有希望，可是她知道那只是一种浪漫的想象。

描月走回二等舱去拿衣服，到了门口突然长了个心眼，想听听两个男人的酒话，她把耳朵凑到门边，听见的却是一阵反胃的声音，不知是谁喝吐了。紧接着便听见了李咏的声音，女朋友算什么？兄弟是手足，女人是衣服，想脱就脱！描月怒不可遏，正想闯进去，门被打开了，老崔拽着烂醉如泥的李咏冲出来，看见描月他并不吃惊，他喝多了，老崔轻描淡写地说，拉他到厕所，让他吐，吐掉就好了。

描月跟着他们走了几步，看见李咏一只脚上有拖鞋，另一只脚是光着的，走了几步，李咏就吐开了，描月看见他嘴里喷出一摊污液，溅在走廊上。她本能地站住了，扭过头去喊道，恶心！

舱室里弥漫着一股酒气，描月挥着手徒劳地驱赶那股气味，挥了一会儿就罢手了，她从旅行袋里抽出一件外衣，匆匆逃了出去。经过厕所时她瞥见两个男人挤在里面，一个仍然在吐，另一个却抬起头，用一种明亮而尖锐的目光看着描月，描月低着头疾步而行，她听见李咏在喊她的名字，描月，描月，你在哪里，你怎么不管我？描月一边走一边冷笑，说，有你大哥呢，吐吧，吐完了继续喝！

描月无处可去，走着走着又回到了甲板上。有个船员在栏杆边忙着，一直抬头盯着描月，描月就冲着他发火，你看什么？我又不跳江！描月朝他翻了个白眼，靠着栏杆生闷气，描月在生李咏的气，也在生老崔的气，她不知道自己为什么会生老崔的气，也许仅仅与那杯白酒有关。

甲板上来了几个人，又走了几个人。有一对情侣在夜幕的掩护下紧紧地依偎在一起，那女孩的头发被江风吹乱了，男孩就用双手捧着它。描月后来一直偷偷地窥望着他们，心情渐渐变得湿润而沉重，她突然想起不久前的一个夜晚，她和李咏在街心花园也这么拥吻过，一样热烈，一样浪漫，可是仅仅过了几天，热吻的滋味已经无法回味，这一切竟变得虚假而陌生起来，描月不知道问题出在李咏身上，还是出在她自己身上。

夜航的轮船又驶过了一个港口，万家灯火一点一点地暗淡了，隐隐可以听见岸上哪台电视机的伴音，晚间新闻正告结束，更多的人离开了甲板，只有那对情侣和描月还留在甲板上。描月想着自己和李咏的事，那些事竟然越想越乱，她命令自己不去想它，就把十根手指一根根地掰开，一根根地数着，不知数了多少遍，描月发现一个人影悄然来到她身后，那不是陌生人，不是别人，是老崔。

别数了，老崔笑着说，怎么数还是十根手指。

描月看了老崔一眼，没说话，过了一会儿她说，他怎么样了？

睡下了，吐了一厕所，老崔说，别担心，醉酒没什么，吐完就没事了。

怎么不继续喝？你还没醉嘛。描月说。

我不容易喝醉。老崔说，你有没有听说过，好人一喝就醉，李咏一喝就醉，所以李咏肯定是好人。

我知道他是好人，你可不是好人。描月说。

我是坏人中的好人，可李咏绝对是好人。老崔说。

为什么跟我说这些？莫名其妙。描月突然笑了，扭过脸看着江面说，什么好人坏人的，这儿又不是道德法庭。

到处都可以做道德法庭。老崔说。

你要审判我？你凭什么审判我？描月昂起头直视着老崔，脸上是一种挑衅的表情。

我没资格审判你，我只是在怀疑你。老崔说。

怀疑什么？怀疑我是美国间谍吗？

你这么单纯的女孩做不了间谍。老崔沉吟了一会儿，一只手不停地拍打着栏杆，然后他说，李咏头脑简单，不懂女人，可我一开始就看出来了，你不爱李咏。

描月的心又咚地一响，她扭过脸看着更远处的江岸，为了掩饰某种慌乱，描月故作轻松地摆动她的肩膀，爱是怎么样的，不爱又是怎么样的？她说，这事跟你有什么关系？

有一点关系。老崔的脸上仍然保持着那种暧昧的笑容，他摸出烟盒，抖出一支烟叼在嘴上。李咏是个大好人，老崔说，他是我兄弟，你知道的，他很信赖我。

我知道他信赖你。描月说，你们男人喜欢说这句话，朋友有难两肋插刀，你现在准备捅我一刀吗？

老崔脸上的笑容现在看上去更神秘了，他的眼睛在夜色里明亮如灯。在一阵沉默之后，老崔用一种异常轻柔的声音说，不，谁要让我这么做，我会先用刀捅了他。

夜色遮蔽了描月脸上突然泛起的红晕，现在她丧失了正视老崔的勇气，别说了，她几乎是嗫嚅道，我已经懂了。

每当描月慌乱失措的时候，她就慢慢地数自己的手指，那天夜里老崔的目光明亮如灯，描月却看不见自己的手指，只看见老崔的那只手，那只大手从容不迫地伸过来，握住了她所有的手指。描月没有抗拒，唯一让她不安的是，这事情来得太快了。

描月任凭老崔握住她的手。描月说不出话。

明天就到武汉。老崔说，武汉没有神女峰，可有个黄鹤楼，武汉不如北京和上海，可也很热闹很繁华，你不想逛一逛吗？

描月说不出话来，只是凝视着老崔的那只手，过了好久，她说，我小姨妈就在武汉，她一直写信让我去玩呢。

描月说完那句话时看见天上的月亮摇晃了一下，月亮大概钻进了云翳深处，甲板上显得更加空旷更加黑暗了，而船桅上的所有旗帜都迎着江风飒飒舞动，发出一种清脆的碎裂的声音。

船到武汉是在第二天傍晚，下船的人很多，他们所携带的行李也很多，因此船坞出口处显得异常混乱。不知过了多久，船和码头渐渐安静下来，岸上的职员关上了出口处的铁门，下客用的跳板被撤掉了，轮船驾驶员又拉响航行的汽笛，就在这时候我们看见了那个奇怪的青年，他衣冠不整，一副宿醉未醒的模样，从二等舱那里一路狂奔下来。我们看见他在走廊上撞来撞去，沿路高喊着一个女孩的名字，描月，描月，你在哪儿？描月，描月，你跑哪儿去了？

谁都能看出来那青年快急疯了，这很自然，要是别人的女朋友也这么失踪了，也会像他一样失魂落魄的。但旁观者总比当事人清醒，有人说，既然你们坐的是二等舱，为什么不去问问二等舱的服务员呢？

那个青年却似在梦里，木然地说，服务员在哪里？

于是一大群人就领着他去找服务员，幸运的是那服务员的工作非常称职，她对二等舱内的每一个旅客的情况了如指掌。你是说那个穿得像乌鸦的女孩？不是在武汉下船了吗，跟她男朋友一起下的船。说到这儿她突然意识到什么，用疑问的目光端详着李咏，说，我正要问你呢，你们舱里三个人，二男一女不是？那个女孩，她到底是谁的女朋友？

我们大家都用热切的目光询问着李咏。李咏面色惨白，鼻孔里呼呼喘着粗气，他慢慢地蹲下来，双手抱着自己的脑袋，先往左边扳，又往右边扳，拒绝回答任何问题。就这样他把大家都搞糊涂了。我们依稀记得与他同行的另一个男青年，穿着名牌衬衫打着名牌领带，有人在昨天夜里看见他和那个女孩一起在甲板上。一件简单的事也会变得如此蹊跷，我们当时真的糊涂了，那个名叫描月的女孩到底是谁的女朋友？

船过武汉才是真正往三峡去了。船上剩下的旅客大多是去三峡观光的。我们记得后来的旅程中李咏一直郁郁寡欢，只是在轮船经过著名的神女峰时，李咏突然露出一种难得而古怪的微笑，他盯着神女峰凝望了好久，最后说，×，这就是神女峰？

水　鬼

河水向东流。装满油桶的船疲惫地浮在河面上，橹声的节奏缓慢而羞涩。油桶船从桥洞里钻出来，一路上拖拽着一条油带，油带忽细忽粗，它的色彩由于光线的反射而自由地变幻，在油桶船经过河流中央开阔的河面时，桥上的女孩看见那条油带闪烁着彩虹般的七色之光。

女孩站在桥上，目送油桶船渐渐远去，她的视线尽头是另一座桥，河水就是在那里拐了弯，消失了。另一座桥的桥畔有一家工厂，工厂的烟囱和一座圆形的塔楼引人注目。女孩一直不知道那座塔楼是干什么用的，即使离得很远，塔楼的那个浸入水中的门洞仍然清晰可见，女孩用她的玻璃柱照着远处的那个门洞，正如她预想的一样，离得太远了，她没有得到任何反射的图像。塔楼若无其事，当西边河上游的天空云蒸霞蔚的时候，塔楼上端的天色已经暗下来了。

天色已经暗下来了。女孩看见她姑妈从桥上走过，她慌忙把脑袋转过去，但姑妈还是看见了她，她说，你这孩子，这么热的天，不在家里待着，跑这里干什么？女孩说，不干什么，妈妈让我出来的。姑妈没说什么，她扭着腰肢下了桥，下了桥又回头向女孩喊道，早点回家！你傻乎乎站那里，人家又来欺负你！

女孩站在桥上，她还不想回家。一个穿海魂衫的患有腮腺炎的男孩跳上了桥头，他就住在桥下杂货店的楼上，女孩认识他。男孩用手捂着涂满草药的腮部，他说，你手里抓着什么东西？给我看看。女孩知道他指的是那个玻璃柱，她背过双手，毫不示弱地盯着男孩。不给你看，她这么说着，一只手却突然把玻璃柱举了起来，她说，你别碰它，这是用来照水鬼的！

男孩意欲掠夺的手缩了回去，他说，你骗人，哪来的水鬼？水鬼在哪里？

女孩指了指桥下的河水。现在在水里。她用手指着河面上尚未散去的油带说，你没看见，水鬼就在那下面潜水。你看不见，我能看见。

男孩说，你骗人。那你说水鬼要潜到哪儿去？

女孩脸上露出了神秘的微笑，她收起玻璃柱说，我发现了水鬼的家。我不会告诉你的。女孩向桥下走去，回过头说，你们都以为水鬼的家在水里，其实不对，你们都弄错了。

女孩下了桥，看见那个男孩捂着腮茫然地站在桥上。他什么都不知道。她想即使他看见了远处的那个塔楼，他仍然不会猜到这个秘密。

一个青年像一只青蛙一样在河面上行进。另一个青年像狗刨水似的跟在他身后。他们游到了桥下，也许他们游不动了，也许他们的目标就是游到桥洞，两个人先后钻出了水面，坐在桥洞的石墩上。

女孩打着尼龙伞，站在桥上，她一直期待他们向前游，游到她看不见的地方，她以为他们会一直游下去，游到河下游另一座桥那里。但他们却坐在桥洞里了，他们在下面大声地说话。一个青年说，水太脏了，他妈的，你有没有看见那只死猫？我差点没吐出来！另一个青年还在喘粗气，他说，看见了，是只黄猫。大概是吃了老鼠药。

女孩努力地将身子向桥栏下弯下去，她想看清楚那两个青年的脸，但看见的是其中一个人的腿，那个人的腿被太阳晒得很黑，小腿上长着浓密的汗毛，脚背上好像刚刚被什么扎破过，上面清晰地留下了红汞水的痕迹。

死猫有什么？女孩突然插嘴说，前几天我看见过一个死孩子，看上去像一只兔子！

谁在上面说话？下面的一个青年说。

肯定是邓家那个傻丫头。另一个青年说。她脑筋不好，别理她。

女孩的脑袋先是缩了回去，立刻又探出去，朝下面啐了一口，你才是傻丫头！女孩愤愤地回敬了一句，然后她用玻璃柱向下面照了照，照到的还是一条毛茸茸的黝黑的腿，女孩听见下面的人在说，不理她。女孩就说，谁要理你们？她听见自己的声音被桥洞放大了，显得很清脆。女孩将手里的尼龙伞转了一圈，又转了一圈，她说，骗你们是小狗，有一个死孩子前几天漂过去了，他跟你们一样在游水，让水鬼拽住了腿。水鬼把他拽到河底去了！

桥洞里的两个青年发出了咯咯的笑声，然后有一个人扑通跳入了水中，大声喊叫着，不好了，有水鬼，水鬼，救命！另一个人便更加疯狂地笑起来。

女孩看见他们嬉闹时弄出的水花溅得很高。女孩说，你们别闹，水鬼现在不在这儿，你们把它惹恼了，它会潜来抓你们的。

来了，水鬼潜来了！一个青年在水中翻了个筋斗，他的嘴里发出了一种恐怖的叫喊声，我的腿，我的腿被水鬼抓住了，快来人，救命，救命！

女孩知道他们是在闹着玩，他们不把她的劝告当回事，女孩有点生气，她拾起桥上的一块碎玻璃向河里扔去，她说，你们就会在这里瞎闹，你们有本事就一直游，一直游到那塔楼里，告诉你们，那是水鬼的家！

母亲不准女孩出去。有一天她用凤仙花为女孩染了指甲，她说，我们说好的，染了指甲就不能出去疯了，今天你好好呆在家里写作业。母亲看见女孩坐在门前，仔细地观看自己的十片桃红色的指甲，母亲说，今天太阳这么毒，你要再出去疯，别人都会骂你是傻子。女孩竖起她的十根手指对着太阳照了照，看见自己的十片指甲像十朵凤仙花的花瓣，晶莹剔透。母亲说，今天太阳这么毒，你要出去太阳会把你的皮肤晒焦的，你要再偷偷溜出去，让太阳晒死你！

外面的太阳好像是沸腾了，女孩看见石板路上冒出了隐隐的白烟，卖冰水的女人在很远的地方吆喝着，对门宋老师提着一只水壶，打着她家的尼龙伞匆匆跑出去买冰水了。

有人出去的。女孩嘀咕道，谁说没人出门？只要打着伞就行。

女孩的脑袋转来转去的，她在寻找什么东西。母亲知道她想找什么，母亲说，别找了，洋伞让我收起来了，你就是不知道爱惜东西，外面这么毒的太阳，把伞都晒坏了！

母亲坐在竹椅上打了个盹。迷迷糊糊中她觉得手里的葵扇没有了，她没有睁开眼，以为葵扇是掉在地上了。她不知道女孩又出去了，而且还带走了她的葵扇。

那天女孩用一把葵扇遮着午后的阳光来到桥上。没有人注意到她刚刚染过的指甲，没有人注意到她。女孩上桥的时候，恰好看见一个男人扛着一块长木板走下桥，木板差点刮到她，女孩在后面大叫一声，小心！她看见那个男人慌张地回过头来，是一个陌生的农民模样的男人，女孩注意到他的背心和裤子都是湿的，一路走一路滴着水。女孩突然笑起来，她说，你干什么呀？他好像一时没听懂女孩的问题，他说，什么干什么？女孩说，你怎么湿漉漉的？你是水鬼啊？男人把左肩膀上的木板换到了右肩，水鬼？什么水鬼？他木然地看着女孩，过了一会儿似乎明白过来，然后他嘿地一笑，指了指桥下不远处的一块驳岸，我不是水鬼，他说，看见没有？我们在水里干活呢。

女孩顺着他手指的方向，发现化工厂的驳岸上聚集着一群民工。那群人光着上身，有的在岸上，有的在水里，吵吵嚷嚷的。女孩用手扒着桥栏，她说，我要看。女孩回过头对那个民工说，我要看。

民工眯起眼睛看着女孩，然后他又笑了笑，露出焦黄的牙齿。女孩看见他扛着木板下了桥，她注意到他腿上粗壮的凸出的静脉血管，像许多蚯蚓，他的小腿和脚踝处粘满了黄色的泥浆。

夏天，一群民工为化工厂修筑了一个小码头。女孩站在桥上，耐心地目睹了民工们打桩、围坝、抽水的全部过程。起初没有人注意到桥上的那个女孩。女孩站在桥上，手执一把葵扇，挡着午后的阳光。起初她只是站在桥上看他们，不知道她在看什么，她对什么产生了兴趣，她只是在看。女孩偶尔会调整手里葵扇的位置，葵扇便遮住了她的大半张脸，她只是站在那里看，但是有一次她突然叫起来，水鬼来了！起初她只是试探着有所顾忌地吓唬他们，后来她就显得招人憎厌了，她大声地向他们叫喊，水鬼来了，快上岸，小心水鬼抓你们的脚！民工们有时停下手里的工作，恼怒地瞪着桥上的女孩，每逢这时候，女孩就逃，她三步两步跨下桥，一眨眼就不见了。

民工们也议论桥上那个女孩，他们一致猜测女孩是傻的。幸运的是女孩没有影响他们工程的进展。他们计划用八天时间筑好这个小型码头，实际上他们只用了一个星期，一个星期之后小码头就竣工了。竣工的那天他们一直在向桥上张望，整整一天，他们没有看见女孩的身影，民工们不知道她那天为什么不来，就像他们不知道此前几天她为什么天天站在桥上。女孩不在桥上，桥显得很空洞，女孩不在桥上，桥上的阳光到了黄昏时分仍然有点刺眼，这原因也简单，就是因为桥上没有人，女孩不在桥上。

民工们不知道女孩到她姑妈家做客去了。

第七天女孩到城市另一侧的姑妈家去做客，黄昏回家，过桥的时候她发出了一声惊叫。母亲当时拽着她的手，母亲吓得甩开了她的手，你叫什么？母亲说，吓死人了，好端端的你尖叫什么？女孩站在桥上，看着不远处新筑的码头，她想站在桥上，但是母亲粗糙而有力的手再次拽住了她，不准站在桥上，像个傻子，母亲气冲冲地说，你知不知道人家都说你是傻子？大热天，整天站在桥上，不是傻子是什么？女孩被母亲拽着下了桥，她说，别拽呀，你把我的手拽断了！母亲说，不把你拽回家，你就站在桥上让人笑话！女孩努力挣脱着，别拽我，水鬼才这么拽人呀！女孩绝望地盯着母亲紧拽着她的手，突然叫起来：我看见水鬼了！你是水鬼！母亲就扬手打了女孩一个巴掌，整天嘴里胡说八道，母亲说，你再胡说八道的，哪天真让水鬼把你拽到水龙王那里去！

第七天夜里女孩在母亲的眼皮底下溜了出去。女孩以前从来不在夜间出门，所以母亲看着她从竹椅前绕出去，看着她手里抓着一个像手电筒一样的东西，就是没有想到女孩手里抓的是一只真正的手电筒，女孩带着手电筒从她眼皮底下溜出去了。

石板路的两侧有人在乘凉。有人看见了女孩，他们叫着女孩的名字说，这么晚了，你去哪里？女孩说，我到桥上去乘凉。他们就说，这女孩很聪明嘛，桥上风大，是乘凉的好地方呀。女孩走到了桥上，桥上有几个青年，他们坐在桥栏上抽烟，看见女孩上桥，他们停止了说话，一齐看着她，有人先嘿地笑了，说，又是她，邓家的傻丫头。整天站在桥上！女孩鄙夷地扫了他们一眼，她说，你们才傻呢，你们才整天站在桥上呢。女孩伏在另一侧桥栏上，做出一副井水不犯河水的样子。她用手电筒照了照桥下的河面，然后又关上了手电筒。其实她是要看那个新筑的码头。那个码头已经从河面上升了起来，新浇的水泥在月光下面散发出一种模糊的白光。女孩站在那里，莫名地感到伤心，她多么想好好看看那边的码头，她守了六天，亲眼看见了那些民工修筑码头的所有细节，却唯独遗漏了这个新事物从河水中升起来的过程。她想好好观察新码头，但是那几个讨厌的青年在她身后说话、怪笑，弄得她心神不定。

女孩决定离开桥头。她下了桥，向河岸的方向走去，桥头上的青年在她身后喊，傻丫头，你去哪里？女孩没有理睬他们。她心里说，你们要霸占桥头就让你们霸占好了，我才不稀罕站在那里。女孩打开手电筒向新码头走去，看见河水从桥洞里奔涌而出，夜色中的河水看上去比夜色更浓更黑。

一大片水泥地坪袒露在月光下，散发出水泥本身特有的腥味，欢迎女孩的到访。女孩小心地伸出一只脚，试探着水泥的强度，水泥还没有干结，在手电筒的光柱下，女孩看见自己的凉鞋印子，清晰地刻在地坪上。

工棚还在，里面黑乎乎的，没有一点动静。女孩用手电筒照了照工棚里面，照到了角落里的一张草席，草席旁边放着一只搪瓷脸盆，一只饭盒。女孩知道还有一个人留守在码头上。女孩用手电筒向四处照射着，除了化工厂一年四季堆放在这里的大木箱、废旧的机器，女孩没有看见那个人。在更远的地方，在河流突然藏匿的地方，那座塔楼被月光浸泡着，微微发红，现在那个水中的门洞一点也看不见了。女孩谛听着河流的声音，她的耳朵里灌满了河水呢喃自语的声音，还有一种奇异的击水声从塔楼方向渐次而来，女孩瞪大眼睛盯着河面，她没有发现什么，没有游泳的人，没有人。但是那击水声却越来越清晰越来越近了。女孩有点害怕起来，她向远处的桥头张望着，桥头上的几个青年还在那里，女孩就向他们叫喊了一声，水鬼，有水鬼！桥头上的人影晃动了几下，没有任何回应。女孩害怕了，她在河岸边一跳一跳地跑，手里的电筒光摇摆不定，女孩在奔跑的时候看见河水在她脚下无声地流淌，夜色中的河水比夜色更浓更黑，女孩惊惶地跑过新筑好的码头，她听见了自己急促的呼吸声，她听见了水鬼的呼吸声。水鬼来了！突然一下她脚上的凉鞋被什么东西咬住了，女孩惊叫着低下头，看见水泥地坪粘住了她的凉鞋。与此同时，她听见河里响起一阵杂乱的打水声，她看见一个人从黑暗的水面上钻出来，溅出许多晶亮的水花。女孩再次惊叫起来，她认出那是桥头扛木板的民工，但她还是一声声地尖叫起来，水鬼，水鬼，水鬼！女孩认出那是一个人，他的手里还举着什么东西，但她还是一声声地尖叫起来，水鬼，水鬼，水鬼！

如果桥头上的几个青年相信水鬼的传说，他们将证明邓家女孩的传奇故事。可是他们不相信河里有什么水鬼。这使女孩嘴里的故事最终成为了真正的故事。

那天夜里九点多钟他们隐隐听见新码头那里传来的声音，有人曾经想过去看个究竟，但被同伴阻拦了，同伴说，哪来什么水鬼？别听那傻丫头瞎叫。他们留在桥头上聊天抽烟，后来，大约到了十点钟左右，女孩走过来了。他们不知道发生了什么事，只是看见女孩浑身湿漉漉的，手里捧着一件东西。他们本来谁也不愿意搭理邓家这个女孩，可是他们听见女孩一边走一边哭泣。桥上的人纷纷跑了下去，他们看见那个女孩像是刚刚从水里爬起来，她哭泣着向桥这边走来，手里捧着的竟然是一朵莲花，是一朵红色的硕大的莲花，他们首先是被这朵莲花迷惑了。那几个青年都围上来看，莲花是真的莲花，不是塑料的，花瓣上还凝结着水珠，他们七嘴八舌地问女孩，从哪里弄来的莲花？女孩仍然哭泣着，女孩像是在睡梦中哭泣，她的双手紧紧地捧着莲花，苍白的手指缝间有水珠晶莹地滚落。一个青年说，别大惊小怪的了，是从水里漂来的，是从公园的莲花池漂来的。其他人就用询问的目光看着女孩，对吧，是从河里漂来的吧？女孩不说话，女孩捧着莲花往街上走，青年们跟在她身后，又有人说，你个傻丫头，你是跳到河里去捞莲花了吧？小心淹死了！就是这时候女孩突然回过头来，女孩的嗓音听上去沙哑而令人心悸，她说，是水鬼送给我的莲花。她说，我遇到水鬼了。

就是这个女孩的故事风靡了整整一个夏天，如果让她亲口来说，别人听得会不知所云，不如让我来概括这个故事，故事其实非常简单，说的是邓家的女孩遇到了水鬼，不仅如此，水鬼还送了她一朵红色的莲花。

一朵红色的很大的莲花。

小 偷

小偷在箱子里回忆往事。如此有趣的语言总是有出处的。事实上它缘于一次拆字游戏。圣诞节的夜晚，几个附庸风雅的中国人吃掉了一只半生不熟的火鸡，还喝了许多白葡萄酒和红葡萄酒。他们的肠胃没有产生什么不适的感觉。他们聊天聊到最后没什么可聊了，有人就提议做拆字游戏。所谓的拆字游戏要求参加者在不同的纸条上写下主语、状语、谓语、宾语，纸条和词组都多多益善，纸条与词组越多组合成的句子也越多，变化也越大。他们都是个中老手，懂得选择一些奇怪的词组，在这样的前提下拼凑出来的句子就有可能妙趣横生，有时候甚至让人笑破肚皮。这些人挖空心思在一张张纸条上写字，堆了一桌子。后来名叫郁勇的人抓到了这四张纸条：小偷在箱子里回忆往事。

游戏的目的达到了，欢度圣诞节的朋友们哄堂大笑。郁勇自己也笑。笑过了有人向郁勇打趣，说，郁勇你有没有可以回忆的往事？郁勇反问道，是小偷回忆的往事？朋友们都说，当然是小偷回忆往事，你有没有往事？郁勇竟然说，让我想一想。大家看着郁勇抓耳挠腮的，并没有认真，正要继续游戏的时候，郁勇叫起来，我要回忆，他说，我真的要回忆，我真的想起了一段往事。

这是谁也没有预料到的，郁勇说了一个别人无法打断的故事。

我不是小偷，当然不是小偷。你们大概都知道，我不是本地人，我在四川出生，小时候跟着我母亲在四川长大。我母亲是个中学教师，我父亲是空军的地勤人员，很少回家。你们说像我这种家庭环境里的孩子可能当小偷吗，当然不会是小偷，可我要说的是跟小偷沾边的事情，你们别吵了，我就挑有代表性的事情说，不，我就说一件事吧，就说谭峰的事。

谭峰是我在四川小镇上的唯一一个朋友，他跟我同龄，那会儿大概也是八九岁。谭峰家住在我家隔壁，他父亲是个铁匠，母亲是农村户口，家里一大堆孩子，就他一个男的，其他全是女孩子，你想想他们家的人会有多么宠爱谭峰。他们确实宠爱他，但是只有我知道谭峰偷东西的事情，除了我家的东西他不敢偷，小镇上几乎所有人家都被他偷过。他大摇大摆地闯到人家家里去，问那家的孩子在不在家，就那么一会儿工夫，他就把桌上的一罐辣椒或者一本连环画塞在衣服里面了。有时候我看着他偷，我的心怦怦地跳，谭峰却从来若无其事。他做这些事情不避讳我，是因为他把我当成最忠实的朋友，我也确实给他做过掩护，有一次谭峰偷了人家一块手表，你知道那时候一块手表是很值钱的，那家人怀疑是谭峰偷的，一家几口人嚷到谭峰家门口，谭峰把着门不让他们进去，铁匠夫妻都出来了，他们不相信谭峰敢偷手表，但是因为谭峰嘴里不停地骂脏话，铁匠就不停地拧他的耳朵，谭峰嘴犟，他大叫着我的名字，要我出来为他作证，我就出去了，我说谭峰没有偷那块手表，我可以证明。我记得当时谭峰脸上那种得意的微笑和铁匠夫妇对我感激涕零的眼神，他们对围观者说，那是李老师的孩子呀，他家教好，从来不说谎的。这件事情就因为我的原因变成了悬案，过了几天丢手表的那家人又在家里发现了那只手表，他们还到谭峰家来打招呼，说是冤枉了谭峰，还给他送来一大碗汤圆，谭峰捧着那碗汤圆叫我一起吃，我们俩很得意，是我让谭峰悄悄地把手表送回去的。

我母亲看不惯谭峰和他们一家，不过那个年代的人思想都很先进，她说能和工农子弟打成一片也能受一点教育，她假如知道我和谭峰在一起干的事情会气疯的，偷窃，我母亲喜欢用这个词，偷窃是她一生最为痛恨的品行，但她不知道我已经和这个词汇发生了非常紧密的联系。

假如不是因为那辆玩具火车，我不知道我和谭峰的同盟关系会发展到什么程度。谭峰有一个宝库，其实就是五保户老张家的猪圈。谭峰在窝藏赃物上很聪明，老张的腿脚不太灵便，他的猪圈里没有猪，谭峰就挖空了柴草堆，把他偷来的所有东西放在里面，如果有人看见他，他就说来为老张送柴草，谭峰确实也为老张送过柴草，一半给他用，一半当然是为了扩大他的宝库。

我跟你们说说那个宝库，里面的东西现在说起来是很可笑的，有许多药瓶子和针剂，说不定是妇女服用的避孕药，有搪瓷杯、苍蝇拍、铜丝、铁丝、火柴、顶针、红领巾、晾衣架、旱烟袋、铝质的调羹，都是些乱七八糟的东西。谭峰让我看他的宝库，我毫不掩饰我的鄙夷之情，然后谭峰就扒开了那堆药瓶子，捧出了那辆红色的玩具火车，他说，你看。他小心翼翼地捧着火车，同时用肘部阻挡我向火车靠近，他说，你看。他的嘴上重复着这句话，但他的肘部反对我向火车靠近，他的肘部在说，你就站那儿看，就看一眼，不准碰它。

那辆红色的铁皮小火车，有一个车头和四节车厢，车头顶端有一个烟囱，车头里还坐着一个司机。如今的孩子看见这种火车不会稀罕它，可是那个时候，在四川的一个小镇上，你能想象它对一个男孩意味着什么，是人世间最美好的东西，对吗？我记得我的手像是被磁铁所吸引的一块铁，我的手情不自禁地去抓小火车，可是每次都被谭峰推开了。

你从哪儿偷来的？我几乎大叫起来，是谁的？

卫生院成都女孩的。谭峰示意我不要高声说话，他摸了一下小火车，突然笑了起来，说，不是偷的，那女孩够蠢的，她就把小火车放在窗前嘛，她请我把它拿走，我就把它拿走了嘛。

我认识卫生院的成都女孩，那个女孩矮矮胖胖的，脑子也确实笨，你问她一加一等于几，她说一加一是十一。我突然记起来成都女孩那天站在卫生院门前哭，哭得嗓子都哑了，她父亲何医生把她扛在肩上，像是扛一只麻袋一样扛回了家，我现在可以肯定她是为了那辆小火车在哭。

我想象着谭峰从窗子里把那辆小火车偷出来的情景，心里充满了一种嫉妒，我发誓这是我第一次对谭峰的行为产生嫉妒之心。说起来奇怪，我当时只有八九岁，却能够掩饰我的嫉妒，我后来冷静地问谭峰，火车能开吗？火车要是不能开，就没什么稀罕的。

谭峰向我亮出了一把小小的钥匙，我注意到钥匙是他从裤子口袋里掏出来的，一把简单的用以拧紧发条的钥匙。谭峰露出一种甜蜜的自豪的微笑，把火车放在地上，他用钥匙拧紧了发条，然后我就看见小火车在猪圈里跑起来了，小火车只会直线运动，不会绕圈，也不会拉汽笛，但是这对于我来说已经是一个奇迹了。我不想表现得大惊小怪，我说，火车肯定能跑，火车要是不能跑还叫什么火车？

事实上我的那个可怕的念头就是在一瞬间产生的，这个念头起初很模糊，当我看着谭峰用柴草把他的宝库盖好，当谭峰用一种忧虑的目光看着我，对我说，你不会告诉别人吧？我的这个念头渐渐地清晰起来，我没说话，我和谭峰一前一后离开了老张的猪圈，路上谭峰扑了一只蝴蝶，他要把蝴蝶送给我，似乎想作出某种补偿。我拒绝了，我对蝴蝶不感兴趣。我觉得我脑子里的那个念头越来越沉重，它压得我喘不过气来，可是我无力把它从我脑子里赶走。

你大概能猜到我做了什么。我跑到卫生院去找到了何医生，告诉他谭峰偷了他女儿的小火车。为了不让他认出我的脸，我还戴了个大口罩，我匆匆把话说完就逃走了。回家的路上我恰好遇到了谭峰，谭峰在学校的操场上和几个孩子在踢球玩，他叫我一起玩，我说我要回家吃饭，一溜烟似的就逃走了。你知道告密者的滋味是最难受的，那天傍晚我躲在家里，竖着耳朵留心隔壁谭峰家的动静，后来何医生和女孩果然来到了谭峰家。

我听见谭峰的母亲扯着嗓子喊着谭峰的名字，谭峰父亲手里的锤子也停止了单调的吵闹声。他们找不到谭峰，谭峰的姐姐妹妹满镇叫喊着谭峰的名字，可是他们找不到谭峰。铁匠怒气冲冲地来到我家，问我谭峰去了哪里，我不说话，铁匠又问我，谭峰是不是偷了何医生家的小火车，我还是不说话，我没有勇气作证。那天谭铁匠干巴的瘦脸像一块烙铁一样嗞嗞地冒出烈焰怒火，我怀疑他会杀人。听着小镇上响彻谭峰家人尖利疯狂的喊声，我后悔了，可是后悔来不及了，我母亲这时候从学校回来了，她在谭峰家门前停留了很长时间，等到她把我从蚊帐后面拉出来，我知道我把自己推到绝境中了。铁匠夫妇跟在我母亲身后，我母亲说，不准说谎，告诉我谭峰有没有拿那辆小火车？我无法来形容我母亲那种严厉的无坚不摧的眼神，我的防线一下就崩溃了，我母亲说，拿了你就点头，没拿你就摇头。我点了点头。然后我看见谭铁匠像个炮仗一样跳了起来，谭峰的母亲则一屁股坐在了我家的门槛上，她从鼻子里甩出一把鼻涕，一边哭泣一边诉说起来。我没有注意听她诉说的内容，大意反正就是谭峰跟人学坏了，给大人丢人现眼了。我母亲对谭峰母亲的含沙射影很生气，但以她的教养又不愿与她斗嘴，所以我母亲把她的怨恨全部发泄到了我的身上，她用手里的备课本打了我一个耳光。

他们是在水里把谭峰抓住的，谭峰想越过镇外的小河逃到对岸去，但他只是会两下狗刨式，到了深水处他就胡乱扑腾起来，他不喊救命，光是在水里扑腾，铁匠赶到河边，把儿子捞上了岸，后来他就拖着湿漉漉的谭峰往家里走，镇上人跟着父子俩往谭峰家里走，谭峰像一根圆木在地上滚动，他努力地朝两边仰起脸，唾骂那些看热闹的人，看你妈个 ×，看你妈个 ×！

正如我所预料的那样，谭峰不肯坦白。他不否认他偷了那辆红色小火车，但就是不肯说出小火车的藏匿之处。我听见了谭铁匠的咒骂声和谭峰的一次胜过一次的尖叫，铁匠对儿子的教育总是由溺爱和毒打交织而成的。我听见铁匠突然发出一声山崩地裂的怒吼，哪只手偷的东西？左手还是右手？话音未落谭峰的母亲和姐姐妹妹一齐哭叫起来，当时的气氛令人恐怖，我知道会有什么可怕的事情发生，我不愿意错过目睹这件事情的机会，因此我趁母亲洗菜的时候一个箭步冲出了家门。

我恰好看见了铁匠残害他儿子的那可怕的一幕，看见他把谭峰的左手摁在一块烧得火红的烙铁上，也是在这个瞬间，我记得谭峰向我投来匆匆的一瞥，那么惊愕那么绝望的一瞥，就像第二块火红的烙铁，烫得我浑身冒出了白烟。

我说得一点也不夸张，我的心也被烫出了一个洞。我没听见谭峰响彻小镇上空的那声惨叫，我掉头就跑，似乎害怕失去了左手手指的谭峰会来追赶我。我怀着恐惧和负罪之心疯狂地跑着，不知怎么就跑到了五保户老张的猪圈里。说起来真是奇怪，在那样的情况下我仍然没有忘记那辆红色的小火车，我在柴草堆上坐了一会儿，下定决心翻开了谭峰的宝库。我趁着日落时最后的那道光线仔细搜寻着，让我惊讶的是那辆红色的小火车不见了，柴草垛已经散了架，我还是没有发现那辆红色的小火车。

谭峰并不像我想象的那么愚笨，他把小火车转移了。我断定他是在事情败露以后转移了小火车，也许当他姐姐妹妹满镇子叫喊他的时候，他把小火车藏到了更为隐秘的地方。我站在老张的猪圈里，突然意识到谭峰对我其实是有所戒备的，也许他早就想到有一天我会告密，也许他还有另一个宝库，想到这些我有一种莫名的失落和悲伤。

你能想象事情过后谭家的混乱吧，后来谭峰昏过去了，是铁匠一直在呜呜地哭，他抱着儿子一边哭着一边满街寻找镇上的拖拉机手。后来铁匠夫妇都坐上了拖拉机，把谭峰送到三十里外的地区医院去了。

我知道那几天谭峰会在极度的疼痛中度过，而我的日子其实也很难熬。一方面是由于我母亲对我的惩罚，她不准我出门，她认为谭峰的事情有我一半的责任，所以她要求我像她的学生那样，写出一份深刻的检讨。你想想我那时候才八九岁，能写出什么言之有物的检讨呢，我在一本作业本上写写画画的，不知不觉地画了好几辆小火车在纸上，画了就扔，扔了脑子里还在想那辆红色的小火车。没有任何办法，我没有办法抵御小火车对我产生的魔力，我伏在桌子上，耳朵里总是听见隐隐约约的金属声，那是小火车的轮子与地面摩擦时发出的声音。我的眼前总是出现四节车厢的十六个轮子，还有火车头上端的那个烟囱，还有那个小巧的脖子上挽了一块毛巾的司机。

让我违抗母亲命令的是一种灼热的欲望，我迫切地想找到那辆失踪的红色小火车。母亲把门反锁了，我从窗子里跳出去，怀着渴望在小镇的街道上走着。我没有目标，我只是盲目地寻找着目标。是八月的一天，天气很闷热，镇上的孩子们聚集在河边，他们或者在水中玩水，或者在岸上做着无聊的官兵捉强盗的游戏，我不想玩水，也不想做官兵做强盗，我只想着那辆红色的铁皮小火车。走出镇上唯一的麻石铺的小街，我看见了玉米地里那座废弃的砖窑。这一定是人们所说的灵感，我突然想起来谭峰曾经把老叶家的几只小鸡藏到砖窑里，砖窑会不会是他的第二个宝库呢，我这么想着无端地紧张起来，我搬开堵着砖窑门的石头，钻了进去，我看见一些新鲜的玉米秆子堆在一起，就用脚踢了一下，你猜到了？你猜到了。事情就是这么简单，不是说苍天不负有心人吗？我听见了一种清脆的回声，我的心几乎要停止跳动了，苍天不负有心人呀，就这么简单，我在砖窑里找到了成都女孩的红色小火车。

你们以为我会拿着小火车去卫生院找何医生？不，要是那样也就不会有以后的故事了。坦率地说我根本就没想物归原主，我当时只是发愁怎样把小火车带回家，不让任何人发现。我想出了一个办法，把汗衫脱下来，又掰了一堆玉米，我用汗衫把玉米连同小火车包在一起，做成一个包裹，提着它慌慌张张地往家里走。我从来不像镇上其他的男孩一样光着上身，主要是母亲不允许，所以我走在小街上时总觉得所有人都在朝我看，我很慌张，确实有人注意到了我的异常，我听见一个妇女对另一个妇女说，热死人的天，连李老师的孩子都光膀子啦。另一个妇女却注意到了我手中的包裹，她说，这孩子手里拿的什么东西，不会是偷的吧？我吓了一跳，幸亏我母亲在镇上享有美好的声誉，那个多嘴的妇女立刻受到了同伴的抢白，她说，你乱嚼什么舌头？李老师的孩子怎么会去偷东西？

我的运气不错，母亲不在家，所以我为小火车找到了安身之处，不止是床底下的杂物箱，还有两处作为机动和临时地点，一处是我父亲留在家里的军用棉大衣，还有一处是厨房里闲置不用的高压锅。我藏好了小火车，一直坐立不安。我发现了一个问题，就是那把拧发条的钥匙，谭峰肯定是把它藏在身边了。我得不到钥匙，就无法让小火车跑起来，对于我来说，一辆不能运动的小火车起码失去了一大半的价值。

我后来的烦恼就是来自这把钥匙。我根本没考虑过谭峰回家以后如何面对他的问题。我每天都在尝试自己制作那把钥匙，有一天我独自在家里忙乎，在磨刀石上磨一把挂锁的钥匙，门突然被谁踢开了，进来的就是谭峰。谭峰站在我的面前，气势汹汹地瞪着我，他说，你这个叛徒，内奸，特务，反革命，四类分子！我一下子乱了方寸，我把挂锁钥匙紧紧地抓在手心里，听凭谭峰用他掌握的各种词汇辱骂我，我看着他的那只被白布包得严严实实的左手，一种负罪感使我失去了还击的勇气。我保持着沉默，我在想谭峰还不知道我去过砖窑，我在想他会不会猜到是我去砖窑拿走了小火车。谭峰没有动手，可能他知道自己只用一只手会吃亏，所以他光是骂，骂了一会儿他觉得没意思了，就问我，你在干什么？我还是不说话，他大概觉得自己过分了，于是他把那只左手伸过来让我参观，他说，你知道绑了多少纱布，整整一卷呢！我不说话。谭峰就自己研究手上的纱布，看了一会儿他忽然得意地笑起来，说，我把我老子骗了，我哪儿是用左手拿东西，是右手嘛。他向我提出了一个问题，喂，你说烫左手合算还是烫右手合算？这次我说话了，我说，都不合算，不烫才合算。他愣了一下，对我做了个轻蔑的动作，傻瓜，你懂个屁，右手比左手重要多了，吃饭干活都要用右手，你懂不懂？

谭峰回家后我们不再在一起玩了，我母亲禁止，铁匠夫妇也不准他和我玩，他们现在都把我看成一个狡猾的孩子。我不在乎他们对我的看法，我常常留心他们家的动静，是因为我急于知道他是否去过砖窑，是否会怀疑我拿了那辆红色小火车。

那一天终于来到了。已经开学了，我被谭峰堵在学校门口，谭峰的模样显得失魂落魄的，他用一种近乎乞求的眼神盯着我，他说，你拿没拿？我对这种场景已经有所准备，你不能想象我当时有多么的冷静和世故，我说，拿什么呀？谭峰轻轻地说，火车。我说，什么火车？你偷的那辆火车？谭峰说，不见了，我把它藏得好好的，怎么会不见了呢？我告诫自己要冷静，不能提砖窑两个字，于是我假充好人地提醒他，你不是放在老张家的猪圈里了吗？谭峰朝我翻了个白眼，随后就不再问我什么了，他开始向操场倒退着走过去，他的眼睛仍然迷惑地盯着我，我也直视着他的眼睛，随他向操场走去。你肯定不能相信我当时的表现，一个八九岁的孩子，会有如此镇定成熟的气派。这一切并非我的天性，完全是因为那辆红色的小火车。

我和谭峰就这样开始分道扬镳，我们是邻居，但后来双方碰了头就有一方会扭过脸去，这一切在我是由于一个沉重的秘密，在谭峰却是一种创伤造成的。我相信谭峰的左手包括他的内心都遭受了这种创伤，我得承认，那是我造成的。我记得很清楚，大概是在几个月以后，谭峰在门口刷牙，我听见他在叫我的名字，等我跑出去，他还在叫我的名字，但他并不朝我看一眼，他在自言自语，他说，郁勇，郁勇，我认识你。我当时一下子就闹了个大红脸，我相信他掌握了我的秘密，让我纳闷的是自从谭峰从医院回家，我一直把小火车藏在高压锅里，连我母亲都未察觉，谭峰怎么会知道？难道他也是凭借灵感得知这个秘密的吗？

说起来可笑，我把小火车弄到手以后很少有机会摆弄它，更别提那种看着火车在地上跑的快乐了，我只是在确保安全的情况下偶尔打开高压锅的盖子，看它几眼，仅仅是看几眼。你们笑什么？做贼心虚？是做贼心虚的感觉，不，比这个更痛苦更复杂，我有几次做梦梦见小火车，总是梦见小火车拉响汽笛，梦见谭峰和镇上的孩子们迎着汽笛的声音跑来，我就被吓醒了，我知道梦中的汽笛来自五里地以外的宝成铁路，但我总是被它吓出一身冷汗。你们问我为什么不把火车还给谭峰？错了，按理要还也该还给成都女孩，我曾经有过这个念头，有一天我都走到卫生院门口了，我看见那个女孩在院子里跳橡皮筋，快快活活的，她早就忘了小火车的事了。我想既然她忘了我还有什么必要做这件好事呢？我就没搭理她，我还学着谭峰的口气骂了她一句，猪脑壳。

我很坏？是的，我小时候就坏，就知道侵吞赃物了。问题其实不在这里，问题在于我想有这么一个秘密，你们替我想想，我怎么肯把它交出去？然后很快就到了寒假，就是那年寒假，我父亲从部队退役到了武汉，我们一家要从小镇迁到武汉去了。这个消息使我异常兴奋，不仅因为武汉是个大城市，也因为我有了机会彻底地摆脱关于小火车的苦恼，我天天盼望着离开小镇的日子，盼望离开谭峰离开这个小镇。

离开那天小镇下着霏霏冷雨，我们一家人在汽车站等候着长途汽车。我看见一个人的脑袋在候车室的窗子外面闪了一下，又闪了一下。那是谭峰，我知道是他，但我不理他。是我母亲让我去向他道别，她说，是谭峰要跟你告别，你们以前还是好朋友，你怎么能不理他？我只好向谭峰走过去，谭峰的衣服都被雨点打湿了，他用那只残缺的手抹着头发上的水滴，他的目光躲躲闪闪的，好像想说什么，却始终不开口，我不耐烦了，我转过身要走，一只手却被拉住了，我感觉到他把什么东西塞在了我的手里，然后就飞快地跑了。

你们都猜到了，是那把钥匙，红色小火车的发条钥匙！我记得钥匙湿漉漉的，不知是他的手汗还是雨水。我感到很意外，我没想到会有这么一个结局，直到现在我对这个结局仍然感到意外。有谁知道谭峰是怎么想的吗？

朋友们中间没人愿意回答郁勇的问题，他们沉默了一会儿，有人问郁勇，你那辆小火车现在还在吗？郁勇说，早就不在了。到武汉的第三天，我父母就把它装在盒子里寄给何医生了。又有人愚蠢地说，那多可惜。郁勇笑起来，他说，是有点可惜，可你怎么不替我父母想想，他们怎么会愿意窝藏一件赃物？他们怎么会让我变成一个小偷？

伞

一把花雨伞害了小女孩锦红。锦红的姨妈在伞厂工作，她从出口品仓库里捞了几把花雨伞出来，兄弟姐妹一家送一把。送给锦红家的这把伞尤其漂亮，绿色的绸布面上洒着红蘑菇，伞柄是有机玻璃的，里面还嵌着一朵玫瑰，看上去像是水晶嵌了红宝石。雨伞归了锦红，从那天起锦红天天听有线广播里的天气预报。天气预报存心与这个小女孩过不去，说明天天晴，后天天也晴，再后天是多云转晴，锦红气坏了，她冲着广播骂，讨厌讨厌，为什么不下雨？去年我没有伞，你天天下雨，等我有了伞，你偏偏不下了，气死我啦！

好不容易盼来了雨。那是一个星期天的早晨。屋檐上的雨声一响锦红就冲出去，李文芝在厨房骂女儿，说，死丫头，是短脚雨，下不长的，你急着出去显你的宝。锦红顾不上听母亲的数落，她慌慌张张地把伞打开，听见雨点打在花伞上，啪啪地响了几下，伞面就沉寂了。锦红抬头看了看天色，天气确实像她母亲所说，不像是要好好下雨的样子。锦红很失望，她站在门口，将伞转了一圈，还是没有听见雨的动静，但是下雨前街道上特有的慌乱气氛安慰了锦红。她看见小玉的奶奶抢救晾在外面的被子。不知怎么把三脚杆撞翻了，那老妇人就操着绍兴口音尖叫起来，小玉，快出来收被子了。与此同时，得了肺炎的珠珠正从她父亲的自行车上跳下来，她的头上顶着一只用手帕做的小帽子。珠珠被她父亲拉进家门的时候向锦红这里瞟了一眼。她一定看见了我手里的雨伞。锦红举着伞走到街道中央，向前后左右张望着，她想雨也许会下大的，这么多天不下雨，也该下一场雨了。

锦红打着雨伞向小玉家走了几步，夸张的步态像一只开屏的孔雀。有人注意到了锦红的伞，冯明的姐姐倚靠在门边说，锦红，在哪儿买的伞呀？这么漂亮！锦红犹豫了一下，机灵地撒了个谎，北京，在北京买的。冯明的姐姐很惊讶，追问道，你们家谁去北京了？锦红没有来得及把她的谎言编造下去，一阵大风不知从何而来，风的大手蛮横地掰开锦红的小手，那把雨伞竟然跳了起来，它在空中翻了一个筋斗，然后开始在街道上奔逃，锦红尖叫着，伞，我的伞，快帮帮我。她回头向冯明的姐姐求援，但冯明的姐姐只是弯着腰咯咯地笑。锦红就去追她的伞，伞毕竟是伞，它只有一条腿，跑不快，锦红看见它最终卡在春耕家的门洞里，不跑了。锦红松了一口气，叉着腰教训雨伞说，看你跑，看你还跑！锦红后来回想起来都是教训雨伞惹来的祸，她如果当时赶快把雨伞抓在手里就好了，可她偏偏多嘴，站在那里叉着腰教训雨伞，结果雨伞在她的眼皮底下被人抢到了手中。

春耕抢了她的雨伞。春耕把雨伞高高地举起来，端详着有机玻璃的伞柄，不让锦红接触她自己的伞。锦红跳几次，都没有够到她的雨伞，她说，你把伞还我，你不还我就叫你妈妈来。春耕说，谁说是你的伞？伞在我手里就是我的。锦红急红了眼，锦红一急就把春耕他母亲的绰号叫出来了，大屁股，她跺着脚叫道，大屁股，你儿子抢我的伞！屋里没有回应，很明显只有春耕一个人在家。锦红对包丽君的不敬把春耕惹恼了，春耕推了锦红一把，瞪着她说，好呀，我看你是不想要这把伞了，你敢骂我妈是大屁股？你妈才是大屁股，你妈不光屁股大，× 也大，你妈是大 × ！锦红惊恐地看着春耕，更准确地说是看着春耕的手，她预感到一种危险，春耕可能会在狂怒中把她的雨伞撕成碎片。锦红的头脑中一片空白，锦红忽然尖叫了一声，然后就抱住春耕的腿，在春耕的腿上咬了一口。

现在已经很难鉴别是什么导致了锦红最终的灾难了。锦红记得春耕的腿上已经长出了男人才有的黑黑的汗毛，这本来会让锦红吃惊的，但是锦红来不及吃惊了，春耕的拳头把锦红打出去很远，撞在墙上，锦红便失去了知觉。此后的事情是锦红所有记忆中的一个黑洞，她记得是私处强烈的疼痛唤醒了她，她浮出一个深不可测的黑洞，看见春耕抓着他的短裤，坐在她身边发呆，锦红起初不知道发生了什么事情，她竭力想看清楚包围着她的幽暗的房间，依稀看见春耕家的那个笨重的五斗橱，五斗橱上的台钟，一只玻璃花瓶里插着一束塑料花，还有春耕父母的一张结婚照。锦红叫了一声妈妈，妈妈不在，她便想到了她的雨伞，她扭过头寻找着雨伞，可是春耕的黝黑的身体挡住了她的视线。春耕坐在地上发呆。锦红呻吟起来，我的雨伞，我疼。她说，疼死我了，我的雨伞呢。春耕动了一下，往上拉他的短裤，于是锦红从春耕的双腿缝隙中看见了她的雨伞，她的雨伞，伞面上的红色蘑菇闪烁着红色的光芒。

起初香椿树街上的人们不知道锦红的遭遇。

包丽君带着老母鸡、金华火腿来找李文芝谢罪。李文芝拒不见客。李文芝在里面咬牙切齿地说，我们法庭上见。包丽君在门外哭。李文芝在里面静静地听，听了一会儿，冷笑一声，说，你也哭？你哭什么？包丽君说，我哭我命苦呀，生了这么个没出息的儿子。李文芝说，现在哭迟了，你那个杂种儿子，畜生儿子，就不该让他生出来，生出来那天就该把他掐死。李文芝把话说到这份上，包丽君在门外也站不下去，掉脸就走了。

隔了一天，包丽君又来了，这次除了老母鸡和金华火腿，还推来了一辆新的永久自行车。包丽君在门外说，文芝呀，你去年托我买的自行车我一直放在心上，这回总算是弄到手啦。

快开门，让我把车子推进去。李文芝仍然不开门，而且李文芝在里面呜呜地哭起来，说，该死，包丽君你也该死，你用自行车换我女儿的贞操，你该死，我要了你的自行车我还是人吗？不是人，是畜生！包丽君估计到了这个局面，她似乎有备而来，包丽君说，文芝你别嚷嚷呀，让街坊邻居听到了多不好。你就让我进来，我进来说一句话就走，行不行？包丽君的这招数奏效了，李文芝开了门，让人进来，让贿赂之物都留在了外面。

包丽君进去以后就看见了那把雨伞，雨伞挂在墙上，锦红坐在雨伞的下面，茫然地看着她。包丽君伸手摸锦红的头发，锦红闪开了，包丽君就顺势去摸那把雨伞，讪讪地说了一句，好漂亮的雨伞。李文芝把锦红推进了里屋，行啊，让你说一句话，她冷冷地看着包丽君，忽然转过身，说，其他的话都到法庭上说去。包丽君涨红了脸，说，我就说一句话。可是这一句话包丽君似乎难以出口，包丽君叹了一口气，又叹了一口气，终于憋出了那句话。其实，她说，其实，我们家春耕不满十八岁。李文芝没有什么文化，她没有听懂包丽君的潜台词，说，你就说这句话？这是什么话？不满十八岁怎么的？该杀就得杀，该剐就得剐！包丽君尽管对李文芝的愤怒有所准备，但她还是被她决绝的态度激怒了，该杀该剐由不得你，也由不得我，法院的法官同志说了才算，包丽君开始不卑不亢了，而且她用一种异常冷静的语气告诉李文芝，你再怎么闹我儿子也死不了，你再这么闹下去，锦红以后就嫁不出去了，文芝，你好好考虑考虑呀。

李文芝直到后来才彻底明白包丽君的底牌。原来底牌是春耕的年龄。李文芝听说春耕被送去少年管教所，当场就哭了，她说，这是什么王法，这个小畜生，光是管教一下就行了吗？包丽君开后门开到法院来了，她本事通天！早知道这样我就不告了，我自己动手，看我不把这小畜生给阉了！

纸终于没能包住火。很快春耕和锦红的事情在街上传得沸沸扬扬的，人们在市场和杂货店看见包丽君便左右为难，不知说点什么好，所以打量她的眼神显得有点鬼鬼祟祟的，看见李文芝，则更加不知所措，自从发生了这件事情以后，热情爽朗的李文芝就像变了一个人，走在街上，谁也不理，而且铁青着个脸，好像随时准备要杀人。

春耕是从街上消失了。锦红也不容易看见，据说李文芝后来给锦红定了规矩，除了上学，锦红不能迈出家门一步。这就像不允许猴子爬树，不允许猫捉老鼠一样，对锦红是一个天大的惩罚。邻居们常常听见锦红在家里的哭闹声，有一天他们看见李文芝怒气冲天地跑出来，把一柄绿绸面的花雨伞砸在地上，她在雨伞上踩了一气，还不解恨，又捡起来，把雨伞扔到了她家的屋顶上。

锦红惊天动地的哭声使整条香椿树街颤抖了，许多人都向李文芝家跑，等他们到达李文芝家，事件已经结束，李文芝关上了她家的门，而锦红的哭声也突然沉寂下来。看热闹的人不甘心，他们凑到李文芝家临街的窗户上向里面张望，正好遇到李文芝在窗玻璃上糊报纸，有人眼尖，看见锦红一边抹着眼泪，一边帮她母亲糊窗子。可怜的锦红，她哭过了就做事，替母亲扶着凳子，手里还端着一碗糨糊。

锦红的故事也是一把折断的雨伞，随着有人修好雨伞，再次把伞打开已经是二十年以后了。

一个人在二十年中可以经历许多事情，对于锦红来说，她的履历写满了不幸。她的不幸五花八门：早年丧父（她父亲是卡车司机，有一年除夕急着从外地赶回家过年，出了车祸），童年受辱失身（这事大家都知道了，不宜再提），少女时代得过腮腺炎、甲状腺炎，还得过肝炎（这使锦红的肤色灰暗，眼睛像鱼一样向外面鼓起来。不适宜体力劳动，招工的时候勉强进了油品仓库当保管员，仓库在很远的郊外，每天上下班恰好最需要体力）。最主要的不幸当然是她的婚姻。锦红的丈夫是李文芝相中的，是个干力气活的建筑工人，李文芝认定女婿忠厚可靠，对锦红会好，李文芝的判断没有什么错误，那男人的品德没有问题，问题是出在难于启齿的方面，女婿天天要做那件事，锦红天天拒绝那件事。女婿恼羞成怒，就开始打锦红，起初是威吓性质的，打得不重，后来看锦红在这事情上毫不妥协，就开始大打出手。锦红也古怪，情愿受皮肉之苦，也不愿意与丈夫行房事，那个建筑工人头脑简单，也不知道打听一下锦红的身世，一味地用暴力解决问题，有一次用皮带襻子把锦红的额头打出了一个洞，锦红用一块手帕捂着额头跑回了家，浑身上下都是血，一进家门就说，妈，看你给我找的好人家！李文芝又急又气，替锦红包扎伤口时，随口问了几句，都问在点子上，于是就知道是怎么回事了，李文芝也不净是护犊子，她说，你这个死脾气，也是找打，天下哪对夫妻不做那号事，他打你，一半是他错，一半是你错。锦红一听这话就呜呜哭开了，说，那你让他把我打死算了，打死我我也不跟他做！锦红把母亲推开了，李文芝站在一边，恨铁不成钢地看着她，过了一会儿，她醒过神来，卷起袖子说，不行，得去找他算账，否则他以为我们孤儿寡母好欺负，打上瘾了还得了？

李文芝集合了几个身强力壮的亲戚去找女婿算账，走到铁路桥那里，正好看见春耕的修车铺子，春耕正在替人修理自行车。李文芝的腿一软，就蹲下来了，李文芝突然发现了一个祸害的根源，她蹲在路上，被痛苦压得站不起来，亲戚们问她，不去找小张算账了？李文芝摇摇头，眼泪一下溢满了她的眼眶，二十年以后李文芝再也无法在众人面前藏匿那段往事，李文芝指着春耕说，该打的是那个畜生，你们上去打他，往死里打，把他打死了，我去替你们偿命！

那些亲戚看见春耕向李文芝这里瞟了一眼，立刻就钻回到他的修车棚里去了。亲戚们都没有丧失理智，他们虽然记得那段令人难堪的往事，但谁会为了往事去侵犯一个街坊邻居呢，况且谁都沾过春耕的光，人家现在学好了，给邻居们补胎打气，一分钱也不收。亲戚们后来就本着大事化小的原则，把李文芝从春耕的修车棚那里劝走了，一直劝回了家，他们的态度很清楚，该打的要打，不该打的不打；如果李文芝原谅了她女婿，该打的也可以不打。

锦红的婚姻不伦不类地维持了好几年，她一直住在娘家，丈夫不答应，来拽她回去，李文芝出面调停，说回去可以，但有个条件，那件事情，一个星期最多做一次，女婿答应了，锦红却涨红脸叫起来，说，一次也不行，要做你跟他去做！李文芝气得扇了锦红一个耳光，李文芝说，你这个死人样子，结什么婚，世上女人结婚都要做那事的，你这么犟，只好嫁太监！锦红还是很冲动，说，谁要嫁，是你逼我嫁的！李文芝是做惯了女儿主的，偏偏在这种事情上没法做她的主，李文芝又气又急，听见炉子上水煮开了，正要走过去的时候人突然不会动弹了，李文芝僵硬地站在那里，眼睛愤怒地斜视着锦红，嘴巴也是歪斜的，锦红尖叫起来，上去抱住母亲，她丈夫这时候反应倒是很快，说，大概是中风了。你看你，把你妈气中风了。

所以锦红的不幸好比六月的梅雨，梅雨一场一场地下，她却没有了那把雨伞，不幸的雨点每一点都瞄准她，及时地落下，不让锦红有任何走运的机会。锦红是认命的，冬天邻居们看见锦红扶她母亲出来晒太阳，喂她吃饭，夏天锦红把母亲抱到一只大木盆里，为她擦洗，洗好了还要搽上一脖子的痱子粉。锦红做这些事情时无怨无恨，邻居们突然记起锦红是嫁了人的，怎么光是伺候母亲，丈夫也不要，家也不要了，他们绕着圈子问锦红，锦红从不回答不该回答的问题，倒是李文芝，虽然说话很不利落了，还是用简短的回答打发了那些好事的邻居，离——了，她说，畜——生。后面这句话当然是骂她女婿小张的，别人不会见怪。

锦红也许是世界上最应该离婚的人。她的离婚因此倒不能算是不幸。锦红有时候愿意和她的小学同学小玉说点知心话，锦红向小玉描述了她离开丈夫的最后时刻，她说她回家正好撞见她丈夫和一个女人在做那件事，丈夫和那个女人都很慌张，他们盯着她，防备她做出什么举动，但锦红什么也没做，她从床边绕过去，拿了东西就走了。小玉听了很惊讶，问锦红，你回家拿什么东西？锦红说，雨伞，拿一把雨伞，我最喜欢那把雨伞。

二十年过去以后锦红仍然酷爱雨伞，也许这是锦红的故事能够讲到最后的唯一的理由。

李文芝去世之前人很清醒，口齿也突然变得清楚了，她嘱咐自己的兄弟姐妹照顾锦红。人之将死，其言也善，李文芝却特别，她对兄弟姐妹说，你们如果亏待了锦红，我变了鬼魂也不会放过你们。一边的亲人都听得倒吸了一口凉气。

锦红一个人留在了世上。锦红的头发上别着一朵白花在香椿树街上来来往往，面容有点憔悴，肤色还是粗糙而焦黄，但看她的样子也没有什么受难的迹象，她一个人住在她出生长大的房子里，似乎一生从来没有离开过这间房子。她的舅舅和姨妈信守诺言，经常带着吃的用的来看她，锦红却嫌烦，而且从来不掩饰她的厌烦情绪，你们别来，她说，你们不来烦我就是照顾我了，有空去照顾照顾你们自己的孩子。锦红的一个舅妈来给锦红说媒，锦红居然把她从门里推了出来，舅妈见不得这种不知好歹的脾气，拍腿跺脚地说，我再管她的闲事我就是狗，让她妈妈的鬼魂来找我好了，鬼魂怎么的，鬼魂也要讲道理！

没有人知道锦红对未来的生活有何打算。她的亲戚同样也不知道。锦红对她的同学小玉是比较亲近的，她告诉小玉别再为她介绍对象。我迟早是要结婚的，锦红说，没你们的事，我心里有主张。小玉曾想打探那个人选，费尽了口舌也没成功，只是听锦红说，妈妈反正不在了，我的事我自己做主。

谁也猜不到锦红心里的那个人。也许这会儿有聪明的读者已经猜到了那个人，猜到了也没关系，反正锦红的故事说得差不多了。

锦红生命中值得纪念的第二个雨天很快来临了。那是一个大雨滂沱的日子，傍晚时分下班的人群顶着雨披骑着自行车仓皇穿越雨雾，街上一片嘈杂。锦红扶车站在铁路桥的桥洞里，她没带任何雨具，看样子她是在躲雨，小玉路过桥洞时看见锦红，她停下来要把雨披借给锦红。锦红摇头，她说是自行车的车胎被扎破了。小玉顺手指了指旁边春耕的修车棚，说，那赶快去补胎呀。锦红笑了笑，说，是呀，得去补胎。小玉骑上车以后才意识到自己的建议不合理，她也是知道锦红和春耕二十年前的过节的，小玉回头看看锦红，正好看见锦红在桥洞里打开一把雨伞，一把玫瑰红色的尼龙伞，小玉还纳闷呢，她带着伞，离家又这么近，为什么站在桥洞里躲雨呢？

二十年以后锦红打着一把玫瑰红的雨伞向春耕的车棚走去。春耕对即将发生的传奇毫无觉察，他看见一把雨伞突然挤进了他的局促的修车棚，许多水珠洒落在地上，然后他看见一个女人的脸从雨伞后面露出来，是锦红的脸，锦红的神情很平静，但她的嘴唇在颤动，锦红枯瘦的面颊上很干燥，没有淋雨的痕迹，可是她的眼睛里积满了水，她的眼睛里在下雨。

锦红坐了下来，坐在一只小马扎上，身体散发着隐隐的雾气。她的目光省略了春耕的脸，在他的膝盖和手之间游移不定。

春耕不敢相信自己的眼睛，他的手上还抓着一团擦油用的纱团，你来干什么，春耕没法掩饰他的慌乱，他把纱团塞进了裤子口袋，你要修车吗？

锦红仍然盯着春耕的膝盖，锦红说，今天我送上门来了，我们的事，得有个结果。

什么结果？什么结果不结果的。春耕嘟囔着，向后面缩了缩，他说，都过去二十年了，你没看见这二十年我是怎么过来的？你还要什么结果。

你在装傻？锦红说，我送上门来，难道是找你来算账的？你这样装傻可不行。你一直是一个人，我现在也是一个人过，我的意思，你要我先开口吗？

春耕这回听清楚了，春耕还是不相信自己的耳朵，二十年的往事在这个瞬间全部浮上了心头。春耕有点害怕，有点茫然，有一点惊喜的感觉，也有一点虫咬似的悲伤。春耕不敢相信自己的眼睛，他看见锦红的一只手迟疑地解开了衬衣的第一颗纽扣，锦红浅短的乳沟半掩半露，一颗暗红色的疣子清晰可见。春耕突然嘿嘿地笑了，你是糊涂了？他说，你没听说我跟冷娟的事？卤菜店的冷娟。我们好了两年了，别人都知道，你不知道？

锦红湿润的身子颤动了几下，她的胸腔内部一定发出了尖叫声，只是春耕没有听见。她没有叫出声音来。锦红的目光变得僵直，一点一点地下坠，落在春耕的鞋上，是一双穿破了的旅游鞋，鞋上沾了一块湿泥。锦红慢慢地伸出一只手，把那块湿泥抠掉了。锦红突然清了清嗓子，说，如果我和冷娟都愿意，愿意跟你，你会选谁？

春耕用一种近乎好奇的眼神看着锦红，很明显他想笑，因为忍着不笑，他说话的声音听来有点轻佻，选你——春耕模仿某种笑话的程式，拉长了声调说，那是不可能的。当然选冷娟，她长得漂亮。

春耕说完就后悔自己的言行了。他看见锦红跳了起来，锦红满脸是泪。锦红抓着雨伞像抓着一把复仇之剑向春耕扑来，伞尖直刺春耕，第一下刺到了春耕的胳膊，第二下刺到了春耕的大腿，第三下却扑了空。锦红栽倒在一堆废弃的自行车轮胎中，一动也不动。春耕吓坏了，正要去拉锦红，锦红已经爬了起来，敏捷地躲开了春耕的手。锦红脸色煞白，站在门口整理着衣服，她向车棚的外面张望着，东面看一看，西面看一看，前面也看一看，然后飞快地冲了出去。

大概是一个星期以后，锦红的姨妈到春耕这里来补胎，小玉恰好也来打气。春耕听见两个女人在谈论锦红的再婚。提起锦红，春耕便觉得胳膊上和大腿上的伤处隐隐作痛，幸亏她们谈得更多的是锦红的新丈夫。姨妈说锦红是瞎了眼睛，挑那么个男人，快五十了，还有糖尿病！小玉依然是为她的朋友说话，她说，锦红自己有主张，她早就选好老梁了。老梁会对锦红好的，锦红看人的眼光，不会错的。

春耕没说什么。女人说话时春耕从不插嘴。他一直耐心地听两个女人说话，等到事情都做完了，春耕从车棚里抓出一把雨伞来，塞给锦红的姨妈，说，是锦红的伞，替我还给她。

白雪猪头

我母亲买不到猪头肉，她凌晨就提着篮子去肉铺排队，可是她买不到猪头肉。人们明明看见肉联厂的小货车运来了八只猪头，八只猪头都冒着新鲜生猪特有的热气，我母亲排在第六位。肉联厂的运输工把八只猪头两个两个拎进去的时候，她点着食指，数得很清楚，可是等肉铺的门打开了，我母亲却看见柜台上只放着四只小号的猪头，另外四只大的不见了。她和排在第五位的绍兴奶奶都有点紧张，绍兴奶奶说，怎么不见了？我母亲踮着脚向张云兰的脚下看，看见的是张云兰紫红色的胶鞋。会不会在下面，我母亲说，一共八只呢，还有四只大的，让她藏起来了？柜台里的张云兰一定听见了我母亲的声音，那只紫红色的胶鞋突然抬起来，把什么东西踢到更隐蔽的地方去了。

我母亲断定那是一只大猪头。

从绍兴奶奶那里开始猪头就售空了，绍兴奶奶用她慈祥的目光谴责着张云兰，这是没有用的。卖光了。张云兰说，猪头多紧张呀，绍兴奶奶你来晚了，早来一步就有你一只。

绍兴奶奶端详着张云兰，从对方的表情上看事情并没有回旋的余地，赔笑脸也是没有用的，绍兴奶奶便沉下脸来，眼睛向柜台里面瞄，她说，有我一只的，我看好了。你看好的？在哪儿呀？张云兰丰满的身体光明磊落地后退一步，绍兴奶奶花白的脑袋顺势越过油腻的柜面，向下面看，看见的仍然是张云兰的长筒胶鞋，紫红色闪烁着紫红色热烈而怠慢的光芒。绍兴奶奶，你这大把年纪，眼神还这么好？张云兰突然咯咯地笑起来，抬起胳膊用她的袖套擦了擦嘴角上的一个热疮，她说，你的眼睛会拐弯的？

柜台内外都有人跟着笑，人群的哄笑声显得干涩零乱，倒不一定是对幽默的回应，主要是表明一种必要的立场。绍兴奶奶很窘，她指着张云兰的嘴角说，嘴上生疮啦！这么来一句也算是出了点气，绍兴奶奶走到割冷冻肉的老孙那里，割了四两肉，嘟嘟囔囔地挤出了肉铺。

我母亲却倔，她把手里的篮子扔在柜台上，人很严峻地站在张云兰面前。我数过的，一共来了八只。我母亲说，还有四只，还有四只拿出来！

四只什么？你让我拿四只什么出来？张云兰说。

四只猪头！拿出来，不像话！我告诉你我看好的。

什么猪头不像话你看好的？你这个人说外国话，我怎么听不懂？

拿出来，你不拿我自己进来拿了。我母亲以为正义在她一边，她看着张云兰负隅顽抗的样子，火气更大了，人就有点冲动，推推这人，拨拨那人，可是也不知是肉铺里人太多，或者干脆就是人家故意挡着我母亲的去路，她怎么也无法进入柜台里侧，她听见张云兰冷笑的声音，你算老几呀，自己进来拿，自己进来拿，谁批准你进来了？

开始有人来拉我母亲的手，说，算了，大家都知道猪头紧张，睁一眼闭一眼算了，忍一忍，下次再买了，何必得罪了她呢？我母亲站在人堆里，白着脸说，他们肉铺不像话呀，这猪头难道比燕窝鱼翅还金贵，藏着掖着，排了好几次都买不到，都让他们自己带回家了！张云兰在柜台那一边说，猪头是不金贵，不金贵你偏偏盯着它，买不到还寻死觅活呢。说我们带回家了？你有证据？

我母亲急于去柜台里面搜寻证据，可是她突然发现从肉铺的店堂四周冒出了许多手和胳膊，也不知道都是谁的，它们有的礼貌、松软地拉住她，有的手却很不礼貌了，铁钳似的将我母亲的胳膊一把钳住，好像防止她去行凶杀人。一些纷乱的男女混杂的声音此起彼伏地响起来，少数声音息事宁人，大多数声音却立场鲜明，表示他们站在张云兰的一边。这个女人太过分了，大家都买不到猪头，谁也没说什么，偏偏她就特殊，又吵又闹的！那些人的手拽着我母亲，眼睛都是看着张云兰的，他们的眼神明确地告诉她，云兰云兰，我们站在你的一边。

我母亲乱了方寸，她努力地甩开了那些树杈般讨厌的手，你们这些人，立场到哪里去了？她说，拍她的马屁，你们天天有猪头拿呀？拍马屁得来的猪头，吃了让你们拉肚子！我母亲这种态度明显是不明智的，打击面太广，言辞火爆流于尖刻，那些人纷纷离开了我母亲，愤愤地向她翻白眼，有的人则是冷笑着回头瞥她一眼，充满了歧视，这种女人，别跟她一般见识。只有见喜的母亲旗帜鲜明地站在我母亲身边，她向我母亲耳语了几句，竟然就让她冷静下来了，见喜的母亲说了些什么呢？她说，你不要较真的，张云兰记仇，得罪谁也不能得罪她，我跟你一样，有五个孩子，都是长身体的年龄，要吃肉的，家里这么多嘴要吃肉，怎么去得罪她呢？告诉你，我天天跟居委会吵，就是不敢跟张云兰吵。我母亲是让人说到了痛处，她黯然地站在肉铺里想起了我们家的铁锅，那只铁锅长年少沾油腻荤腥，极易生锈。她想起我们家的厨房油盐酱醋用得多么快，而黄酒瓶永远是满的，不做鱼肉，用什么黄酒呢？我母亲想起我们兄弟姐妹五人吃肉的馋相，我大哥仗着他是挣了工资的人，一大锅猪头肉他要吃去半锅，我二哥三哥比筷子，筷子快肚子便沾光，我姐姐倒是懂事的，男孩吃肉的时候她负责监督裁判，自己最多吃一两片猪耳朵，可是腾出她一个人的肚子是杯水车薪，没什么用处的，我二哥和三哥没肉吃的时候关系还算融洽，遇到红烧猪头肉上桌的日子，他们像一头狼遇到一头虎，吃着吃着就打起来，我母亲想起猪肉与儿女们的关系不在于一朝一夕，赌气赌不得，口气就有点软了。她对见喜的母亲说，我也不是存心跟她过不去，我答应孩子的，今天做肉给他们吃，现在好了，排到手里的猪头飞了，让我做什么给他们吃？见喜的母亲指了指老孙那里，说，买点冷冻肉算了嘛。我母亲转过头去，茫然地看着柜台上的冷冻肉，那肉不好，她说，又贵又不好吃，还没有油水！猪肉这么紧张，我母亲还挑剔，见喜的母亲也不知道说什么好了，她转过身去站到队伍里，趁我母亲不注意，也向她翻了个白眼。

肉铺里人越来越多了，我母亲孤立地站在人堆里，她篮子里的一棵白菜不知被谁撞到了地上，白菜差点绊了她自己的脚。我母亲后来弯着腰拍打着人家的一条条腿，嘴里嚷嚷着，让一让让一让呀，我的白菜，我的白菜。我母亲好不容易把白菜捡了起来，篮子里的白菜让她看见了一条自尊的退路，不吃猪头肉也饿不死人的！她最后向柜台里的张云兰喊了一声，带着那棵白菜昂然地走出了肉铺。

我们街上不公平的事情很多，还是说猪头吧，有的人到了八点钟太阳升到了宝光塔上才去肉铺，却提着猪头从肉铺里出来了。比如我们家隔壁的小兵，那天八点钟我母亲看见小兵肩上扛着一只猪头往他家里走，尽管天底下的猪头长相雷同，我母亲还是一眼认出来，那就是清晨时分在肉铺失踪的猪头之一。

小兵家没什么了不起的，他父亲在绸布店，母亲在杂货店，不过是商业战线，可商业战线就是一条实惠的战线，一个手里管着棉布，一个手里管着白糖，都是紧俏的凭票供应的东西，我母亲不是笨人，用不着问小兵就知道个究竟了。她不甘心，尾随着小兵，好像不经意地问，你妈妈让你去拿的猪头，在张云兰那里拿的吧？小兵说，是，要腌起来，过年吃的。我母亲的一只手突然控制不住地伸了出去，捏了捏猪头上两片肥大的耳朵。她叹了口气，说，好，好，多大的一只大猪头啊！

我母亲平时善于与女邻居相处，她手巧，会裁剪，也会缝纫，小兵的母亲经常求上门来，夹着她丈夫从绸布店弄来的零头布，让我母亲缝这个缝那个的，我母亲有求必应，她甚至为小兵家缝过围裙、鞋垫。当然女邻居也给予了一定的回报，主要是赠送各种票证。我们家对白糖的需求倒不是太大，吃白糖一是吃不起，二是吃了不长肉，小兵的母亲给的糖票，让我母亲转手送给别人做了人情。煤票很好，草纸票也好，留着自己用。最好的是布票，那些布票为我母亲带来了多少价廉物美的卡其布、劳动布和花布，雪中送炭，帮了我家的大忙，我们家那么多人，到了过年的时候，几乎不花钱，每人都有新衣服新裤子穿，这种体面主要归功于我母亲，不可否认的是，里面也有小兵父母的功劳。

那天夜里我母亲带了一只假领子到小兵家去了。假领子本来是为我父亲缝的，现在出于某种更迫切的需要，我母亲把崭新的一个假领子送给小兵的母亲，让她丈夫戴去了。我父亲对这件事情自然很不情愿，可是他知道一只假领子担负着重大的使命，也只好眼睁睁地看着我母亲把它卷在了报纸里。

醉翁之意不在酒，在哪儿？我母亲与女邻居的灯下夜谈很快便切入了正题，猪头与张云兰，张云兰与猪头。我母亲的陈述多少有点闪烁其词，可是人家很快弄清楚了她的意思，她是要小兵的母亲去向张云兰打招呼，早晨的事情不是故意和她作对，都怪孩子嘴巴馋，逼她逼急了，伤着她了务必不要往心里去，不要记仇——我母亲说到这里突然又有点冲动，她说，我得罪她也就得罪了，我吃不吃猪肉都没关系的，可谁让我生下那么多男孩，肚子一个比一个大，要吃肉要吃肉，吃肉吃肉吃肉，她那把割肉刀，我得罪不起呀！

小兵的母亲完全赞同我母亲的意见，她认为在我们香椿树街上张云兰和新鲜猪肉其实是画等号的，得罪了张云兰便得罪了新鲜猪肉，得罪了新鲜猪肉便得罪了孩子们的肚子，犯不上的。谈话之间小兵的母亲一直用同情的眼光注视着我母亲，好像注视个莽撞的闯了大祸的孩子。她是个聪明的女人，情急之下就想出了一个将功赎罪的方法，她说，张云兰也有四个孩子呢，整天嚷嚷她家孩子穿裤子像咬雪糕，裤腿一咬一大口，今年能穿的明年就短了，你给她家的孩子做几条裤子嘛！我母亲下意识地撇起嘴来，说，我哪能这么犯贱呢，人家不把我当盘菜，我还替她做裤子，不让人笑话？女人最了解女人，小兵的母亲说，为了孩子的肚子，你就别管你的面子了，你做好了裤子我给送去，保证你有好处，你不想想，马上要过年了，这么和她僵下去，你还指望有什么好东西端给孩子们吃呀，我告诉你，张云兰那把刀是长眼睛的，你吃了她的亏都没地方去告她的状。

女邻居最后那番话把我母亲说动了心。我母亲说，是呀，家里养着这些孩子，腰杆也硬不起来，还有什么资格讲面子？你替我捎个口信给张云兰好了，让她把料子拿来，以后她儿女的衣服不用去买，我来做好了。

凡事都是趁热打铁的好，尤其在春节即将临近的时候。小兵的母亲第二天回家的时候带了一捆藏青色的布到我家来，她也捎来了张云兰的口信，张云兰的口信之一概括起来有点像毛主席的语录，既往不咎，治病救人，口信之二则温暖了我母亲的心，她说，以后想吃什么，再也不用起早贪黑排什么队了，隔天跟她打个招呼，第二天落了早市只管去肉铺拿。只管去拿！

此后的一个星期也许是我母亲一生中最忙碌的日子。其他的家庭主妇也忙，可她们是忙自己的家务和年货，我母亲却是为张云兰忙。张云兰提供的一捆布要求做五条长裤子，都是男裤，长短不一，尺寸被写在一张油腻腻的纸上，那张纸让我母亲贴在缝纫机上方的墙上，我们看着那张纸会联想起张云兰家的四个男孩一个男人的腿，十条腿都比我们的长，一定是骨头汤喝多了吧。我母亲看到那张纸却唉声叹气的，她埋怨张云兰的布太少，要裁出五条裤子来，难于上青天。

我母亲有时候会夸大裁剪的难度，只是为了向大家证明她的手艺是很精湛的。后来她熬夜熬了一个晚上，还是把五条裤子裁了出来，并不是像她描述的那么艰难，五条裤子一片一片地摞在缝纫机上，像一块柔软的青色的梯田。然后我们迎来了缝纫机恼人的粗笨的歌声，我母亲下班回家便坐到缝纫机前，苦了我姐姐，什么事情都交给她做了，我姐姐噘着嘴抗议，做那么多裤子，都是别人的，我的裤子呢，弟弟他们的裤子呢？我母亲说，自己的裤子急什么，过年还有几天呢，反正不会让你们穿旧裤子过年的。我姐姐有时候不知趣，唠叨起来没完，她说，你为人民服务也不能乱服务，张云兰那么势利，那么讨厌的人，你还为她做裤子！我母亲一下就火了，她说，你给我闭上你的嘴，这么大个女孩子一点事情也不懂，我在为谁忙？为张云兰忙？我在为你们的肚子忙呀！

时间紧迫，只好挑灯夜战。我们在睡梦中听见缝纫机应和着窗外的北风在歌唱，其声音有时流畅，有时迟疑，有时热情奔放，有时哀怨不已。我依稀听见我母亲和父亲在深夜的对话。我母亲在缝纫机前说，眼珠子都要掉出来了！我父亲在床上说，掉出来才好。我母亲说，这天怎么冷成这样呢，手快冻僵了。我父亲说，冻僵了才好，让你去拍那种人的马屁！

埋怨归埋怨，我母亲仍然保质保量地完成了张云兰家的五条裤子，她把五条裤子交给小兵的母亲，小兵的母亲为我母亲着想，她说，你自己交给她去，说说话，以前的疙瘩不就一下子解开了嘛。我母亲摆着手说，前几天才在肉铺吵的架，这一下白脸一下红脸的戏，让我怎么唱得出来？你这中间人还是做到底吧。我母亲把五条裤子强扔在小兵家里，逃一样地逃回到家里。家里的缝纫机上又堆起了一座布的山丘，那是为我们兄弟姐妹准备的布料。我母亲在上班前夕为她忠实的缝纫机加了点菜油，我看见她蹲在缝纫机前，不时地瞥一眼上面的蓝色的灰色的卡其布，还有一种红底白格子的花布，然后她为自己发出了一声简短而精确的感叹，劳碌命呀！

而小兵的母亲后来一定很后悔充当了我母亲和张云兰的中间人。整个事情的结局出乎她的意料，当然也让我母亲哭笑不得，你猜怎么样了？张云兰从肉铺调到东风卤菜店去了！早不调晚不调，她偏偏在我母亲做好了那五条裤子以后调走了！

我记得小兵的母亲到我家来通报这个消息时哭丧着个脸。都怪我不好，多事，女邻居快哭出来了，你忙成那样，还让你一口气做了五条裤子，可是我也实在想不通，张云兰在香椿树街做了这么多年，怎么偏偏就在这个节骨眼上调动了，气死我了！我母亲也气，她的脸都发白了，但是她如果再说什么难听的话，让小兵的母亲把脸往哪儿放呢？人家也是好心。事到如令我母亲只好反过来安慰女邻居，她说，没什么，没什么的，不就是熬几个夜费一点线吗，调走就调走好了，只当是学雷锋做好事了。

很少有人会尝到我母亲吞咽的苦果，受到愚弄的岂止是我母亲那双勤劳的手，我们家的缝纫机也受愚弄了，它白白地为一个势利的女人吱吱嘎嘎工作了好几天，我们兄弟姐妹五人的肠胃也受愚弄了，原来我们都指望张云兰提供最新鲜的肉、最肥的鸡和最嫩的鸭子呢，不仅如此，我们家的篮子、坛子和缸也受愚弄了，它们闲置了这么久，正准备大显身手腌这腌那呢，突然有人宣告，一切机会都丧失了，你们这些东西，还是给我空在那儿吧。

我们对于春节菜肴所有美好的想象，最终像个肥皂泡似的破灭了。我母亲明显带有一种幻灭的情绪，她对我们说，今年过年没东西吃，吃白菜，吃萝卜，谁要吃好的，四点钟给我起床，自己拿篮子去排队！

我们怎么也想不通，我母亲给张云兰做了这么多裤子，反而要让我们过一个革命化的艰苦朴素的春节！

除夕前那天夜里下了一场大雪，我记得我是让我三哥从床上拉起来的，那时候天色还早，我父母亲和其他人都没起床，因为急于到外面去玩雪，我和我三哥都没有顾上穿袜子。我们趿拉着棉鞋，一个带了一把瓦刀，一个抓着一把煤铲，计划在我们家门前堆一个香椿树街最大的雪人。我们在拉门闩的时候感觉到外面什么东西在轻轻撞着门，门打开了，我们几乎吓了一跳，有个裹红围巾穿男式工作棉袄的女人正站在我们家门前，女人的手里提着两只猪头，左手一只，右手一只，都是我们从来没见过的大猪头，更加令人印象深刻的是女人的围巾和棉袄上落满了一层白色的雪花，两只大猪头的耳朵和脑袋上也覆盖着白雪，看上去风尘仆仆。

那时候我和三哥都还小，不买菜也不社交，不认识张云兰，我三哥问她，猪头是我们家的吗？外面的女人看见我三哥要进去喊大人，一把拽住了他，她说，别叫你妈，让她睡好了，她很辛苦的。然后我们看见她一身寒气地挤进门来，把两只猪头放在了地上。她说，你妈妈等会儿起来，告诉她张云兰来过了。你们记不住我的名字也没有关系，她看见猪头就会知道，我来过了。

我们不认识张云兰，我们认为她放下猪头后应该快点离开，不能影响我们堆雪人。可是那个女人有点奇怪，她不知怎么注意到了我们的脚，大惊小怪地说，下雪的天，不能光着脚，要感冒发烧的。管管闲事也罢了，她的眼睛突然一亮，变戏法似的从棉袄口袋里掏出了一双袜子，是新的尼龙袜，商标还粘在上面。你是小五吧？她示意我把脚抬起来，我知道尼龙袜是好东西，非常配合地抬起了脚，看着那个女人蹲下来，为我穿上了我的第一双尼龙袜。我三哥已经向大家介绍过的，从小就不愿意吃亏，他在旁边看的时候，一只脚已经提前抬了起来，伸到那个女人的面前。我记得张云兰当时犹疑了一下，但她还是从她的口袋里掏出了第二双尼龙袜，这样一来，我和我三哥都在这个下雪的早晨得到了一双温暖而时髦的尼龙袜，不管从哪方面说，这都是一个意外的礼物。

我还记得张云兰为我们穿袜子的时候说的一句话，你妈妈再能干，尼龙袜她是织不出来的。当时我们还小，不知道她说这句话是什么意思。张云兰还说了一句话，现在看来有点夸大其词了，她说，你们这些孩子的脚呀，讨厌死了，这尼龙袜能对付你们，尼龙袜，穿不坏的！

听我母亲说，张云兰家后来也从香椿树街搬走了，她不在肉铺工作，大家自然便慢慢地淡忘了她，我母亲和张云兰后来没有交成朋友，但她有一次在红星路的杂品店遇见了张云兰，她们都看中了一把芦花扫帚，两个人的手差点撞起来，后来又都退让，谁也不去拿，我母亲说她和张云兰在杂品店里见了面都很客气，两个人只顾说话，忘了扫帚的事情，结果那把质量上乘的芦花扫帚让别人捞去了。

垂杨柳

离开寺前村的车祸现场已经很远了，司机仍然惊魂未定。

雨中的公路一片寂静。车窗外的天空是铅灰色的，雨声绵绵不绝，刮雨器软弱无力地左右摇摆着，挡风玻璃上始终流淌着一条不规则的水流。他从反光镜里看见公路像一排黑色的潮水追逐着他的卡车，而卡车像一条孤单的船在风雨中颠簸。反光镜同时映出一张疲惫而苍白的脸，额头上的汗渍依稀可见，受惊后的眼神还没有恢复平静。他有一种晕车的感觉，准确地说，更像是晕船，他感到公路上波浪滔天，在司机多年的职业生涯中，这是第一次，公路让他感到了深深的恐惧。

雨一直没有停，只是拐过一个山口后雨点明显地变小了，庄稼地里雨打玉米叶子的声音不再那么粗暴，可以听见河上湍急的流水声了。北边的天空还是暗的，但南面的天空蓝了许多，也亮了许多。公路左前方出现了几间简陋的红砖小屋，从那里隐约传来一个女流行歌手高亢的歌声，那是一首歌唱青藏高原的歌。司机知道垂杨柳到了。去年他路过垂杨柳，这里的答录机整天就在放这首歌，那就是青藏高原那就是青藏高原。今年还是这支歌。这儿不是青藏高原，司机知道他到垂杨柳了，一个专做卡车司机生意的地方。垂杨柳一共有三家路边店，一家是加油站，一家是卖烟酒食品的小杂货店，还有一家说不清是饭馆还是旅店，饭馆大红大绿地迎着公路，旅社半遮半掩地缩在饭馆后面，垂杨柳的人告诉过他，所有的店铺其实是一家，一个老板娘管的。

一个穿绿短裙的女孩打着一顶花伞站在路边拦车拉客，一只胳膊从伞下面直直地伸出来，手势妖娆，不过看上去更像交通警察放行车辆的动作。女孩交叉着双腿，她的腿一半黑一半白地裸露着，非常引人注目，司机定神一看，女孩原来穿了黑色的长筒丝袜，丝袜上居然还点缀着闪闪发亮的珍珠饰片，看上去好像一小片夜晚的星空。

大哥来呀，喝口水歇个脚再走！女孩做了个手语，做完了她掩嘴一笑。

司机当然见惯了这些手语。他没有马上作出回应，他的目光在女孩的脸上和公路之间游弋不定，显得很犹豫。是他的手率先做出了停车的决定，它放下了刹车掣。司机听从了手的指挥，他的紧张的身体突然一下子松弛下来，压在方向盘上，他说，好吧，歇个脚再走。司机了解自己，但那个女孩竟然让他如此快速地镇静下来，司机自己也觉得奇怪，在倒车停车时他看见自己映在反光镜里的脸，脸色显然还很苍白，但眼睛却率先迸发出活力，闪烁着某种隐晦的期待的光芒，那光芒是热烈的。

女孩看上去还有几分稚气，妩媚的笑容有点讨好人，不过仍然显得羞涩。她很关心车上装载的货物，踮起脚尖往车斗里看，看见是空车，明显有点失望，是空车呀，刚刚走的那客人，人家拉了整整一车可口可乐！司机说，那又怎么样，人家也不给你喝。女孩还不懂男人搭讪的那套路数，误以为司机在奚落她，收拢雨伞甩着水，嘴里回敬司机说，给我喝我也不稀罕喝，跟咳嗽糖浆似的，难喝死了。

垂杨柳还是去年的样子，店铺门口的泥地布满了卡车轮胎的辙痕，一下雨冒出了无数大大小小的水潭。车铺的墙边堆着山一样的湿漉漉的废旧轮胎，饭馆养的几只鸡在水潭边徘徊着，也许是在找寻食物。大哥，这边走。女孩用雨伞指挥着司机向饭馆走，这边，不是那边，那边有水！

这几步路我还不会走？司机笑了笑，说，现在这会儿不用那么周到嘛。

老板娘关照的，要注意第一印象。女孩很认真地解释道，上个月我们老板娘到外面去参观取经的。

什么第一印象？我是老客人，我来过好几次，怎么没见过你？司机跳过一个水潭，突然就想起了去年那个女孩的名字，那个小雪呢，小雪在不在？

哪个小雪？女孩眼睛亮了一下，我就是小雪呀，你认识我？

我不认识你。我认识那个小雪，圆脸，短头发的，比你胖一些，比你黑一些，她还在不在这饭馆干？

这儿就我一个小雪嘛，哪来那么多小雪？女孩说，那个小雪是干什么的？

跟你一样。站在这儿拉客人嘛。

不可能！我在这儿一年多了，我就是小雪，怎么还有个小雪呢，不可能！女孩的样子好像是受到了愚弄，她回过头看一眼司机的脸，又看一看司机的鞋子，哎呀，你的鞋，脏死了，她突然叫起来，让你小心走路你不听，你看你脚上，全是泥！

司机不在乎他脚上的泥，他皱着眉头努力地回忆着什么。那就怪了，我不会记错的，那个小雪下巴这儿还有颗痣，你没有嘛。他说，要不你们这儿的女孩都叫小雪？你也叫小雪？

不可能！都叫小雪怎么行？那不乱套了？怎么管理呀？我们这儿有小梅小玲小丽，她们晚上才过来，白天就我一个人。女孩说着嗓门大起来，突然赌了个咒，说，我骗你不是人，我就叫小雪。

司机有点迷惑，他怀疑自己会不会把垂杨柳的小雪和沿途遇见的哪个女孩混了，但他一贯是相信自己的记忆力的，即使是运输公司的那些同事也承认，他最善于记两件东西：一个是记路，另一个就是这儿那儿萍水相逢的女孩的名字。

老板娘从后面旅店里风风火火地跑出来，手里还捧着一把葵花子，她干瘦的脸上涂了很厚的粉底，嘴唇抹了口红，一笑露出了发黑的错落不齐的牙齿。大哥，你好久没来啦，她觑着眼睛打量了司机一会儿，突然伸出手指在司机肩膀那里戳了一下，你们这些跑码头的，最没良心，上次把你伺候得那么好，还是把我们给忘了。

即使这样，司机也不敢确定老板娘是否真的认识他。也许她记得，也许不记得。路边店里的那一套他见多了。司机只是含蓄地笑了笑，在桌子边坐下了。他说，还那样，来两个炒菜，来一碗雪菜肉丝面。

靠近厨房的地方有两个男人围着个纸箱子在打扑克。他们向司机这儿瞟了一眼，就又埋下头去了。司机没见过他们，他猜是老板娘养在店里的两个人，沿途所有的路边店都能见到这些闲散的男人，他们总是坐着，走动的总是女人们。柜台在门口，漆了粉红色，上面放着一架黑白电视机。自称小雪的女孩一回来就打开了电视机。电视机大概年代久远了，嗡嗡地响着，什么也没有，女孩拿起一只拖鞋，左边拍一下，右边拍一下，电视突然就跳出来了，放的是一部香港电视连续剧，一个男的，一个女的，都操一口古怪的普通话，有一搭没一搭地说话，听一会儿便明白了，他们其实是在谈感情。

司机说，烦死了，车开到哪儿都是这两个人的声音，说话不好好说，拖着调门，呀啦呀啦的，我一听这声音就烦。

小雪在柜台里说，不可能！现在外面流行这么说话的，大哥你不知道？这么好的节目你嫌烦，那你要电视机干什么？

司机说，我家里的电视机就是摆设，一年三百六十天，我一百八十天在外面，哪儿有时间看？我要看电视就看球赛，别的不看，一看就想睡觉。港台剧内容还可以，就是那配音烦人，我听见那两个人的声音就要睡觉。

小雪说，不可能，我要是瞌睡马上看电视，一看就不瞌睡了——我在看呀，最后两集了，大哥你别打岔，我都听不见啦。

老板娘从厨房里端着菜出来，向两个男人之间的纸箱踹了一脚，还在打牌，还在打，你们就不能进厨房帮着择择菜！老板娘走到司机的旁边时脸上很快变出了亲切的笑容，她对司机说，你看你看，现在搞点经营多难，员工都懒呀，我在忙，他们倒好，打扑克的打扑克，看电视的看电视！司机想说什么，却打了个哈欠，说，我就听不得那电视剧的声音，一听就犯困。老板娘眨巴着眼睛，很专注地看了看司机，大哥你脸色很差呀，她大惊小怪地喊起来，脸色不好看，是该休息一下了，开了多长时间了？看上去很累嘛。

司机摇了摇头，斜着身子坐在椅子上，对老板娘含义不明地微笑着。

大哥你没什么事吧？老板娘伸出手去摸司机的额头，不烫不烫，她说，没病就好。挣钱不容易，搭上半条命，大哥我说得对吧？我看你是累的，休息休息就好。

司机说，不是累的，老实告诉你，是吓的。寺前村那里出了车祸。

谁出了车祸？老板娘陡然有点紧张，往后退一步，试探着问了一句，大哥你没事吧。

我出事怎么还能上你这儿来坐着？司机嘿地一笑，在桌子底下抖动着双腿，不是我，他说，你这么瞪着我干什么？不是我，是我前面运煤车的司机！

运煤车开起来最野了，司机都是疯子，存心撞人似的。老板娘顺着客人说话，对灾难本身也流露出适度的兴趣，你亲眼看见撞人的？大哥，是什么人给撞了？

是个老汉，我就看见那老汉像个炮仗炸起来，运煤车一直在我前面，那司机刚刚超了我的车呀，我看见他撞的，砰的一响，他娘的，就像放炮仗，我开车这么多年，还是头一次亲眼看见撞人，那老汉像炮仗一样炸起来了！

那赶紧救人呀，寺前村那里有卫生院的。

救什么人？那家伙撞了都没下车，他娘的，跑啦！我在后面呢，把我难住了，进也难退也难的，我一咬牙往前开，没想到那人没死，我过去的时候他腾地坐起来了，满身是血，要拉我的卡车！

老板娘惊叫了一声，说，是怪吓人的，那人没撞死？现在死没死呢？

我怎么知道，我自己都让他吓了个半死。司机开始夹菜吃，嘴里嚼着东西说，估计活不了，他是从庄稼地里上公路的，下着雨呢，雨点比黄豆还大，路况看不清，农村老汉反应慢，他们都低头赶路的嘛，他娘的，以为国家修公路是为他一个人修的！老汉还背着个箩筐，箩筐里面装着红辣椒，一撞人就像炮仗砰地蹿起来啦，辣椒也飞得满地都是的，我不骗你，人和红辣椒都飞起来了，就像放了一个大炮仗！

他们说话的声音很大，引来了柜台那边小雪的抗议，求求你们了，小声点，我一点也听不见了，方小姐在写遗书，她要去自杀啦！

老板娘向小雪那儿看了一眼，脑袋也伸过去了，很显然她的心思也在电视机上。我以为方小姐昨天那集就要死的，拖到今天才写遗书！老板娘说着对司机笑了笑，好像表示歉意，这个戏很好看的，我天天看。然后她的声音突然低下来，脸凑到司机耳边说，等会儿让小雪到后面去给你捶捶背，放松放松，你看我们小雪长得还不错吧。

司机犹豫了一下，说，她要看电视，让她看，我去后面打个盹就行。

光打个盹怎么行？老板娘亲昵地推了司机一下，你就别管了，这么累该好好放松一下，她该干什么我来安排。

司机看了看电视机前的女孩，又向窗外望了一眼，外面的雨停了一会儿，又下了。公路上看不见什么车流，雨中的公路像一条黑色的河流一样平静，闪着一点一点晶莹的光。不知道是饭馆养的一只鸡还是鸭子上了公路，悠闲地在路上散步。司机看见公路边稀稀落落种着几棵香椿和槐树，树只有半人多高，估计是去年刚刚栽下的，他突然想起来这地方叫垂杨柳，垂杨柳，为什么一棵杨柳也不见呢？

你们这儿为什么叫垂杨柳呢？司机咕哝了一句，老板娘没有听见，她已经坐到了电视机前，神情紧张地盯着荧屏，嘴里噗噗地吐出葵花子的壳。那个叫小雪的女孩现在坐到柜台上去了，除了黑色的长丝袜和丝袜上几朵金线绣的小花，司机只能看见她的侧面和背景，她的乳峰很小心地隐藏在无袖上装里，像地里的玉米藏在苞壳里，她坐着的时候将手压在双腿下面，这个动作似曾相识，让司机想起了记忆中的那个名叫小雪的女孩。也许就是他上次遇见的那个小雪？也许是他弄错了，跑长途这么多年，他认识的路边店的女孩太多了。让司机困惑的是小雪对他的态度，如果她就是那个小雪，她应该能认出他来的。去年在垂杨柳，他遇见的是一个哭哭啼啼的乡村女孩，她什么也不懂，像一头屠宰场的羊羔准备为八十块钱做祭祀品，但他并没有对她做什么，她的泪水和逆来顺受的样子让他动了恻隐之心。他什么也没做，但他付了钱，还有小费。他记得那个小雪是怎么笨拙地在他脸上亲一口，表示她的感激的。她说，大哥，我一辈子也忘不了你，你是好人。他当然是好人，他没做什么，却付了钱，他为自己做的这件事感到满足。他断定垂杨柳的小雪应该记得他，但事实让司机感到双重的失落，他不能确定谁是小雪，而小雪似乎也不认识他了。

房间陈设简陋而土气，老式的木板床，洗脸盆架子，满墙贴着港台影视明星的招贴画，地上铺的塑胶地毯刚刚擦洗过，踩上去滑腻腻的。司机看见一顶大城市久违的蚊帐从天花板上悬垂到床上，觉得很亲切，去年路过垂杨柳，不记得有这样的蚊帐，也许那是因秋天的缘故。司机钻进蚊帐，四处摸摸，卧具好像是干净的，而且洒过香水。他慢慢地躺下来，叹了一口气，他知道老板娘会安排什么，他等待着什么，在等待的时候他用手指梳理着头发，与往日在路边小店度过的那些时光不同的是他心情沉重，他等待着什么，却并不清楚自己想干什么。

小雪提着一只热水瓶进来了。很明显她是被老板娘赶进来的，她不情愿，脸上的笑容便显得僵硬，大哥，你先洗一洗，她站在蚊帐外面说，是老板娘吩咐的，让你洗一洗。

司机说，洗什么，你让我洗脚吧？

小雪扭了扭身子，不说话。她的表情很明确地表明她是在勉强地为司机服务。

你让我洗什么，快说呀。司机的脑袋钻出来，瞟了一下小雪，发现对方无意呼应，便缩回去，在蚊帐里面说，不洗，我不脏，洗什么洗？

小雪说，我不管，你不讲卫生是你的事，反正我先把话说清楚了，我不是上晚班的，不做那事。

你不做哪件事？司机在里面笑了声，说，没见过你这样的女孩子，你什么也不做，呆在这里干什么？把你们老板娘给我叫来！

我不叫。反正我没有得罪顾客。外面小雪的声音一下缓和下来，听上去是在为自己辩护，她把热水瓶放在床边，似乎在琢磨着什么，迟疑地说，大哥你要不愿意洗就不洗，我替你洗脚，我替你敲背，替你抓痒痒也行，不过你也要答应我一个条件，好不好？

你哪来这么多麻烦，我不过是放松一下，又不跟你谈恋爱，答应你什么条件？

十五分钟。小雪说，十五分钟好不好，完了我到隔壁房间去看电视，你别跟老板娘说。

不可能。司机弄清楚小雪的意思后忍不住笑起来，他模仿着女孩的口气说，不可能，十五分钟怎么够我放松的？那我付半价怎么样？

大哥你行行好嘛，今天是最后两集，播十分钟广告就又开始了，最后一集我一定得看呀，你答应我，你答应了？

不可能！司机捏着嗓子，你把我当动物对待？啊？他突然想起什么，说，那你干脆做十分钟好了，为什么要十五分钟？

开头五分钟是唱主题歌呀，小雪意识到司机此话是一种通融的表示，高兴起来，说，大哥，你是好人，我就知道你是好人。我一辈子记得你的好！

去年这么说，今年还这么说。司机在蚊帐里冷笑了一声，你们这种女孩，能记得什么？就记得钱了。

什么意思？大哥你怎么说翻脸就翻脸了呢？小雪愣了一下，有点手足无措起来，她掀蚊帐的手退缩了，怎么说起这种话来？我们哪种女孩？你知道我是哪种女孩？她歪过头看着墙上的招贴画，嘀咕道，你要是瞧不起我我也不会求着侍候你，你告诉老板娘我也不怕。什么东西！

你敢骂人？

我没骂人，什么时候骂人了？

你骂我什么东西。

那不算骂人，骂客人要扣工资的，大哥你可别诬赖我。

你到底多大？怎么一点也不懂事？不懂事就出来挣大钱了？司机瞪着女孩，口气有点严厉也有点戏谑，他说，你到底是不是小雪，你真不记得我了？去年我路过这里，你哭哭啼啼，好像个林黛玉，我碰都没碰你一下，钱照付，你也口口声声说记得我一辈子，他娘的，才一年不到，你就一点都不记得我了？我姓林，我是你林大哥！

小雪转过脑袋，司机的自我介绍引起了她的注意，她的手把蚊帐掀开了一条缝，也许想仔细看看司机的脸，却又不好意思，于是腾地坐到了床沿上。看样子她是在努力回忆什么，她坐在床沿上，两只手垫着自己的身体，晃来晃去的，身体似乎也在帮忙回忆，但结果还是摇头，她说，不可能，你做那么好的善事，我怎么一点也不记得？你一定在耍我，你们司机都喜欢耍人。刘大哥，我不认识你的。

什么刘大哥，你是文盲啊，我姓林，双木林，林大哥！

林大哥，好了，别闹了，你这次答应我，下次我一定会记住你的。

你不记得我就算了。他娘的，我也没指望你记住我！司机在里面不耐烦地坐起来，又躺下，突然笑了一声，说，来吧，你不是急着看你的电视吗，要看最后那集动作就快一点。我情绪不好，也累了，没准都不用十分钟！

然后司机看见小雪的一条腿先进来了，另一条腿犹疑着，终于也进来了，司机不看她的脸，他不知道自己为什么不想看她的脸。他叹了口气，低声骂了句粗话，抬眼看蚊帐外的天花板。蚊帐顶部是用细白布做的，略略有点泛黄，透过白布，司机依稀看见几串红辣椒在房间横梁上，司机问，上面挂的是什么？是辣椒吗？

小雪说，是辣椒。厨房用的辣椒，没地方挂，只好挂那儿了。

司机浑身一颤，他几乎是下意识地向蚊帐外面看了一眼。外面好像有人，司机依稀看见蚊帐外面有个老人坐在地上，满脸是血，手里捧着一把红辣椒。司机的手也颤嗦起来，最终停顿在半空之中，他翻了个身，原来在身体内部膨胀的欲望潮水般地退去，一种朦胧的恐惧感袭上心头，他突然甩掉了小雪的手，一脚把女孩蹬了下去。别瞎捏了，司机大喊一声，去看你的电视吧。

小雪这次受到了真正的惊吓，她对司机突发的暴力没有准备，同时也不知道如何应对，她光着脚站在外面，先是发愣，然后她把地上绿色的凉鞋捡起来提在手上。怎么回事，你这人有病！女孩终于哭起来，提着鞋子向外面跑，你们这些人都有病，臭流氓，不要脸，我才不侍候你们这些坏东西！

司机听见女孩的脚步急促地远去，她的哭声听上去是刚刚受了天大的委屈。司机自己也觉得莫名的委屈。一件寻常的事情突然变得如此复杂，他自己也没有预料，他不知道自己在垂杨柳做了什么，甚至不知道到垂杨柳来是为了什么。很快他听见了老板娘的嚷嚷和几个人慌张的脚步声，司机爬起来，敏捷地把门锁上了。

老板娘在外面敲门的时候，司机听见那两个打扑克的男人也在低声商量着什么。司机在里面说，别敲了，什么事也没有，你们看你们的电视，我睡我的觉，睡一会儿再赶路，该付多少钱，你说了算。

大哥你们到底怎么啦？你不说我不好处理嘛。老板娘说，小雪那孩子不懂事，也不听话，她干不了这一行，我已经让人捎话给她家里，让他们家来人把她接走。有得罪的地方你担待着点，晚上等小红她们来了就好了，你还要什么服务我们会尽量提供的。

什么服务都不要，我就想睡一会儿。司机隔着门也闻见了老板娘身上浓烈的香水味，突然之间他对香水也厌恶起来，司机用手捏着鼻子，走到房间唯一的窗户前。拉开窗帘，外面是一大片玉米田，雨后的玉米田，半绿半黄，玉米叶子上仍然盛满晶莹的雨水。偌大的田野和远处的丘陵好像被雨水泡出了一股淡淡的酒味。司机看见有个白影子在窗外晃了晃，蓦然一惊，脑袋探出窗外，却看见两头白山羊，皮毛都被淋湿了，依偎在一起。两头羊在他的窗下大概已经停留很久了。司机伸手去摸羊，摸到了一头白山羊的背，羊背上的毛很柔软很湿润，但是这美好的触觉瞬间即逝，受惊的两头羊马上就离开了窗下。

司机确实很想睡一下，哪怕十分钟，他感到很累，他感到自己快要崩溃了。在钻回蚊帐之前司机走到脸盆架那里，用热水好好地洗了洗手。他发现自己的手很脏，指缝里有柴油和灰尘混合的油垢，洗好手他习惯性地去掏袋里的纸巾，纸巾已经用完了，他只掏出一个空瘪的塑胶包装袋，他感到一个什么东西被纸巾袋带出来了，软软地落在地上。最令他恐惧的事情也是最后时刻发生的，司机看见一颗红辣椒从他口袋里飞出来，那颗红辣椒躺在旅店的人造革地毯上，闪烁着暗红色的冷峻的光芒。

夜里的垂杨柳是另一个世界。小巧玲珑的经济也呈现出繁荣昌盛的景象。白天的雨势一直延宕到夜晚，雨一会儿走了，一会儿又来了，垂杨柳的灯火在夜雨中显得格外明亮。也许是天气不好的原因，也许是路上的交通事故拖延了司机们的行程，这天夜里垂杨柳很热闹，一共有十七个卡车司机在此停车过夜。饭馆的几张桌子全坐满了，后面旅馆的房间都提前亮起了灯，老板娘容光焕发，带着一群穿短裙的女孩子穿梭在她的事业里。

十七个司机中有一个姓李的小伙子，是开油罐车的，他认识小雪，坐下来便一直东张西望的，他在那群花枝招展的女孩中间寻找小雪，却看不见她。小伙子向老板娘打听小雪的行踪，打听好几次，忙乱中的老板娘都让他等一会儿，他就等，也不喝酒，也不和别的司机说话，等了好一会儿老板娘终于来了，带来的却是一个令人意外的消息。

老板娘说，你来得真不巧，小雪家里出事了，白天刚刚出的事，小雪的父亲来接她走，在公路上被一辆卡车撞啦！

是寺前村那里的车祸？小伙子愣了一会儿，忽然想起什么，说，现场还封着呢，听说那个司机跑了。

怎么不是？小雪的晚饭吃到一半警察就来了。老板娘指着柜台上的一只塑胶碗，说，看见没有，小雪的晚饭还扔在那儿呢。

姓李的司机一时有点茫然，张大了嘴不知说什么好。老板娘便在他肩膀上拍了一下，哧哧地笑着说，看你那傻相，又不是你撞的人，你紧张什么？姓李的司机顺口问了一声，谁撞的人？老板娘眨巴着眼睛，似乎想对他说什么悄悄话，最后却又打消了念头。我怎么知道呢？我要知道就把那混账司机扣住了！她的手在空中含糊地挥了挥，再次拍在司机的肩膀上。你就别惦记小雪啦，小雪又笨又不开化的，有什么好？老板娘说着凑到姓李的司机耳边，压低声音说，待会儿让小玲为你服务，她是我们这儿的服务标兵，人长得漂亮，还有大专文凭，包你满意！

堂兄弟

从枫杨树乡通往马桥镇的公路下来，穿过一片棉花地，可以看见池塘那边的乔村。绕过池塘向村里走，看得见白墙黑瓦的乔家祠堂。祠堂一度改为乔村小学的校舍，更早的时候是卫生所，现在小学迁了，卫生所关闭了，除了墙上留下一些孩子们的涂鸦，还有当年用红漆写在横梁上的计划生育的标语，祠堂总体上恢复了祠堂的尊严，阴森也恢复了，这些年乌鸦又飞了回来。

德臣和道林两家近距离地接受着祖先的庇荫，他们的房子就坐落在祠堂西侧的小土坡上。两户人家的房子靠在一起已经很多年了，从他们的祖上开始，就那么头傍头背贴背地靠着了，按照家谱记载的乔姓各家造房的年份推算，他们两家的房子这么靠着也有两百年了。当然这是粗略的算法，其间德臣家房子失火一次，殃及道林家，还有一年秋天接连下了十一天大雨，把道林家的房顶下塌了，德臣家的堂屋也就看得见天，祖宗的画像也让雨淋烂了，自然少不了要修顶筑漏，两家修房盖房是多长时间，又是什么样的情景，在此就忽略不计了。我老家枫杨树乡间历史上也出过些状元秀才什么的人，革命时期也出过人，到外面做了三品官做了大干部，住花园别墅的都有。不过德臣和道林家都是普通的农户，住的自然是农家的房子，之所以谈论他们的房子也是事出有因。早年间枫杨树乡下的房子都是泥墙草顶，再怎么盖也盖不出花样来，只图避个风雨，偏偏房子不通人性，不肯体贴主人的家境，风雨一多，稍微受了点苦，就扛不住了，撂挑子不干。花那么多钱那么多力气，辛辛苦苦盖起来的房子，却不如一把锄头一把镰刀那么耐用，住个几年就要修，等到修也修不起来了，主人就咬牙跺脚的，决心盖新瓦房了。德臣家原先的瓦房是这么咬牙盖起来的，道林家的不一样，但也轻松不到哪儿去。村里的老人都知道德臣的祖父当年在外面游乡弹棉花，把两根手指都弹坏了，才盖起了瓦房。德臣家的瓦房一好，旁边道林家的草房子就显出可怜劲来了，远远看着那草房，好像死死地抱着瓦房的腰，不放手，也好比一个穿戴体面的人被一个泼皮拦腰抱住，甩也甩不掉，总要给个什么说法。果然，隔了三五年，就有了说法，道林家的瓦房也在旁边站起来了。这事说起来好懂，德臣和道林两个的祖父是亲兄弟俩。哥哥后来在马桥镇上开了棉花铺子弹棉花，雇了弟弟做伙计，肥水不流外人田，弟弟就在哥哥的帮衬下把新房子盖起来了。据乡间老人的闲话，说弟弟盖房的时候缺几根椽子，就偷了祠堂里顶门的一根大门闩，拖回家做了椽子，这话不知道可信不可信。祠堂后面的一片竹林，当年让小学生们糟蹋了，不见了，坡上德臣和道林家的两座瓦房，现在你从祠堂的窗户里一眼就看得到。一座大一些，一座稍微小一些（也不过少了北面那两间耳房），靠在一起，大小正好合适，正像是兄弟俩靠在一起仰望着日落日出，在贫穷的枫杨树乡间做着丰衣足食的梦。

说这话的时候已经是好多年以后了，弹棉花的亲兄弟都早已经在柏树林下的祖坟里彻底歇下，他们留下的房子里住着自己的子孙，却不是亲兄弟了，是堂兄弟。德臣和道林，他们是堂兄弟，这堂兄弟的关系在枫杨树乡间是最常见的，可近可远，清明上一个祖坟烧纸，然后都去乔家祠堂祭祀祖宗，祠堂里聚集的男人中有多少堂兄弟呀，一出祠堂他们就各奔东西了，可是德臣和道林回家，走的永远是一条道。

那个走路挺着胸的穿西装的矮个子，是德臣。另一个弯着腰的嘴里永远叼着香烟的瘦高个子是道林，他们的外貌特征很明显，何况他们两家住在坡上，进进出出，村里人远远地就喊起他们的名字来了。

德臣！

道林！

德臣家的新楼房春天开的工，到了夏天就威风凛凛地站了起来，还在坡上，离两家的老屋也只有十几步路远。村里给道林盖新房的地皮也在那里，画了红线的，德臣先下手也没什么，他占不了道林的地皮，也不敢有这种心思，道林的心胸比不上海洋，但比水沟宽得多，他本来是准备忍受一些来自德臣的压力的。春天德臣家开工的时候还去帮了两天忙，第三天帮不下去了，就借口去走亲戚，离开了村子。眼不见为净。他在城里一个建筑工地上干了几天，干几天人家工程就完工了，没有新的地盘可去，又回来了。他从公路上看见了德臣家的新房子，三层楼已经盖好了第一层，红砖墙面，大窗洞，和德臣嘴里描述的一样，没有什么意外，也没有什么惊喜。怎么会惊喜？那是德臣家的房子，不是他的。道林记得他一路穿过棉花地的时候还没什么特别的想法，但棉花地里打农药的几个妇女偏偏拦着他说话，狗子他妈说，道林，德臣家开工你怎么躲出去了？你们还是兄弟呢，也不去帮帮人家忙。道林说，你知道个屁，我怎么没帮忙，是帮不上，你以为现在盖房子还是以前，要图纸的，按照图纸来，不会帮帮的是倒忙。狗子他妈说，那你家房子到底什么时候开工呀？他不愿意和妇女多费口舌，回了一句，该开工就开工，我家房子你操什么心，你又不肯嫁过来做小的。狗子他妈追着他要打他，道林往地里一跳，跳到乔来秀旁边，那乔来秀正眯着眼睛向坡上看，瞥一眼道林，忽然无端地笑起来，笑得道林心慌，说，你个疯婆子吃了笑药了，好好的浪笑什么？乔来秀还是笑，指着坡上的房子说，你自己来看嘛，看你们两家的房子，很有意思的。道林说，房子有什么意思？乔来秀说，原先是你们两家房子，还没看出名堂，现在德臣家的房子好了，怎么觉得他家是站着，你家那房子是跪着的——别跟我瞪眼睛呀，你自己来看，像不像三个人？一个跪，一个蹲，一个站，你家那房子最可怜，是跪在那儿的！

道林盖房的计划是被种种的意外打乱了。不可否认，女人的闲言碎语也会惹是非，比如乔来秀的话，怎么听着就像针一样刺人呢，刺痛的是道林的自尊心。但更大的意外来自道林媳妇那里，道林怎么也想不到媳妇那样敦厚那么死心眼的一个女人，会让德臣家的房子弄得乱了方寸。他回到家里，看见门关着，正纳闷大白天为什么关门，儿子在里面叫起来，快开门，爹回家啦。女儿跑过来下了门闩，给他开了门。道林说，村里闹贼了，好好的怎么闩着门。女儿指着儿子说，他不听话，不让他跑去看盖房，他偏要去。道林说，盖房怎么不能看？让他看去。儿子这时候大声叫起来，是妈不让我去看，她自己也不看，她把眼睛都蒙起来了！道林进了里屋，果然看见他媳妇脸上蒙着块布坐在床上，手里还在纳鞋底。道林说，你这是闹的什么鬼？眼红别人盖新房，也不能装瞎子。媳妇说，我就得把眼睛蒙上，不蒙上眼睛忍不住地要到窗口去看，一看心里就堵得慌，什么事也干不了。道林上去揭下她脸上的布，说，你的心眼怎么比针尖尖还小呢？传出去不让人笑掉大牙。媳妇说，还怕人笑话呢，腰杆子都挺不直了，还要那个面子有什么屁用。

赶路赶回家，道林不觉得累，只觉得心烦。他把媳妇往床上按，按了几次媳妇都坚强地挺了起来，道林就放弃了。夫妻俩都呆坐在床上，仰头看着自己的房子，房梁和椽子都已经发黑了，挂在梁上的一只箩筐里结了一张蜘蛛网，一只老鼠吱溜一声从梁上跑过去，不见了踪影。媳妇说，他们家一开工，老鼠就往我家跑，欺负人呢。道林说，这几天我一直在琢磨呢，德臣上哪儿弄来这么多钱，他种那么多地，我也种那么多地，他种果树，我也种果树，他养猪我也养了，闲着时他去地盘上干活，我也没歇着，我比他干得还苦，怎么就攒不下盖房子的钱呢？媳妇莫名地气起来，说，偷的！道林说，不兴这么说人家，我估计他是借的钱，我听天武说他去他家借过钱的。媳妇说，当然是借的，不借去偷呀？媳妇说着在门缝里找了个竹竿去挑房梁上的蜘蛛网，被道林拦住了，别挑，让它在那儿，道林说，我一路上一直在想呢，盖房子的苦早吃晚吃都得吃，咬咬牙了，我明天开始出去借，够了钱我们家也开工！

媳妇却一下瘫坐在床上了，她的眼睛眨巴着看着丈夫，要说什么，却一句也说不出口，只是把一只手塞给道林，说，你摸摸我手上的脉，还在不在跳？我怎么透不出气来了呢？道林说，你是让吓的，你要是怕，我们就再攒两年再说。媳妇瞪大眼睛望着房梁，突然哭起来，说，我听你的，你要是能忍，我们就再攒两年钱再说。道林突然火了，甩掉媳妇的手，说，听我的你还哭什么，反正一辈子就盖一回楼房，上刀山得上，下火海也得下，我们不忍这口气，我们也开工。

出去借了钱，道林才知道德臣什么都抢先走了一步。他的估计不错，德臣盖房子的钱也是借的。枫杨树的富裕人家不算少，凡是乔姓，都沾亲带故，但借钱的事比血缘复杂。人人皆知借钱容易讨债难的道理。是有几家亲戚，房子早盖了，儿女大事也办了，手里有余钱，等到道林上门的时候，亲戚都面有难色，说道林你从小就不如德臣机灵，这回又让德臣抢了先，家里富余的钱都让德臣借走啦。还拿德臣的借条给他看。道林这才想起来他和德臣的亲缘关系，他的亲戚好多也是德臣的亲戚。道林心里埋怨为什么偏偏和德臣做了堂兄弟，沾光的事情记不起来，吃亏却吃了不少，这怨恨绵绵密密，却说不出口。道林说，我道林是什么人你们都知道的，嘴皮子不灵，做人是堂堂正正的，人家会赖债我不会赖债的，就是不吃不喝也要把债还清了。亲戚说，德臣也是这么说的，其实你们兄弟做人什么样我们都清楚，不是不借，是没的可借了。也有亲戚说，你们两家为什么非要挤在一起盖房呢？房基地反正归你了，也不会长翅膀飞了，你怎么偏要跟他挤在一起盖房呢？道林一时也想不出什么冠冕堂皇的理由，就把责任都推到媳妇头上，说，我是不急，祖宗留下的房子，好好的，不过就漏雨，漏雨就用盆接嘛，我不急着盖房，是小勇他妈天天跟我闹呢，她怕让德臣家抢了风水。

道林是个爱面子的人，借不到钱从不对人说半句难听话，回家就不一样了，拿媳妇撒气。他说，不盖了不盖了，不去丢那个脸了，就住这老房子，我不信能把人住死，你不是不敢看人家盖房子吗，明天把窗户堵上，把门也掉个方向，你不扭头，什么也看不见！媳妇给他弄哭了，说，你就会说这种屁话，没出息的东西。道林说，我没出息，你怎么不出去借，你不是说你三舅家买了两台拖拉机了吗，他家那么富，你怎么不找他借去？媳妇呜呜地哭了一会儿，说，不盖就不盖，你是男人，丢脸丢你的脸，不丢我的脸。道林跳起来，我丢什么脸了，我乔道林不偷不抢不嫖不赌的，借不到钱就丢脸了？道林要去打媳妇，媳妇向外面逃了几步，突然站住了，咬着牙说，我就不信活人能让尿憋死，我回娘家，找我三舅借，我三舅不给我面子，我就让我妈出面，不信就借不到钱！

乔村人都知道道林家盖房的钱是他媳妇从娘家借来的，也许就因为这事，后来道林家盖房的时候都是女的做主，道林好像矮了一截。工匠也都是女的从娘家那儿请来的，说是江西来的工匠，人多，工钱还便宜。村里人都说道林媳妇平时显不出有多能干，关键时候就显山露水了。

道林家的房子后来一直在追德臣家的房子，村里人在棉花地里干活或者从公路上路过时，都能看见坡上的两座新房子比赛一样地蹿高。道林家的工匠搭了棚子在公路边住，开工早收工晚，隔了不多久，后动工的追上了先开工的，两座房子一般高了，看上去又像兄弟了。村里人路过工匠住的棚子里，看见道林媳妇穿着道林的肥大的旧军装，正在灶边忙着为工匠做饭，他们带着惊讶之色恭喜她说，哎呀，快追上了嘛。道林媳妇还装糊涂，说，什么快追上了？人家说，房子呀！道林媳妇便从工棚里探出头，看看坡上的两座房子，说，我们家道林办不成事呀，要不是等砖头，我们家的房子就封顶了。

房子封顶的时候两家差点闹出了纠纷，说白了是枫杨树乡下常见的房顶谁高谁低的纠纷。是德臣的媳妇容不下道林媳妇的能干，又迷信，就让工匠等着道林家封顶，说，让他们像狗撵骨头一样撵着我们，我们家开工在先，风水倒让他们抢了？我们家房顶偏要高过他们家。工匠们听主人的，便歇下来了，道林媳妇是明白人，却比德臣媳妇有手腕，她说，好呀，他不停我们不停，他停我们也不停，你们照着料往上盖，盖到哪儿是哪儿，我看她有多少能耐压我一头。这一闹工匠不会干活了，两家男人出面了，德臣和道林从小一起光屁股长大，什么话都可以摊开来说，堂兄弟俩蹲在工地上商量了半天，决定谁也不占那个风水，两家房子用尺子量，一定要一般高，还要请村长来做证人。

毕竟是堂兄弟，堂兄弟头挨头地商量事情，祠堂里祖宗的在天之灵严厉地挡住女眷的脚步，不让她们多嘴多舌，她们不参与，德臣和道林很容易地解决了一个棘手的问题。

他们挑了一个好日子一齐搬的新房子。按照枫杨树乡间多少年来的习俗，盖新房的再怎么穷，乔迁之宴一定要摆。全村人都可以带着一张嘴来吃。也是为了省下点钱来，德臣和道林商量一起把宴席办了，也顾不上别人的风凉话，两家摊分这场宴席，谁也不吃亏，这是好事，女人当然也不会反对。两个女人去马桥镇上割猪肉的时候还各走各的，回来时候虽然不说话，但她们是抬着一麻袋猪肉一起走回来的。到了起灶办宴席的那天早晨，一种共同的负担和另一种相通的利益使德臣媳妇和道林媳妇不计前嫌，彻底走到了一起，他们从早上就开始商量猪肉里应该混土豆还是萝卜，米饭该煮成几分烂，酒瓶让谁来掌管，一切就是为了让贪嘴的村里人少吃一点。

两家的旧屋谁也没拆，正好用来摆宴席。中午十一点钟，所有的乔村人都在往坡上赶。乔村不是大村，但由于地形的关系，那支弯腰爬坡去赴宴的队伍看上去是浩浩荡荡的。房子里里外外都坐满了人，远远听着是一种节日式的热闹和嘈杂。德臣媳妇道林媳妇带着几个女的在树下临时搭砌的灶前忙，德臣家的儿子嘴馋，在母亲身边钻来钻去抓东西吃，德臣媳妇打了他一下，抢下孩子嘴里的一块肉，正要往碗里扔，突然像遭了谁的鞭子抽，人突然打了个冷战，回过身拉过孩子，把肉又塞到儿子嘴里了。道林媳妇有点不满地看着她，没想到德臣媳妇一句话，把道林媳妇也说得心如乱麻，到处找自己的一双儿女去了。

德臣媳妇对儿子说，今天就敞肚子吃吧，欠下这一屁股债，怎么还？只能从牙缝里省钱，从今往后，你别想有这么大块的肉吃了。

枫杨树乡下的人习惯了从牙缝里省钱的生活，这对于德臣和道林两家的大人来说早有思想准备，孩子们却不接受餐桌上从天而降的灾难。孩子不接受了就闹，闹了就挨大人打，打得狠了孩子长了记性，知道不该为吃跟大人闹，就想别的歪点子了。德臣的儿子在学校里抢同学的饼干吃，被人家家长闹上门，德臣便大发雷霆，拿着根扁担追着儿子打，从新房子追到旧房子里，儿子一转眼不知道躲哪儿去了，德臣看见道林家的两个孩子钻在猪圈旁边，生了一堆火，用一只搪瓷杯子煮鸡蛋吃。看见德臣，女孩子惊恐地叫起来，说，叔，求你别告诉我爸。小勇则说，也别告诉我妈，我妈打起来更疼。德臣看得心酸，过去帮他们拨了拨火，德臣说，这是什么鸡巴日子，勒着裤腰带过日子，从孩子嘴里省钱，能省下多少钱来？

德臣后来就不准媳妇天天煮稀饭，他规定每隔一天要煮一顿干饭。德臣在家是说一不二的，媳妇不敢违抗，德臣媳妇没想到自己煮点干饭，又把隔壁道林家得罪了。这要怪两家新房子的厨房都顶在房前，这家厨房里的味道，隔壁那家是闻得到的，孩子的鼻子比小狗还灵，德臣媳妇一煮干饭，道林家的孩子马上就知道了，知道了就有了抗争的理由，尤其是男孩，他居然自作主张舀了米要往锅里添，说，他家也要还债，他家煮干饭，我也要煮干饭。煮粥的姐姐就大叫父母来。道林媳妇下了楼，打了孩子几巴掌，手不疼，孩子也不见得疼，倒把自己的心打疼了，就坐在楼梯上哭了起来。道林也下楼，看见媳妇哭得那么伤心，知道她是心疼孩子，就说，粥也是细粮呢，现在的小孩子有细粮吃，不错了，我们小时候吃红薯南瓜饭的！媳妇哭过了，冷静下来，说，人家德臣家做得也对，孩子长身体，不能天天喝粥，也得吃点干的。道林说，我早这么说了，是你要从饭碗里省钱的。媳妇走到外面去，向隔壁张望了一下，回来说，他们家也是，煮干饭也不关着点门，看把孩子馋的。道林说，总不能让人家煮干饭就把门窗都关了，是我们家孩子不好，他就不能不过去闻吗？他是人呀，又不是狗。道林媳妇站在门口思忖了一会儿，瞬间做出了一个重要的非同寻常的决定，她对丈夫说，你等会儿过去跟德臣说一下，以后煮干饭打个招呼，我们两家反正是一辈子拴在一起了，煮干饭也得一起煮，别让孩子们嘴犯贱！

后来德臣和道林家就有了这个约定，煮干饭两家一起煮，事先要互相通报。由于德臣媳妇和道林媳妇的关系时好时坏，所以他们互相通知的方式也是多种多样的，两个女人关系好的时候是亲自过来通报，关系不睦了，就差孩子来，也有冷眼相向连孩子也不准串门的时刻，这边的女人就在厨房里对着窗户，扯着嗓子叫，煮干饭了煮干饭了！叫得不情愿，又补上一句，小心吃噎着了！

大概是顺带着指桑骂槐吧。

他们两家就在新房子里过着统一的节衣缩食的日子。乡下地方，鱼米之乡，不用花钱也总能填饱肚子，乔村人也看不出那两家人有什么营养不良的迹象。德臣后来一直在马桥镇的榨油厂干活，他做过拖拉机手的，在外面结交的人多，多了就有用，多了条赚钱的门道。道林老实，不如德臣会交际，就一直在村里忙田里的事，果树的事，还有十几头猪的事。傍晚时分村里人经常看见道林拿着渔具在池塘旁边转悠，转了一会儿提着几条小鱼回家了。村里人说，这池塘里的小鱼也能吃呀？道林说，怎么不能吃，用油炸了，又香又鲜，我们家小勇最爱吃！

其实道林的孩子不爱吃鱼，嫌小鱼刺多。道林说，把你们娇惯坏了，鱼的营养比猪肉好，鱼的价钱卖得也比猪肉高，你们还不吃，不吃就别吃，城里的孩子还没有这么活蹦乱跳的鱼吃呢。道林怎么说孩子们也不动心，关于桌上的饭菜，无论大人怎么说，在孩子们看来不是谎言就是圈套。他们要吃肉，说不出口，男孩问他的姐姐，我们家的猪要是从它身上割一块肉下来，还会不会长好？姐姐就把这话密报了母亲，道林媳妇一听就紧张起来，打了他一巴掌，她知道儿子心里在想什么，命令他以后不准进猪圈。

这之后就发生了德臣家吃肉的事。说起来又是个意外，那天德臣回家带来了两个客人，看样子是马桥镇上的什么干部，德臣对他们的态度有点类似太监对皇帝的态度。黄昏时从德臣家厨房里飘出了浓郁的炖猪肉的香气，德臣媳妇在厨房的窗子上拉了一块布挡着，但布幔挡得住她忙碌的身影，却挡不住猪肉特有的香气。德臣家的男孩在门里门外跳出来跳进去的，看见小勇坐在他家门口台阶上发呆，就露出傲慢的神色来，对小勇说，我爹说了，我们家今天有客人，特殊情况特殊处理，吃什么用不着向你们家报告！他看见小勇跳起来跑进了家门，后来就没再出来，后来就只听见小勇的哭闹声了。

道林从地里回来，远远就听见家里闹得厉害，他还以为出了什么事，冲进门却看见儿子躺在灶前的草堆上撒泼打滚，满身满脸都是碎草。他媳妇和女儿都围着小勇，哄他上桌子吃饭。道林不知究竟，说，爱吃不吃，怎么还低三下四请他？他到底为什么闹？女孩子跺着脚埋怨隔壁，都是他家不好，烧猪肉烧那么香，不事先打个招呼！媳妇这次却很理智，说，也怪不了人家，约定说煮干饭打招呼的，谁想到他们家还有钱请客吃饭呢，人家请客当然是要猪肉上桌的，打不打招呼都一样，我们家没钱割猪肉。

男孩还在哭闹，一边闹一边嘟囔，杀猪杀猪，我要杀猪。道林威胁儿子道，杀猪？你知道一头猪卖多少钱？我把你杀了也不杀猪。说着上去把儿子强行抱起来，扔在饭桌前的凳子上。然后一家人坐在桌前吃饭。儿子不吃，道林踹他一下，说，不吃你滚下去，饿死你。儿子也不下去，只是张着嘴哭。道林媳妇看着丈夫的脸色，突然说，要不然拿两个鸡蛋炒了，压压他的馋劲？道林的脸色不对，他端着碗，看着碗里的粥汤，只看不喝，对媳妇的探询没有反应。道林媳妇对儿子说，孩子你懂点事吧，两个鸡蛋拿到镇上能卖一块多钱，你吃了就没了。道林不说话，他的脸色不对，眼睛有点发红，端碗的手颤抖着。道林媳妇发现丈夫脸色不对，人就站起来了，她对孩子说，我给你在酱豆里淋一点香油，保证好吃。孩子仍然哭，他好像是决心把抗争进行到底了。然后道林媳妇就听见丈夫怒吼了一声，他手一挥，把桌上的锅碗都扫到地上去了，道林媳妇看见丈夫从凳子上跳到饭桌上，躺下来，用双手捶着自己的肚子，她是突然间听懂丈夫震耳的吼声的：来，吃，吃，把我吃了吧！

道林躺在饭桌上吼叫着，来，你们都来，把我吃了吧！

道林躺在饭桌上捶自己的胸，说，来，割这里的肉，把我吃了吧！

道林躺在饭桌上捶自己的腿，说，来，割这里的肉，把我全吃了吧！

德臣媳妇过来送那碗肉的时候，敲门敲了很长时间。道林媳妇来开的门，她只把门打开了半扇，就站在门缝里和邻居说话。道林媳妇似乎是刚刚哭过洗了脸的，脸上的水和泪痕混在一起，散发出一种灰白色的冷光，她低眼看了看德臣媳妇手里的碗，说了一句话，让德臣媳妇后来又记了她半年仇。

道林媳妇说，你来迟了，我们已经吃过了。

私　宴

最后一班长途汽车在暮色中抵达马桥镇。正如乘客们一路上所担忧的那样，汽车终于抛锚了。幸运的是抛锚地点在大牌坊，距离终点只有五六十米了，司机决定就地停车，可控制车门的开关不知怎的也出了问题。司机起初还有耐心，沉着地按着什么按钮，渐渐地动作走样，一上一下拍打起来，一车人都站起来向驾驶座那儿看，后面的人问前面的人，为什么不开门？前面的人说，不是不开门，是门打不开啦。

车厢里此起彼伏地响起一片焦躁或者气愤的声音。不知是哪个精明人高声建议，这样的车子，应该举报它，让运输公司退一半票钱！有人冲动地附和着嚷嚷，有人则以忍让的口吻淡淡地说，这是马桥镇，又不是北京广州，这点事情去举报，他们把你当神经病！还有知情者无意中透露了长途汽车的产权归属，说，要举报你们就去举报大猫黄健吧，你们都不知道，这条长途线让他承包了。车门在众人的哄闹声中咯嗒咯嗒地响，响了好一会儿，冷不丁弹开来一半，差点跌下去一个人，那小青年反应快，拉住了栏杆，他手里的行李却夹在门缝里了。小青年火气大，张嘴便骂，× 你老娘的，怎么开门开半扇？我的包夹住了，快把门都打开！司机正没好气，回击道，× 你老娘的老娘！打开半扇就不容易了，这老爷车早该报废了，骂我有屁用，你要有本事去 × 大猫的老娘！车厢里的人都急着下车，后面的人顾不上批评谁，也懒得帮忙，一个个抬高腿跨过那个拦路的旅行包，挤搡着从半个车门缝里一起冲下来了。

汽车站的广播员不知道去哪儿了，喇叭里没有抵达信息，仍然是《运动员进行曲》欢快的旋律。迎候的人群中有眼尖的，看见牌坊那儿的动静，说，是车来了吧，怎么停在牌坊前面了？人群动荡起来，有人疾步地跑过来，说，晚点了啊？下车的人说，怎么不晚点？车也不好，路也不好，门也打不开，不晚点才怪！

已经是农历小年的傍晚了，该回家的人终于都回来了。包青不和别人争，就落到最后一个下车，他提着行李箱走到车门口时，看见他的小学同学李仁政穿着长筒胶靴，左手拿着长把刷，右手拖着一条橡皮水管跑来洗车了，包青赶紧转过脸，侧着身子下了车。

包青是典型的马桥镇人嘴里所说的那种知识分子，那种知识分子对人缺乏热情，与几声信口而来的寒暄相比较，他们往往选择一个笨办法，装作没看见。包青就是这样，他做贼似的绕过汽车向牌坊的西边走，可是李仁政的声音却在后面追他，包青包青，你回来了？包青不好再装聋子，就很不情愿地回过头，回过头他发现李仁政脑袋上突然多了一顶红色棒球帽，帽子上印了一排醒目的白字：新马泰八日游。包青笑起来，说，你怎么戴了红帽子，我都认不出来你了，你出国旅游了？李仁政的手伸到帽子里摸了摸，说，我哪有那个福气，人家给我的帽子，我的头发，哎，回头跟你说。包青站在那里，看李仁政的表情还有话要说，他以为他要交代头发的事情，结果却不是，他突然提高声音说，大猫要请你喝酒，他关照我好几次了，你一回来就通知他，他要请你喝酒。包青说，谁，大猫？黄健吗？李仁政对准汽车后窗玻璃喷着水，说，就是大猫嘛，大猫你都不记得了？包青愣了好一会儿，最后低声嘀咕道，怎么会不记得他，喝就喝嘛。

远在北京的包青又回来过年了。不回来是个麻烦，回来也是麻烦，对于包青来说，回乡过年已经成为一种仪式的包袱了。过去母亲身体还硬朗的时候会跑到汽车站等他，他不忍心，就不告诉她准确的归期，不告诉她她也来等，从小年夜前两天开始，天天等，一个小小的枯瘦的身影，迎风站在牌坊下，让包青想起来就心疼，他不能不回来。包青的回乡之旅其实是一次孝心之旅，他对马桥镇没有多少牵挂，他妻子清楚这一点，也就不拦他，每逢过年一家三口便各奔东西。母亲也清楚这一点，她对儿媳妇近年来的缺席并不埋怨，母亲在电话里直率地对包青说过，我没几年活头了，你再尽几年孝，以后就可以跟你媳妇去广东过年了，你媳妇不是说了吗，广东过年热闹，天气也暖和，只穿一件毛衣就够了。

下了新民桥包青就看见他姐夫推着辆自行车从肉联厂那里向他跑来，后面跟着他姐姐。他们一定是被什么事情耽误了，现在匆匆地跑着，似乎要努力弥补什么。看得出来姐姐在怪罪姐夫，姐姐的身上还穿着肉联厂的白色工作服。包青不喜欢家里人兴师动众的样子，他皱了皱眉，干脆站在桥上不动了。桥下有个穿紫色皮大衣的女人，牵着一条狗上来了。包青起初没在意，是那条小卷毛狗先来嗅他的鞋和裤脚，然后他闻见了一种在夏天北京大商场里弥漫的香水味道，一回头，包青看见了程少红。程少红风情万种地站着，斜着眼睛看他，包青一眼认出了她是喇叭花，就是想不起来程少红这个名字，以前镇上的男孩子都叫她喇叭花的。还是程少红主动，把小狗朝这儿牵了一下，又朝上面拉了一下，命令小卷毛狗说，欢欢，给大博士鞠个躬！

这么多年过去以后，包青见到程少红仍然有点慌张。他习惯性地伸出手去，见对方没有那个意思，又缩回了手，盯着她皮大衣上的一颗扣子，说，好多年没见面了，你还在果品公司吗？程少红说，哪儿还有什么果品公司呀？早散了，我现在在私营企业做。没办法，瞎混，没你那么聪明的脑子，做不了你那么大的事业。包青说，我也没做什么大事业。程少红啪地在包青胳膊上打了一下，你就别谦虚了，马桥镇这么个小地方，谁几斤谁几两大家都知道。大猫说他在电视上看见过你的。包青摆摆手，说，那叫什么上电视，我在会议上念论文，人家抓了一个镜头。程少红说，你还谦虚，这倒不容易，从小到大都谦虚。程少红说着想起了什么，扑哧一声，掩着嘴笑了。包青尴尬起来，他猜得到她在笑他的过去，只是不知道具体是哪件事情，包青就转过脸看着他姐姐姐夫，他们正满面歉意地往桥上赶，包青说，我得下去了，我家里人来接我了。他感到程少红在他背上又轻轻地拍了一下，然后他听见她说，大猫说要请你喝酒呢，你架子大，前两次让你推掉了，这次你跑不了啦。

初二下了雨。街上阴雨绵绵，马桥镇正在铺设光缆的道路一片泥泞。包青打着伞，带着礼品奔波在几个亲戚家中拜年。在舅舅那里包青再次听见大猫要宴请他的事，包青的舅舅还嘱咐他说，大猫要请你的话，你跟他提提，能不能让你表弟进羽绒厂，要不去长途汽车上跟车也行。你身份高，没准他会给你面子的。包青一听就不耐烦，又不好发作，对舅舅说，我哪儿有时间吃他的饭，镇长的饭局我都推了，明天就走了，教委刘主任那里还要应酬呢。包青从舅舅家出来，雨忽然下得大了，他就抄近路从小巷子里走，路过他从前上学的马桥二小的时候，他习惯性地朝校门那里看了一眼，看到的却不再是熟悉的小学，正好是大猫的羽绒加工厂。厂门口挂着四个红灯笼，组成欢度春节的字样，围墙两侧刷了醒目的标语，向管理要质量，向质量要效益。包青打着伞站在那里，听见雨点响亮地打在红砖楼的漏雨管上，还有宣传栏的塑料阳棚上，声声清冷，包青打了个寒战，然后他莫名地愤懑起来，嘴里说，买了学校做厂房，暴发户，暴发户呀！

大猫的宴请对于包青来说几乎是他探亲日程中的一个阴影，他准备用天气作借口，推掉大猫在富利华饭店的酒宴。母亲也不主张他去，她至今记得儿子当年与大猫做朋友付出了多么屈辱的代价。包青在电话里推托的时候，听见母亲在一边声讨大猫，她说，现在把你当人看了，当初把你当用人的就是他，用人还不如，主人不欺负用人，他骑在你头上拉屎的呀。包青不乐意听母亲唠叨这些事情，他示意母亲别在电话旁边监听，母亲就挪了几步坐下来，说，他有钱，有钱怎么地？山珍海味怎么地，谁爱吃谁吃去。母亲的态度提醒了包青，包青就把一切推到母亲身上，对着电话说，不是我不给面子，明天就回北京了，这顿饭我母亲不让在外面吃。

包青以为他成功地推掉了大猫的宴请。晚上一家人正要在餐桌前坐下来，门外响起了一阵摩托车尖锐的刹车声。有人在外面敲门。包青的姐姐出去开门，回来告诉包青是李仁政，说李仁政不肯进门，要包青出去说话。包青一出去就看见李仁政僵硬而笔直地站在雨中。李仁政摘下了头盔，包青恰好见到一个半秃的脑袋，几绺头发被压得紧贴在脑门上，还在滴着水。李仁政就那样站在雨中，他的表情看上去有几分惶恐，有几分不安，也有几分神秘，大博士，你的架子太大了吧，人家老同学跟你喝杯酒聚一聚，又不是请你上刀山下火海，怎么就这么难请？

李仁政果然是替大猫来接包青的，看来他已经知道了包青的态度，因此准备了一套逼人就范的措辞，包青，你今天不给这个面子，我就站这儿等。李仁政抬头看看天，说，我不怕淋雨，反正没听说雨能把人淋死。

是包青的母亲首先过意不去了，她让包青的姐姐去给包青拿伞，说，人家这么诚心，不去就是你不对了，人家会说闲话，说我家包青地位高了摆架子，传出去影响不好。临走母亲夹了块熏鱼塞到包青嘴里，包青是嚼着一块熏鱼出的门。

包青一手打伞，一手抱住李仁政的腰，坐着摩托车穿越马桥镇的街道。街上仍然是冷风冷雨，节日的小镇之夜显出一丝不合时宜的凄凉。包青能感觉到李仁政腰部那一小片温暖的区域，尽管隔着劣质的被雨淋湿的皮革，包青的一只手还是感到了李仁政的体温。这样的情景很陌生也很熟悉，包青突然清晰地记起来，好多年前一个春节的夜晚，他和大猫、李仁政合骑两辆自行车去县里看一个歌星的演唱会，回来时李仁政的自行车爆胎了，结果大猫逼他跟李仁政换了自行车，他们像卸包袱一样把包青卸下来了。包青记得他一个人推着一辆报废的自行车走了三十里地。

包青不知道程少红也是大猫邀请的宾客之一。他们一进富利华饭店，先看见的是花枝招展的程少红。程少红站在通往二楼包厢的地方对镜补妆，她打扮得过分的认真，看上去像舞台上的民歌手，看见包青她慌忙把口红往包里一扔，嘴里尖叫起来，说，你怎么肯来的，没去十八顶轿子抬你，你也赏脸来了？

包青不说话，只是不自然地微笑着。他对程少红说，你打扮得很漂亮呀。程少红说，漂亮个鬼。你心里怎么想的我知道，打扮得像三陪嘛，三陪怎么地，今天大猫就是让我来当你三陪的，大猫说了，给你大博士当三陪，是我的荣幸！

穿红旗袍斜佩着金色欢迎条幅的引座小姐迎上来，把他们带到了一个叫巴黎厅的包间。包青看见一个肥胖的穿着西装的男人从椅子上慢慢地站起来，貌似大猫，不像大猫，但看他额头上的一块红色胎印，一定是大猫。大猫原本是要和包青拥抱的，由于包青不由自主地退缩，改成了握手。大猫温热的手紧紧地抓着包青，不肯放松。他说，包青呀，你摸我的心，跳得多厉害。他拉着包青的手贴在他的西装胸前，包青，我不骗你，省长接见我我也没有这么紧张。包青笑起来，把手抽出来，说，要是在路上见面，肯定认不出你来了。大猫说，你不认我，我可是认得出你来，你在电视上就那么闪了一下，我就把你认出来了。旁边有几个男女立刻附和道，是的，那天看电视，我们经理一下就把博士认出来啦！

包青被大猫拉到他身边坐下了。除了李仁政和程少红，桌上还有几个人，都是大猫的员工，其中一个戴眼镜的女孩子穿着粉红色的毛衣，一直用一种躲闪的却是灼热的目光看着包青，包青不好意思问，大猫却先知先觉地介绍了女孩的身份，原来是马桥中学钟老师的女儿小钟，现在在大猫的厂里做会计。钟老师现在？包青话没有全部出口，从众人表情里就知道究竟了，小钟立刻埋下头。大猫在旁边踢了踢包青的脚，轻声道，去世了，去年，癌症。包青哑然，突然想起当年教物理的钟老师是唯一宠爱他的老师，因为他学物理有天分。包青正不知所措，那个小钟却突然站起来，举起酒杯过来，说，包大哥，我从小就听我爸爸说，他培养出了个博士，今天见了面，我要敬你一杯。

包青就喝了第一杯酒。来的时候包青准备好了一套说辞，胃不好，酒精过敏，第二天赶路，不能喝。但小钟特殊的身份以及特殊的眼神使他丧失了拒绝的勇气，他开了一个头，后来便是覆水难收了，大猫那些员工还可以推挡，李仁政的劝酒顽固得难以拒绝，而程少红的劝酒则带着某种胁迫，某种没有分寸的色情隐喻，让包青很难堪，也难以抵挡。她要和他喝交杯酒，包青惊讶于程少红的狂放，他涨红着脸说交杯酒不是随便喝的，程少红说，当然不是随便喝的，这算我罚自己的，当年我狗眼看人低，就没看出你包青的出息，我后悔死了，要不然我也是个博士太太啦。包青不知道说什么好，只好赔着笑，人却赖在椅子上，不肯接受程少红环绕过来的胳膊。旁边的人都起哄，程少红被晾得尴尬，突然架不住了，把酒往地上一泼，说，不喝也羞不死我。现在成大人物了，当初偷我胸罩的是谁？啊？包厢里突然一下静了下来，包青不提防程少红这一手，恼了。你疯了？小时候胡闹的事你现在拿出来说。包青提高了嗓音说，那是大猫拿了塞在我口袋里的，大猫就在旁边，可以作证的！大猫在一边笑，推了包青一下，说，你认什么真呢，开玩笑的，小时候的事谁记那么清楚，我都忘了什么偷胸罩的事了。包青却不肯顺台阶下，你忘我没忘，他正色道，是你塞到我口袋里的，她妈妈追出来的时候你塞的。你现在不承认，不是让我背这个恶名吗？大猫局促的表情只停留了一瞬间，很快释然，笑着说，好了好了，我现在想起来了，是我塞到你口袋里的，以前我们是老拿你当炮灰的，我承认还不行吗。包青看到大猫向李仁政挤了挤眼睛，包青记得好多年前他们总是这么互相使眼色的，每逢那时候他就感到一丝莫名的恐慌。现在他不怕他们交换眼神了，但是他感到不快，他突然把酒杯倒扣在桌子上，说，不喝了，我酒量一直不行，已经喝多了。

扣酒杯的时候包青感觉到众人都在盯着他，所有人的眼神都流露出不悦或者紧张之色，他故意忽略他们，对着小钟说，我有胃溃疡，血脂也高。小钟点了点头，她说，喝酒伤身，杂志上都这么说的。除了杂志上的话，女孩子似乎还想说什么，又不敢说，忍了一会儿，终于忍不住了，贸贸然提了一个问题，包大哥，我一直很奇怪，你那时候是个好学生，怎么会和黄经理老李他们做朋友的？她这么一问，把包青给问住了，包青的筷子停在菜碟上不动了，大猫那些员工都半真半假地批评小钟说错话，倒是大猫豁达，自嘲地说，这么说我是坏学生？坏学生就坏学生吧，瞒她瞒不住，谁让她是钟老师的女儿呢。

包青确实让女孩子点到了痛处。这也是他母亲和姐姐以前经常责问他的问题。他从来都答不上来。事实上他没有勇气剖析自己当年追随大猫李仁政他们的动机，他无法正视这份屈辱的选择，又没有足够的才智躲避这个问题，所以包青的脸颊一下涨得通红，只是敷衍地说了一句，我也不知道，小孩子的事情，没有道理可说的。而刚刚一直挂着脸的程少红这时突然冷笑一声，说，我知道，就是小鸡给黄鼠狼拜年，求它去吃别的小鸡，别吃它自己。小钟一定觉得程少红说得新鲜有趣，她咯地一笑，发现别人都不笑，就识时务地捂住了嘴。

大猫看看包青的表情，转过脸来瞪着程少红，勃然而怒，× 你娘，你还说人家不会说话，你自己说的什么 × 话！让包青吃惊的是大猫用一种异常粗暴的方式惩罚程少红，而程少红并没有反抗。大猫骂她的话很脏很粗鲁，你个烂 ×，就你聪明会说话，你不说话会死吗？程少红说，好，那我不说话。我本来就攀不上人家大博士，说什么都是放屁。大猫说，你就是在放屁，让你陪着热闹热闹的，你倒好，人话不会说，只会乱放屁！程少红欠起身说，好好，我不放屁了，我在这儿惹大家不高兴，我走。大猫怒喝一声，说，说得轻巧，走？走你妈个 × 里去，李仁政，给她倒酒，拿大杯子，罚她三大杯！

包青万万没想到大猫会这么对待程少红，按照常识推理，他觉察到他们的关系非同寻常，亲戚们说过大猫暴富以后的私生活如何如何地放纵，但他没想到程少红在大猫面前会如此驯服，让他吃惊的还有李仁政，他以为李仁政会劝大猫息怒的，但李仁政什么也没说，他真的拿起白酒瓶向程少红走过去了。包青站了起来，他几乎是本能地冲过去拉李仁政，抢他手里的酒瓶，李仁政笑着躲闪，说，没事的，少红的酒量你不知道。包青说，人家是女士，怎么样也不能这么灌她。他们这边扭在一起，程少红却冷不丁地把酒瓶抢过去了，她把瓶子往桌上重重地一拍，说，喝就喝，喝死了拉倒，反正人老珠黄不值钱了，卖 × 也卖不出这瓶酒钱来，喝下去不死人，就是赚了！

外面有服务生推门，惊恐地探进头来察看，大猫对着门喊，滚出去，再进来我让你们老板炒了你。光骂不解气，大猫抓起一把瓷调羹朝服务生砸了过去，旁边的人都一惊，听见砰的一声，瓷调羹像一颗迷你型炸弹在墙上爆炸了，碎片飞了一地。

随后包厢里变得鸦雀无声。包青脑海里突然跳出鸿门宴三个字，尽管自知多虑，他还是敏感地认定宴席毁灭性的气氛将越来越浓。他坐不住了，对大猫说，我明天赶路，今天得早点回家。大猫却摇头，说，你不能走。包青感到大猫的一只手有力地钳住他的手臂，像一只铐子。大猫说，没喝好，谁也不能走。包青说，我喝好了，再也不能喝了。大猫说，你喝不喝的，随意，她冒犯你要罚，我没招待好你，我也要罚酒。李仁政小钟他们也来陪酒的，没有把酒陪好，都要罚！然后包青就听大猫向外面吼叫起来，人都死哪儿去了，快拿酒来，别一瓶一瓶地拿，给我搬一箱来！

包青如坐针毡，现在他很后悔自己心软，糊里糊涂跟着李仁政上了摩托车。服务生抱着一箱酒进来的时候，包青感觉到了一丝恐惧。他对大猫说，这是干什么？拿一瓶出来就行了，让他们把箱子搬回去。大猫拍拍包青的肩膀说，不一定喝一箱的，我待客就是这习惯，你别慌，你是知识分子，有减免政策，喝好了就行，不想喝就不喝。包青直截了当地说，我喝好了，明天动身，又换汽车又换火车的，得早点回家休息了。大猫说，这是什么事，你还怕回不去北京？要是喝我的酒误了车，我派奥迪车把你直接开回北京，包青笑着摇了摇头，一咬牙站了起来，说，不行，我得告辞了。他注意到大猫的脸色霎时变得阴沉了，大猫这次没有动身拉他，但桌上其他人几乎用一种惊慌的眼神看着包青，李仁政看看大猫，一个箭步冲过去堵住了门，他低声说，包青，给点面子，现在不能走，喝几杯再走。包青从李仁政脸上看见的是哀求的神色，如此近距离地面对李仁政，包青发现他充血的眼角四周已经布满了鱼尾纹，而他半秃的脑袋似乎也在倾诉满腹的辛酸。两个男的正在门口对峙着，程少红踉跄着撞了过来，钩住包青的脖子把他往椅子上推，她说，你个大博士就这么难伺候呀，我说错话，已经罚了三大杯了，你还不满意，要不要我表演脱衣舞呀？包青来不及否认什么，那边大猫咯咯一笑，拍起手来，好，就再罚她一个脱衣舞。

看来程少红只是借酒劲说着玩的，真让她跳她又清醒了。程少红开始嘴犟，说，人家小钟还是黄花闺女，怎么能当她面跳这舞？大猫说，别找理由，让小钟先出去一会儿。小钟羞了个大红脸，站起来要走，被程少红一把拉住，程少红说，你们真把老娘当小姐了？呸，看脱衣舞是白看的？钱呢，钱在哪儿？大猫坐在椅子上转过身，抓住小桌上的一只公文包，说，钱在这儿，门票多少小费多少，你开个价。包青看看玩笑开得不可收拾，就拉住大猫说，不闹了不闹了，少红的表现已经够好了，是我不好，我扫大家兴致了，我也罚自己一杯吧。

包青隐隐约约觉得他需要做出一点牺牲。他喝酒了，他一喝桌上的气氛就缓和多了，包青想好了，等气氛正常了他就走，但大猫突然让他的司机抱来一个大锦缎盒子，说要让他看一件东西。打开盒子，一只彩绘瓷瓶隆重地躺在里面。大猫说，你是搞专业的，给我鉴定一下，这瓶子值多少钱。包青说，我搞地质学，不搞文物鉴赏。大猫说，你就别客气了，怎么说你也比我们懂得多。李仁政过来小心地抱出瓶子让包青看，包青一眼瞥见瓶子上的花卉图案有一个落款，唐寅。包青疑惑起来，说，唐伯虎画的瓶子？大猫有点紧张地反问，唐伯虎画的瓶子不值钱？包青说，不是这个问题，恐怕是瓶子的问题。包青拿着瓶子上上下下仔细观察了一会儿，终于忍不住笑了，说，你上当了，虽然我不懂文物鉴赏，可是这瓶底写着嘉庆年号，人家唐伯虎早成灰啦，怎么会在上面作画！大猫乍然变色，说，你再仔细看看。包青说，不用看了，你买的一定是假货，说不定连瓶子也是仿冒的，多少钱买的？包青没有听见大猫的回答，他抬起头，发现所有人都瞪大眼睛看着他，似乎在等候他收回刚才的话，大猫的表情非常古怪，有点窘迫，更多的是暴怒，他斜着眼睛睨视着李仁政，李仁政的脸已经白了，李仁政说，我明天就去上海找小三子，他向我拍胸脯的，他保证不是假货的。大猫鼻孔里哼了一声，说，你在里面拿了多少回扣？李仁政急了，叫起来，我要拿了一分钱，天打雷劈，出门就让汽车轧死。大猫坐了下来，逼视着李仁政，李仁政无辜地仰着脸，一副问心无愧的样子，大猫先放弃了，他把椅子往后压着晃了两下，环顾着众人，咦，你们干吗都像死了亲爹一样的，是我赔了钱，关你们屁事！大猫挥挥手，说，算了，也就是二十万，我做生意这么多年，也不是没让人骗过，骗我二十万走，就赚它二百万回来嘛。

人都端坐着沉默不语，只有桌上的鸡鸭鱼肉和海鲜兀自散发着热情的香气。包青意识到一切的不愉快根源其实都在他这里，他因此充满了内疚，包青站起来和李仁政碰杯，李仁政先是哭丧着脸不动，突然惊醒似的站起来说，我罚酒，罚酒。包青觉得程少红也间接地受到了自己的伤害，就敬了程少红一杯。程少红说，这才像话，你脸都不红，还能喝呢。包青注意到小钟的视线一直停留在他身上，不该忽略小钟，就敬了小钟一下，他又提到小钟的父亲钟老师，说他其实一直记得他的好，只是回乡探亲总是匆匆忙忙，没顾上去看望他。小钟没说什么，程少红在一边插嘴说，现在还可以去看，去墓地看看他嘛。包青知道程少红是在奚落他，但他还是认真地对小钟解释道，这次没时间了，下次吧。

然后包青回到了座位上，他有一个错觉，以为自己尽力地做完了他该做的事，他拿起汤勺准备喝一口鸡汤。但是一只酒杯横刺里伸了过来，和他的汤碗撞了一下，是大猫。大猫说，包青，我们还没喝呢，要不你喝鸡汤我喝酒，我们干两杯？包青放下碗，拿起酒杯，说，再喝我就躺倒了。大猫说，躺倒了我用车送你回去，在马桥镇喝酒，你还怕回不了家吗？

包青不胜酒力。人到四十，包青第一次这么狂饮。包青吐了。他记得是李仁政扶着他去厕所吐，他对着洗手间的窗子吐，看见外面雨停了，夜色微微发蓝，镇上传来零碎的鞭炮声，包青记得回家的事，他对李仁政说，我要回家，我妈一定急坏了。李仁政说，大猫让走你就走，你再跟他喝一杯，让他放你走。李仁政一直半推半架着包青，包青记得那年秋天他们把他扔进河里以后他自己爬不上岸，也是李仁政好心来拉他，半推半架着把他送上新民桥。包青忽然就对李仁政说，仁政，我知道你是个好人。李仁政却不高兴，喷出满口酒气骂道，好人有 × 用，没钱，好人也会变坏人！

从洗手间回来包青记住了李仁政的话，和大猫喝一杯就走。他主动敬了一杯，但大猫说，告辞酒必须是三杯。包青模模糊糊意识到大猫是在整他，只是不清楚大猫是因为喝多了整他，还是因为某种不满，反正他是在整他，包青想无所谓，现在谁也不怕谁，我不靠你吃饭，坚持一下就走吧。但是事与愿违，包青的身体缺乏理性和耐心，软绵绵的不听话了，地球引力对他产生了超常的作用，包青突然就从椅子上滑下来了，坐在地上。包青坐在大猫的脚边喝了最后那杯酒。包青的目光所及是大猫的黑色皮鞋和白色棉袜，大猫的袜子白得刺眼，而皮鞋上沾着的一星黄色的泥巴让包青感到不安。所谓记忆的走廊有时一步而过，昔日重来只在悄无声息之间，包青忽然听见一个熟悉的粗暴的声音，那个声音夹带着武力威胁命令他，把泥巴擦掉，擦掉，擦掉！是大猫的声音，是少年时代的大猫的声音，也是如今的一方富豪大猫的声音，快，把泥巴擦掉！包青顺从地拿起了一块餐巾，就像好多年前他被逼迫做过的那样，他向大猫的皮鞋轻轻吐了一口唾沫，说，我擦，我擦。

包青听见了别人此起彼伏的笑声，他顾不上抬头，他专注地用餐巾擦着大猫的皮鞋，看见皮鞋变得光亮如新，闪烁出一圈奢华的光晕，然后他听见啪的一声脆响，感到自己的脸上挨了大猫一巴掌，由于一方出手突然，一方缺乏防御，那一巴掌打得结实，包青歪坐在地上了，与此同时他听见大猫暴躁地吼叫起来，怎么光擦左脚，右脚呢，快点，擦右脚！

博士包青初三那天就回北京了，镇上人都知道他回乡过年从来都来去匆匆。还是姐姐姐夫去送他，在汽车站他们又遇见了李仁政。包青拿个后背对着他，光明正大地回避李仁政，但李仁政还是跑过来了，塞给他一个大纸袋，说，大猫送的酒，两瓶五粮液。包青坚决地挡开李仁政的手，说，我不喝，你带回去给他，昨天他已经让我出够洋相了。李仁政托着酒，小心地选择着说辞，说，昨天是喝多了点，大猫让你别见怪。这酒是好酒，他的心意，让你带回北京喝。包青赌气似的说，我不喝酒的，回北京也不喝，怎么跟你们说这么多遍也没用？李仁政眨巴着眼睛，是呀，你们知识分子都不怎么喝的，他看了看包青的姐夫，顺手把酒塞到了他手上，说，那干脆让老钱带回去吧，反正我不能带回去给大猫，他还不骂死我。

包青很冷淡地掏出手机来，站在候车室门口给妻子打电话，不再和李仁政说话。李仁政知趣，正要告辞，包青却一把拉住了他。包青把李仁政一直拉到台阶下面，说，仁政，你是个好人，昨天我出那么大洋相，你怎么就在一边看着？你实话告诉我，我是不是替大猫擦皮鞋了？他是不是还打了我一个耳光？李仁政的眼睛闪闪发光，嘴上却说，没有没有，没有的事。包青紧张地注视着李仁政的表情，说，你别打马虎眼，我给他擦皮鞋你也不拦我一下？你就看他借酒撒疯，打我的耳光？李仁政摆摆手说，咳，没有的事，你给大猫擦皮鞋？他敢打你的耳光？都那么大的人了，大猫不会让你擦鞋的，更不会打你的耳光，再说他现在也不敢欺负你嘛。包青下意识地摸了摸自己的脸颊，疼倒是不疼，可我当时脑子很清醒呀。他狐疑地注视着李仁政，说，看来喝醉的人都会出洋相，拉也拉不住，要不，是我记错了？是你替他擦皮鞋了？他打你的耳光了？

包青看见李仁政猛地抬起头，李仁政的表情看上去有点狡猾，也有点难以形容的自豪。我没擦，骗你我不是人养的，我从小到大就没替他擦过鞋，更没挨过他耳光！李仁政郑重地申明着，突然笑起来，在包青小腹上捅了一把，说，你不要耿耿于怀嘛，喝醉的人，不能跟他计较的，你就原谅他一次，大人不记小人过。包青不知为什么，突然用手掌蒙住了自己的脸，然后他听见李仁政感叹着说，三十年河东三十年河西，你们现在都混好啦，那么多同学朋友，只有你能跟他平起平坐，要不是喝醉了，他怎么敢打你的耳光？

他们说话的时候长途客车已经从停车场里开了出来，只听见咣当一声响，把包青一行人都吓了一跳，原来是车门自动地打开了。节日过去了，人人红光满面，汽车也要迎新年，那辆长途客车的车门大概已经修好了。

西瓜船

西瓜船大多来自松坑一带，河边住惯的人都认得出松坑的船，它们比绍兴人的乌篷船来得大，也要修长一些，木头的船体，下面临近水线的船板上包着白铁皮，船篷尤其特别，不是用油毡篷布做的，是一种用麦秆密密实实编结的席子，随意地架在四根木棍上，看上去像闹地震时候街上的防震棚。

每逢七月大暑，炎热的天气做了西瓜的广告，城北一带的人们会选一个清闲的黄昏，推上自行车，带着麻袋或者尼龙网兜到铁心桥去买西瓜。松坑来的西瓜船总是停在铁心桥桥塊下。七月第一批西瓜船从酒厂码头那里密集的船只中冲出来的时候，就有眼尖嘴馋的孩子从临河的窗子里看见了，跺着脚对大人喊，西瓜船来了，快去买西瓜！更有傻子光春这样的多事者，他们在岸上领着船往铁心桥那里奔，一边奔一边喊，西瓜船来了，西瓜来了！

年年都有西瓜船从松坑一带过来，船多船少而已。连小孩子都能一眼认出西瓜船，顶着那么个麦秆席子，船头上垒了简易的行灶，晨昏时分炊烟照样升起，看上去不像船队，倒像一组违章建筑的棚屋，盖到水上去了。

卖瓜的是老老少少的松坑男人。乡下的男人谁不勤快呢，可是到了铁心桥下他们就显出一种令人疑惑的懒散来，没客人的时候他们不是聚在一起打扑克，就是窝在西瓜堆里打瞌睡，有人跳到船上来，马上就醒了，从船篷里慢慢地钻出来。他们穿着白色的长袖衬衫和灰色蓝色的长裤，不习惯用皮带，裤子用蓝色的布带牢牢地束住，年纪大点的不注重仪表，常常歪敞着裤门，露出里面的花裤头的颜色。他们都带了鞋子，大多是解放鞋、雨鞋、布鞋，也有小青年置了皮鞋，却一律扔在舱里，打着赤脚。总体上来说他们穿得比街上的人多，却显得衣衫不整。他们在铁心桥下卖了好多年西瓜了，有的年年出来，街上的人能热络地喊出他们的名字，上了船和松坑人拍肩膀打屁股的，多半是为省下几个钱笼络人心。有的人还从冷饮店里买了四分钱的赤豆棒冰带上船呢。对于香椿树街人有所图谋的热情，卖瓜人嘴里应着，脸上堆着笑，但眼睛里闪烁着一种精明的防患于未然的光，说，赶紧挑几只回去吧，今年雨水多，瓜地里收成不好，就这么几船瓜，过两天就空船回去啦。

船上没有磅秤，用的是老式的大吊秤，遇到大宗的生意，要两个人用扁担把西瓜筐抬起来过秤，人手不够，别的船上的人就跳过来帮忙了。在船体的摇晃中，讨价还价的声音有时像激烈的口角，有时则像两个国家之间的外交谈判一样各抒己见，最后你让一步，我退一步，达成统一。就这样，一只只松坑西瓜离开西瓜船各奔东西，其中一只投奔到了陈素珍的篮子里去了。

陈素珍买瓜是一只一只买的，差不多隔一天买一只，挑拣讲价都极其认真，松坑人拍了胸脯包熟包甜才肯掏钱。从七月买到八月，到了八月，眼看松坑来的西瓜船渐渐空了舱，陈素珍想想儿子寿来那么喜欢吃西瓜，就有点抢购的想法了，一天买一只，挑得也不仔细了。松坑西瓜外表都是浑圆硕大的，也看不出哪只西瓜隐藏了不安定因素，陈素珍万万没想到那天她歪着肩膀把一只大西瓜提回家，费了那么大的力气，提回去的是一篮子的祸害。

事情过去好多年，谁也不记得陈素珍买瓜的细节了，只记得她买到了一只很大却没有成熟的白瓤瓜。这样的瓜再常见不过，不好吃，但确实是西瓜。类似的事情也经常发生，容易解决，要不你就胸怀大一点，只当是吃萝卜把西瓜吃了，不怕麻烦的话就把西瓜带到铁心桥去，买了白瓤的，松坑来的西瓜船通常是允许换瓜的。

陈素珍选择的是换瓜。她准备去换瓜时还惦记着另外一些家务事，香椿树街有好多忙碌又能干的妇女，恨不得一只手做两件事的，陈素珍就是那样的人。她的篮子里已经装满了酱油瓶黄酒瓶，突然又去拿了一块布料，准备带到裁缝店里去做睡裤。她嫌篮子分量重，就把那半只白瓤瓜拿出来了，空口无凭是常识，陈素珍怎么会不知道？所以她小心地用勺子挖了一块瓜瓤，包在油纸里，作为换瓜的证据。

陈素珍挽着篮子来到铁心桥下，看见三条西瓜船走了两条，只剩下福三的船了。说起来也不巧，她过去都是在福三的船上买瓜的，这次看见另外一条船上人多，就凑热闹上了张老头那条船，没想到相隔一天，张老头和他的船竟然就不见了。陈素珍不相信那一堆西瓜能在一天内卖光，她猜测还是剩下的瓜不好，卖不掉了，船上的一老一少便把船摇去别的地方卖。陈素珍站在桥堍下，手里摸到油纸包里的那堆瓜瓤，忽然对松坑人产生了强烈的厌恶感，心里有恨嘴上就骂出来了，什么包熟包甜，乡下人，总是要骗人的！

她看见福三的船上只剩下福三一个人，另外一个小青年不知去哪儿了。陈素珍不知道福三的名字怎么写，叫是叫得出来的。她印象中福三是松坑人中最不爱说话的一个，不爱说话的人要么是最憨厚的人，要么就是最精明的人，陈素珍吃不准福三是哪一种人。她向福三的船走过去，准备对另外那条船上的人谴责一番，让福三听听，他转达不转达就随便了。还有松坑西瓜的品质，陈素珍觉得她也有义务代表香椿树街的人提出警告，如果明年还有那么多白瓤瓜，你们就别运到这儿来卖了，那样的西瓜，你们还不如留在松坑喂猪呢。陈素珍原来没想拿福三怎么样的，只是到了西瓜船边，看见福三那张黑瘦的脸从舱里升起来，福三的手里正抱着一只红瓤的西瓜，她脑子里忽然就闪出一个念头，并且先发制人地喊起来，福三福三，我买了你多少年西瓜了，你怎么给了我一个白瓤瓜呀？

福三当时在吃瓜，他大概是刚刚睡醒过来的，脸膛上压着清晰的草席的纹路。陈素珍跳到他面前说，你自己吃的瓜那么好，怎么给我一个白瓤的呀？

福三看看陈素珍的篮子，里面有酱油瓶黄酒瓶，一堆湿漉漉的腌菜，还有一个油纸包，他揪了一条腌菜塞在嘴里嚼着，向陈素珍笑了笑，不说话。

陈素珍说，福三你不够意思，给我一个白瓤瓜。

福三转过头，把嘴里的腌菜吐到河里去了，说，酸的，不好吃。他向陈素珍看了一眼，还是不说话。

陈素珍说，福三你是哑巴呀？好好，你不表态就不表态吧，我也不要你表态，动手就行，去舱里给我抱个好瓜来。

福三这时吃完了西瓜，他吃剩下的瓜皮一块块的呈三角形状，像是切出来的。陈素珍看着他把瓜皮一块块晾到船篷上去了。

晾干了吃吧？陈素珍问道，你们腌了吃还是炒了吃的？

福三说，腌了吃，炒它还要用油。然后他回头问，那白瓤瓜呢？你不把瓜带来，我怎么换？

陈素珍就把那个油纸包打开来，说，我拿不动瓜，好大一只瓜，八斤三两的，我把瓜瓢拿来了，反正你一看瓜瓢就知道了，让人怎么吃？

福三盯着陈素珍手里的油纸包看，看看瓜瓢又看看她的脸，突然笑了起来，说，没见过你这样精明过头的人，拿一块瓜瓢来换瓜！

陈素珍让他笑得有点慌乱，说，一样的，有个证据就行了嘛。我在你船上买了这么多年西瓜了，这点后门不能开呀？

福三还是笑着，但笑容已经没有了善意，是冷笑了。你要是买了一只鸡不好，就拔根鸡毛来换鸡？他说，你这个女人，把乡下人都当傻子了，你们街上人多，人再多也记得住，你今年在哪条船上买的瓜？以为我不记得？换就换了，你还拿个纸包来换瓜，亏你想得出来，天下的便宜都让你占了！

陈素珍尴尬极了。她万万没想到福三会来欲擒故纵的这一手，让她意外的不仅是福三的清醒，还有自己对人的错误判断，人不可貌相，她看错福三了。我看错你啦，福三！陈素珍讪讪一笑，说，好你个福三，长了一副老实人模样，没想到这么精明的。陈素珍是个自尊心很强的女人，伤了自尊就赌气，她把油纸包朝水里一扔，说，不换就不换，算我倒霉好了，你们乡下人呀，总要骗人的。

陈素珍两手空空下了西瓜船，光是讨到个嘴上的便宜，结果篮子也忘了拿，是福三在船上用撑篙把篮子挑给她的。福三一边挑着篮子，一边批评了陈素珍带有歧视的观点，大姐你不该这么说话，乡下人怎么了，没有乡下人，你们天天吃空气去。陈素珍在岸上接过篮子，说，我没骂乡下人，谁把白瓤瓜拿出来骗人我骂谁。福三在船上说，不是我们要骗人，是今年雨水多，瓜都不怎么好，我们也没办法。陈素珍在气头上，抢白道，瓜不好还把船摇到这儿来卖？留在家里喂猪去。明年再来，看谁还上你们的当？

事情到这里应该画上句号的。以香椿树街人对寿来的母亲陈素珍的了解，西瓜换到了是好事，换不到也就算了，陈素珍是个要脸面的人，体质也不是很好，才不会为了一只西瓜不依不饶地往铁心桥那里奔。但是从另外一个角度来看，陈素珍买瓜主要是为儿子寿来买的，西瓜的主体是寿来用勺子挖着吃的，边缘部分归陈素珍，所以能不能自认倒霉，陈素珍一个人说了不算，还要看陈素珍的儿子寿来的态度。

寿来那年十七岁。大家都还记得十七岁的寿来在街上走路时皱着眉头斜着眼睛的样子。那样的表情是长期受到迫害的表情，但谁敢去迫害寿来呢？是寿来在迫害其他的男孩，还有一些无辜的动物。他当时已经杀过猫杀过狗，还没有杀过人，有人说他迟早要杀一个人的，此为马后炮，暂且不谈。寿来那天回家，照例看见桌上的半只切好的西瓜，浸在水盆里，他注意到瓜瓤是白的，挖了一块塞到嘴里，就吼起来，怎么是白瓤的啊？这是西瓜还是冬瓜？

我去换过的，张老头的船走了，你将就吃吧，就当吃冬瓜！陈素珍在厨房里忙着，她说，那福三不肯换给我，别看他样子老实，人精明得像鬼似的，我就是把一只瓜都带过去，他也不一定换的，松坑的乡下人，都不肯吃亏的。陈素珍在厨房里怏怏地说着话，声音带着一种明显的受挫后的怨气。陈素珍从不向儿子倾诉心中的冤屈，因为儿子从来不听她的。陈素珍习惯了在厨房里自言自语，一顿饭做好，唠叨结束，心中对一切的不满便也排遣得差不多了。她万万没有料到她教儿子怎么做人，儿子不听，她唠叨勤俭节约的好处，儿子不听，她对松坑来的西瓜船的批评，事关一只西瓜，外面的寿来却都听进去了。寿来抱着半只西瓜冲出去，陈素珍并不知道，她只听见儿子在外面骂了一句脏话。陈素珍后来告诉邻居，她在厨房里用腌菜炒毛豆，一点都不知道寿来抱着半只瓜出去了，就是这么炒一个菜的工夫，她把腌菜炒毛豆盛到碗里的时候，一颗毛豆莫名其妙蹦到地上，然后就有个邻居男孩奔进来说，不好了，寿来在西瓜船上捅了一个松坑人！

陈素珍再次去铁心桥的时候是一路奔去的，由于体质的关系，她奔跑一段要蹲下来歇口气，蹲下来浪费时间，她心有不甘，就用什么东西啪啪地敲打路面来撒气。我们好多人还记得她手里那把小小的铁器，不是什么别的稀罕东西，是一把炒菜铲子。

关于福三的死，最有发言权的是农机厂的王德基，他推着自行车从铁心桥走下来的时候，正好看见寿来像一只惊惶的兔子一样冲上桥，王德基和他的自行车无意中挡了他的道，寿来推了他一下，说，闪开！孩子们怕寿来，王德基他不怕，正要骂人，觉得肩膀那里怎么湿乎乎的，一看，是血。王德基知道不好，他大叫一声，寿来你给我站住！

寿来不理他，只顾向桥下狂奔而去，他穿着一双塑料拖鞋，倒像踩了风火轮一样，跑得飞快。

寿来你捅人啦？王德基在桥顶上喊道，捅了人才这么跑！

寿来不理王德基，一眨眼他就跑到桥下面了，站在那里向上拉了拉田径裤，对着桥顶上的王德基说，他先动手的！说完他在石阶上抹了抹手，抹完手又跑，一眨眼就在香椿树街上消失了。

王德基顺着那摊血迹往桥那面走，嘴里说道，看来是捅了人了，这么多血！他一下桥就看见那个福三手里提着一把西瓜刀，摇摇晃晃地从西瓜船那里走过来，旁边尾随着一群尖叫的妇女和骚动的小孩子。

那个西瓜船上的福三，他拖曳着一条血线走过来，走到公共厕所的墙边走不动了，弯下腰，脑袋顶在墙上，眼睛却愤怒地瞪着王德基。

是你呀？你不是卖瓜的福三吗？王德基胆子大，迎着那个血人走过去。福三浑身是血，倚在厕所的墙上，身体已经抖得很厉害了，一只手努力地举着那把西瓜刀。王德基说，你拿着刀干什么？福三说，给小良。王德基说，给小良干什么？去捅寿来呀？福三先摇头，然后又点头，他瞪大眼睛注视着王德基，手里仍然举着西瓜刀。王德基突然明白他是在向他求救，他要让他拿着那把西瓜刀。王德基就摇头，说，我不能拿刀，我怎么能帮你去捅寿来？现在顾不上那些了，我把你送到医院去。

王德基是热心人，他起初要用自行车驮着福三，但福三对着自行车后架坐上去，坐了几次都掉下来了。王德基扶着车把等了好久，看他坐不上来，干脆把自行车锁了，扔在墙边，说，你失血过多，没力气坐自行车的，不如我背你吧。

是王德基背着福三上了铁心桥。王德基力气大，背着个人，跑得还很快，跑到桥顶的时候他看见陈素珍抓了个锅铲，白着脸向桥上跑。王德基大声说，你现在跑来有什么用？你儿子闯下大祸了！

陈素珍半蹲在桥下喘气，一边努力地要看清王德基背上的人，是福三吧，他要紧不要紧？

王德基说，还要紧不要紧呢，血都流了一路了，你说要紧不要紧？王德基本来指望陈素珍帮他一把的，可是当他们下桥的时候陈素珍看清了福三身上的血，女人毕竟是见不得血的，又是肇事者的母亲，陈素珍呀地叫了一声，人就瘫在桥下了。与此同时，王德基听见后面也当地一响，福三手里的西瓜刀也掉了，刀正好落在陈素珍的脚下。王德基就站住问福三，要不要捡回来？那是物证，别让人捡去了。

福三却听不懂他的提示，他问王德基，你是不是小良？

王德基说，我不是小良，我是农机厂老王，你不认识我了？前两天我们还在杂货店见面的，你不是打了半斤粮食白酒吗？

你不是小良？福三说，小良死哪儿去了？

王德基说，我怎么知道，他去哪儿你不记得了？你失血过多，脑子现在还清楚吗？

我脑子很清楚，就是人不能动。福三说，小良去买肥皂了。你不是小良，我以为是小良在背我。

脑子清楚就好，救命最要紧。王德基说，你就不要小良小良的了，谁背你都一样，背你上医院，救你的命！

街上有男孩子们追着王德基跑，边跑边问，谁呀谁呀？大人都惊讶地站在店铺和自己家门口，随口评价道，又是打群架的吧，打成这样！经过杂货店的时候，王德基喊了一声小良，小良来买肥皂了吗？杂货店里的女店员拥出来看王德基背上的血人，她们不认识什么小良，光是向王德基打听他背上的是谁，还给他提建议，说，王德基你怎么背着他跑，怎么不叫救护车呀？王德基说，我有三头六臂呀？他在我背上，我怎么去叫救护车？

街上那么多人，偏偏小良不在街上。桃花弄弄堂口有一堆人在下棋，王德基冷眼里看见谢胖子坐在小板凳上，谢胖子也是个热心人，可是到了棋盘前他就对什么都无动于衷了，他的脑袋从别人的身体缝里钻出来，向王德基这儿张望了一番，又缩回去了。王德基一赌气就不再去寻帮手了，好事做到底，干脆他一个人送他去医院好了。

福三像一件行李似的静下来了，安心地伏在王德基的背上。王德基说他感觉不到什么，只是觉得福三人越来越重，偶尔地像是打摆子一样颤抖几下，又不动了。背着那么大个人，开始双方都在调整姿势，渐渐地就没有什么不熨帖了，因为血的缘故，福三好像是被胶水黏在他背上了。王德基说他一路上不停地说，挺住挺住，快到了，快到了。鼓励福三，也是鼓励自己，结果王德基挺住了，福三却没挺住。王德基告诉大家，他们走过北大桥的时候看见了一辆运水泥的货厢车，货厢车的司机不肯停车救人，王德基骂他他还狡辩，说什么救人要紧抓革命促生产更要紧。

王德基不知道福三为什么没有坚持到最后，他跑得够快的了，他不敢夸口比救护车跑得快，但一定比自行车跑得还要快。他们快到第五人民医院的门口时，那个叫小良的松坑人追来了，是个没什么用的农村小伙，只会哭，对着王德基喊，谁干的谁干的？那架势倒是要让王德基交人出来，王德基一急就向他吼了一声，先救人再破案！铁打的汉子王德基，这时人也站不住了，他帮着把福三移到小良的背上，赶紧去扶墙，扶着墙呕吐，吐了几下，发现那小良背着人还在哭，他就火了，搡了他一把，哭有屁用，快进去呀！这一推搡他发现福三不好了，福三的眼睛还愤怒地瞪着天，目光却凝固了，王德基胆子大，用手指撑开他的眼眶看了看，福三的瞳孔已经放大了。而那个小良，是个没用的小伙，他背着福三撞进了医院传达室，对着一个老门卫哭喊着，医生，快救人呀！

关于福三的死，王德基怎么说这里就怎么写，当年香椿树街的青少年追着王德基，让他一遍遍地回忆送福三去医院的种种细节，坦率地说有人是对血腥感兴趣的，况且王德基能够掌握分寸，主要强调救人的艰辛和救人不得的遗憾，事情过去这么多年，我不得不考虑西瓜船故事对青少年读者可能产生的负面影响，恕我古板，福三之死，福三在第五人民医院的太平间引起的种种风波，我决定放弃更进一步的描述了。

回到西瓜船来，先说说西瓜船上的另一个人小良吧。

小良是个没用的人，而且有点笨，这一点不用王德基介绍，大家也看得出来。派出所的人在西瓜船上立了一块牌子，闲人禁止入内，包括小良，小良也被禁止上船。派出所的人一定向小良解释过保护现场之类的话，小良似懂非懂，他被有关人员从舱里推到船头，从船头推到岸上，脸上始终是一种梦游般迷惘而顺从的表情，直到派出所的人要走了，他突然又哭起来，对着他们的背影喊了一句，人到底抓到没有？

夜里派出所的人都走光了，来了一些街上的闲杂人员，无端地对事发地点进行种种细致的考察。他们看见小良坐在岸上，抱着膝盖睡，有点碍事，便怂恿他上船去睡，有人受过治安处罚，对所有穿白制服的人都怀恨在心，顺嘴便诋毁起刚刚离开的公安干警来，他们懂个屁，你别把他们的话当圣旨，管管野鸡小流氓他们在行，杀了人他们就乱套了，什么指纹证据的，那么多人看见寿来捅的人，还要什么证据，上你自己的船睡去，你又不是闲人，怎么禁止入内了？又有人替他出主意，说街上的工农浴室重新开张了，只要给看门老头一只西瓜，他一定同意你在铺上睡的。这主意马上被其他人轻蔑地否定了，说，你没脑子，没看出这兄弟放心不下船吗，还有西瓜，他在这儿看西瓜呢。

小良只是用狐疑的眼光看着三霸那些人，那些不三不四的人，一旦热心肠了，就显得居心叵测，小良也许有点怕他们，他警惕地注视着三霸他们，身体则不时地移动着，为他们腾出位置。他说，我就在这儿睡，我要看船的。小良缩着身子，把脑袋埋下去，继续睡，耳朵却在仔细地听着三霸他们对寿来的评价，他听出来寿来和这群人不是一伙的，就突然地骂了一句，杀千刀的东西，为了一只瓜呀，乡下人的命就抵一只瓜？

由于满城的人都听说了西瓜船上的事情，从早晨到夜晚都有人跑到铁心桥下来看那条船。杀人者和死者，不可能滞留原地让人参观，但船被封了，还停在那里，血也还一点一滴地留在船头和岸上。白天的时候小良要勇敢得多，闲人看船，小良就瞪着眼睛看他们，他说，我们松坑马上就要来人了，人已经在路上了。别人听出来那是要采取报复行动的意思，就告诉他说，寿来昨天就铐走了，他在火车站等火车，等得不耐烦，到旁边文化馆里看录像片，刚刚坐下就被铐走啦。小良说，铐走就行了？一条命呢，乡下人的命就抵一只瓜？又有人告诉小良，寿来家里放话出来了，寿来才十七岁，未满十八周岁算少年犯，是去劳教，不会枪毙的。小良就厉声叫起来，你们少来骗人了，十七岁就可以随便捅人？那好呀，让我们松坑不满十七岁的都来捅人，捅死人不偿命嘛！别人看小良的眼睛红红的，人很冲动，很聪明的面孔却一点也不懂法，都不知道怎么跟他讲里面的是非，干脆不惹他。你不惹他，小良自己就慢慢平静了，平静下来更消极，说话是打倒一大片的方式，你们都是穿连裆裤的，你们的思想都一样，他说，乡下人的命嘛，就抵一只瓜。

夜里铁心桥两侧的人家有人起夜，隔着临河的窗便可以看见西瓜船，还有岸上一个货包一样的东西，他们都知道那不是货包，是守船的小良。

松坑人大闹香椿树街的事情发生在三天还是四天以后，我现在已经记不清楚了。人们后来知道从松坑来的两台拖拉机停在城北水泥厂门口，从拖拉机上下来了二十几个人，大多是青壮年，手里提着锄头铁镕之类的农具，水泥厂门口的人正在纳闷呢，看见那个小良从铁心桥方向飞奔而来，小良一边跑一边抹眼泪，人们清晰地听见了小良哭叫的声音，怎么到现在才来，到现在才来！

从松坑搭乘拖拉机来的二十几个人，其中一些人我们没见到，他们从水泥厂那里直接上了北大桥，去第五人民医院的太平间了。另外一些人在小良的引领下，浩浩荡荡地穿过香椿树街，到陈素珍家门上去了。

除了多年前城北地带造反派的武斗，香椿树街的居民们，从来没见过像松坑人讨伐陈素珍家这么紊乱而壮烈的景象。冲到陈素珍家门上的大约有二十个松坑人，是拥进去的，人多门窄，门很碍事，松坑人便把门卸下来了，说要把寿来放到门板上去，抬到医院去陪着福三。极少数松坑人衣冠整齐，有一个像是农村的干部，他手里没有农具，衬衣口袋里别着一支钢笔，大多数人一看就是临时从地里上来的，面孔很凶恶，身上则隐隐地散发出田野或泥土的清香，有的挽到膝盖上的裤腿管忘了放下来，小腿上还结着水田里的泥浆。

他们闯进寿来家的时候，寿来的父亲柳师傅刚刚从江西的什么兵工厂赶回来，他在厨房为陈素珍熬药，陈素珍已经在床上躺了好几天了。她是个长年患有头痛病的女人，没什么事也会犯病，何况家里出了这件天大的事。陈素珍在等药的时候听见门外响起惊雷般的脚步声，然后便是药罐子砰然落地的声音。柳师傅大叫起来，你们这么多人，进来要干什么？此后柳师傅的声音便被淹没了，是高高低低的陌生人的声音，是松坑人嘈杂而统一的愤怒的声音，把人交出来把人交出来！其间夹杂着女人尖厉的哭声。陈素珍预感到要发生什么事了，她想从床上爬起来，但身体起不来，眼前天旋地转，她拼命向丈夫喊了一声，快跑，快去报案！她的声音却在一种巨大的声浪里沉下去了，然后她听见家里门窗被摇晃砸打的声音，橱柜里的碗碟轰隆隆地泻到地上的声音，她听见丈夫的吼声很快低沉下去，变成一阵阵痛苦的嘶叫，陈素珍就抓过床边的一只闹钟向门上砸去，别和他们打，去报案！

陈素珍不知道她丈夫是否听见了闹钟砸门的声音，她记得是几个松坑男人冲到了房间里，其中一个是小良，她认得的，另一个没见过面，凭着那人黑瘦的长相，几乎可以肯定是福三的兄弟。陈素珍并不畏惧，她躺在床上冷静地望着他们，一字一句地说，我儿子已经抓走了。她觉得他们拒绝听她说话，他们说，把人交出来把人交出来！陈素珍说，你们上我家来没用，杀人偿命，他也得死，有法律的。他们说，把人交出来，把人交出来！陈素珍知道她说什么也没用，就不说什么了，她躺在床上，异常冷静地注视着他们，还有他们手里的锄头。她说，你们要觉得一命抵一命还不够，把我的命也抵上好了，我不怕的。

陈素珍注视着他们手里的锄头，她相信他们不敢那么做，她看见福三的兄弟茫然地瞪着她，她的目光勇敢地迎了上去，结果他先把目光闪开了。福三的兄弟瞪着她的枕头，还有柳师傅早晨放在枕边的一包饼干，说，你还在吃饼干啊。那人一定是福三的兄弟，他撩起陈素珍身体下面的印花床单，看看床单下面的草席，他说，你把床单铺在席子上睡，这么睡才舒服？福三的兄弟用手里的锄头柄敲敲整个漆成咖啡色的床架，你睡这么高级的床，就养了那么个畜生出来？他讥讽的语调忽然激愤起来，眼睛里的怒火熊熊地燃烧起来，是你养的儿子不是？我娘在家里哭了三天三夜了，一滴水都没进嘴，你还在家里睡觉，你还躺在床上吃饼干！

松坑来的人做了一件令陈素珍永远无法忘记的事。他们不能容忍她躺在床上，或者仅仅是不能容忍她枕边的一包饼干，她记得福三的兄弟先是抢过饼干扔在地上，用脚踩得粉碎，然后他对其他几个人吼道，砸了她的床，看她怎么在床上吃饼干！他们挥起锄头砸打床架榫头的时候，陈素珍的身体在上面被迫地颠动起来，她万万没想到她受到的是这么奇怪的屈辱，她没有一点力气去阻止他们，她的身体可笑地颠动着，而她坚强的神经也随着床架的崩溃在崩溃，陈素珍哭了，突然地一下，她感到自己的身体下沉了，床板的一头落在地上，另一头倾斜着搭在架子上，她的身体也像码头运输槽上的一包水泥一样滑落下去了。

那天柳师傅始终没能走出门去，松坑人手里的农具虽然不是冲着人来，主要是摧毁家中的门窗家具，柳师傅知道那是报复，但如此野蛮的报复他接受不了，慌乱中他抓起了一把菜刀，结果这把菜刀恰好激发了松坑人对那把西瓜刀的联想，有人喊起来，儿子学的是老子样，都拿刀呀！松坑人哪里知道柳师傅其实是个有公论的厚道人，跟他儿子是两种人，松坑人不分青红皂白拥上去教训柳师傅，不知道是谁的农具伤到了柳师傅，柳师傅坐在盛米的缸上，怎么也站不起来，后来才知道他的三根肋骨被打断了。

是邻居钱阿姨去报的案。钱阿姨在陈素珍家门口，几次三番地努力，就是进不去。松坑来的人还安排了站岗的，不准邻居进去。钱阿姨说，你们来解决问题是可以的，但是不能这么闹的，左邻右舍多少上夜班的，白天要睡觉，你们闹得天翻地覆的，让人怎么休息？她对松坑人的说服教育起不到一点作用，就气呼呼地走了，临走说，这不是你们乡下，人多就能解决问题，你们不听我劝可以，等会儿看谁来劝你们！

开始是派出所来的人，一老一少两个户籍警，凭借着身上的制服勉强冲进了陈素珍家。老的是香椿树街人人皆知的秦同志，秦同志有经验，一进去就知道局面不好控制，一边察看柳师傅的伤，一边试图说服松坑人离开，年轻的那个就不注意工作方法，拿出手铐就要往人手腕上戴，结果满屋子的农具都举起来对着他，好在秦同志把他拉到一边去了。秦同志知道这群人不容易对付，他对年轻的同事耳语了几句，年轻人马上就从满屋子人堆里挤出去了，出去干什么？请求支援去了。

后来就来了一辆东风化工厂的卡车，卡车上冲下来七八个人，人不多，都束着军用皮带，穿着蓝色工作服，却一律带着步枪。围在陈素珍家门口的人还是第一次这么近距离地看见枪，有个男孩多嘴，尖声说，是工人民兵，枪是假的！这话惹恼了带枪的一个民兵，对着那男孩说，假的？要不要打你一枪试试？

带枪的人一进去，陈素珍家里瞬间便安静下来，先是几个民兵把松坑人的农具一件件地拖出来，扔到卡车上，有人在旁边一二三四地数着，锄头七八把，铁锆五六把，甚至还有两把镰刀。农具后面是人，一个个被推出来，有人也在旁边数了，一二三四,一共十七八个人，其中妇女两名。那个正当哺乳期的妇女不知道是福三的什么人，嗓音异常的尖厉，她一手擦拭着胸襟上满溢的奶汁，一边哭一边嚷着什么，听不清她嚷嚷的内容，但看她的眼神是面向外面围观的人群，大抵是要大家评个理主持个公道什么的。

松坑来的男人都被工人民兵弄到卡车上去了，不管有没有动手伤人，去调查清楚了再说。两个妇女原来可以赦免，她们开始是站在下面的，一个不停地撩起衣襟抹眼泪。另一个哺乳期的妇女则向旁观者说个不停，松坑话说快了不容易懂，反正听得出来她是在争取别人的同情，好好的一个人来卖西瓜的，你们买西瓜那点钱怎么还买人命呢？人都死了，我们来出口气还不行？听者却不宜对她表达自己的立场，有人很关心他们与死者的关系，忍不住问她，你们两个女的，谁是福三的老婆？她摇头，说，我是他妹妹。另一个呢？另一个不肯说话，还是哺乳期妇女替她介绍了，也是妹妹，福三的妹妹。

福三的两个妹妹原本不用上车的，她们听见卡车鸣笛吓了一跳，看见卡车要开走她们一定想到了某些未知的后果，一齐尖叫起来，两个人扑上去，一左一右拉着后挡板，不让卡车走，看看两个人的力气拉不住卡车，喂奶的那个妹妹就跑到卡车前面去，躺在地上了。

福三的那个妹妹，也不知道叫什么名字，反正大家对她印象是最深的。她就那么躺在地上，视死如归的样子我们以前只在电影里见过，但无论从哪方面来说她又不像人们心目中的女英雄，她躺在卡车轮子前面，衣衫零乱，胸口湿了一大片，肚子极不雅观地袒露出来，圆鼓鼓的，悲壮地起伏着。好多人都跑到卡车前面来看福三的妹妹了，街上人越聚越多，狭窄的香椿树街的交通很快堵塞，交通堵塞以后就有孩子在这儿那儿乱吹哨子，哨子的声音更使香椿树街的空气沸腾起来。

城北派出所所长老金也来了，老金亲自出马，足以说明遇到的局面多么棘手了。照理说老金在香椿树街解决任何事情都容易，但这涉及工农关系的风波弄到这么不可收拾的地步，又没有相应的文件说明，他也没办法了，脸色便很难看。老金找到那个干部模样的松坑人，请他去说服福三的妹妹，但那个干部眼睛里闪着狡黠的光，说，她不要命，你们就让车开过去好了。我们松坑人命反正不值钱嘛。看得出松坑的干部也不懂法，他是不会协助执法了，老金也是被激怒了，卷起袖子说，敬酒不吃吃罚酒，来人，把那泼妇一起抬上车！

这样，就干脆地解决了问题。我们看见福三的妹妹被几个人合作着抬上了卡车，她当然是拼命挣扎的，挣扎也没用，人还是被轻盈地抬了起来，她的尖叫声听上去很恐怖，夹杂着松坑一带的脏话。有人刚刚从人堆后面钻到前面来，脑袋从别人的肩膀上努力地探出去，嘴里发出啧啧的声音，哎哟，怎么像杀猪一样？这乡下女人好凶！前面的人都知道事情的原委了，同情心忽然偏东，忽然偏西，现在都偏向松坑人了，三言两语解释不了自己的立场态度，就简短地说，你没有调查就没有发言权。

乱了好久，卡车慢慢地能开了，松坑来的那些人，男男女女的都在化工厂的卡车上，一张张脸带着疲惫之色从人们头上缓缓而过。看得出那是一些受到过惊吓或威慑的脸，有的人脸上还残存着恐惧，有的恐惧而茫然，眼神便显得楚楚可怜。有的人看上去有点羞怯，像小良，街上好多人在他船上买过瓜的，认得他。当然也有向街两边侧目怒视的，像福三的兄弟。最无所畏惧的还数那个干部，他站在上面摆弄了几下口袋里的钢笔，表情显示出一种故意的傲慢来，而且他还学领导人的样子，向什么人挥了挥手，大家左顾右盼地寻找他挥手示意的对象，也没找到谁，猜他的用意，也许就是显示他的无所畏惧吧，但好多人意识到，他这么随意地一挥手，那架势倒有点像毛主席在天安门城楼接见红卫兵呢。

九月初的一天，福三的母亲来了。

起初没人知道那个在铁心桥边来回走动的老女人是谁，她穿一件蓝色对襟褂子，黑裤子，草鞋，头上包着毛巾，是松坑一带老年妇女寻常的装束。她先是站在桥上向河两边眺望着什么，一边眺望一边擦眼睛，她的眼睛里有一层明显的白翳，也许是白翳遮挡了视觉，她没望到什么，又下到桥堍来，手搭在额上向河的这边那边望着，还是没有她寻找的东西，就拉住过路的幼儿园老师沈兰问了，妹妹呀，夏天在这儿的西瓜船怎么不见了？

沈兰是外地人，一直和儿童们说惯普通话的，听不懂她的松坑话，就让她去居委会。她没有反应，明显不知道什么是居委会，沈兰就用手指着河对岸的一个漆成红色的窗户说，居委会就是居委会嘛，你过桥，去那间房子，房子里面就是居委会。

可是福三的母亲眼睛不好，她既看不见对岸的红色窗子，也听不懂居委会的意义，她说，妹妹我找西瓜船，一条船呀。她感觉到别人不耐烦了，脸上绽出了一个巴结的笑容，说，一条西瓜船，就是出人命的那条西瓜船呀。沈兰这才猜到松坑来的老女人的身份，她看见福三的母亲喉咙里咯地响了一下，似乎要哭了，一只手赶紧抬起来，按着脖子，按了一下，又按了一下，居然把哭声压住了。然后沈兰惊讶地看见老女人的脸上重新堆起了笑容，她说，妹妹你帮帮我，我眼睛不好，看不见的。

西瓜船是不见了。沈兰下到石埠上，在河的两头搜寻了很久，她看见卖大蒜头和猫鱼的小船，捞河泥的铁船，运水泥的驳船，甚至还有一只粪船臭烘烘地停在桥堍厕所那里，偏偏看不见西瓜船的影子。沈兰说，怎么不见了呢，我天天从这儿路过，西瓜船原来一直在这儿的，昨天刮风，大概是漂走了，漂得不会太远的。福三的母亲说，漂到哪儿去了，东边还是西边，妹妹你告诉我，我的眼睛哭坏了，你指着我看不见的。沈兰说，我也看不见，指也指不了，我还是带你去居委会，让他们替你找一找吧。

沈兰就领着福三的母亲过了铁心桥，上桥的时候她问，你那么大岁数了，眼睛又不好，怎么让你出来找船呢？福三的母亲说，不是我家的船呀，是福三向旺林家借的船，福三人不在了，船要摇回去还给旺林的。沈兰说，不是问你这个，我问你，你那么大岁数，怎么让你出来摇船呢，让你把船摇回松坑去呀？福三的母亲说，我摇回去，慢慢地摇，摇个两天就到家了。福三的母亲不知道为什么听不懂沈兰的意思，沈兰干脆就直接问了，家里没人手了？听说福三他弟弟妹妹都让他们扣起来了？还没放回去？福三的母亲这时候犹豫起来，人靠近了沈兰，凑到她耳边悄悄说，妹妹你是个好人，我说给你听不怕，福三的弟弟妹妹昨天刚刚放回去的。沈兰说，那让他们来摇船回去嘛。福三的母亲朝桥上看看，又向桥下望望，轻声道，我不敢让他们再来了，说什么也不敢了。警察说这次饶我们一次，也不用赔那家人东西，医药费也不赔，警察说一事归一事，再来就犯法了，也要吃官司。

福三的母亲被领到了居委会的女干部崔主任那里。崔主任当时忙着爱国卫生月的宣传事务，她让福三的母亲喝了一杯水，让她不要急，说那么大一条船，不管漂到哪里，总是在河里，不会长翅膀飞走的。船只要没漂出北大桥去，就算她的居委会的事。崔主任说如果船漂到北大桥外面去，她也会和桃花汀居委会协商解决的。

福三的母亲被沈兰领到了基层组织，是她后来找到西瓜船的关键一步。居委会依靠群众，即使是个风吹草动，自然也有群众会向他们如实反映，何况那么大一条船呢。两天前恰好有人向崔主任反映，有一个叫歪嘴的青年趁西瓜船无人看管，拿了个箩筐把船上剩下的西瓜全部拖回家去了。那两天整个香椿树街的街道干部都在为陈素珍家解决问题，又要准备爱国卫生月的工作，无暇顾及西瓜船上剩下的几只西瓜，就把这事搁下了。

崔主任差人把歪嘴叫来了，她也不透露福三母亲的身份，只是让他坦白从西瓜船上拿了几只西瓜。歪嘴斜着眼睛观察崔主任的表情，判断她是证据确凿的，就反问道，你说还剩几只？你说几只就几只。崔主任板起面孔说，我问你还是你问我？歪嘴我告诉你，你偷鸡摸狗的事情别以为我们不知道，都记在本子上了，几天不找你你就翘尾巴！歪嘴果然老实了许多，说，没剩几只瓜了，我不搬了吃也要烂掉的，有几只都烂了嘛。崔主任逼问道，到底是几只？你说，对我说了没事，不说以后就对派出所说去。歪嘴说，十一二只吧，好几只是烂的。崔主任说，好，就减半算，算六只西瓜，一只算三毛钱，你现在赔人一块八毛钱！

歪嘴这才注意到凳子上的福三的母亲，看她头上那块毛巾便知道是松坑来的人，他马上就冲她嚷起来，几只烂西瓜，你敲竹杠呀！福三的母亲吓得站了起来，弟弟你说什么，我从来不敲人竹杠，敲竹杠要遭报应的。我找船呀，弟弟你拿我儿子的船了吗？歪嘴说，我只拿瓜，我又不是托塔李天王，怎么拿得动船？你儿子的船去哪儿了，别问我，问王德基的儿子去，我看见他带两个小孩摇船玩的，玩到铁心桥桥洞里去了。

崔主任命令歪嘴立功赎罪，去把王德基的儿子安平叫来。歪嘴靠在门框上思考了一会儿，和崔主任谈了条件，说，那我去把安平拎来，拎来就没我的事了吧？崔主任说，有事没事我说了不算，又不是我的西瓜，要问这位老大娘。歪嘴就把脑袋转向福三的母亲，你到底要不要我赔西瓜钱？要赔我给你五毛钱好了。福三的母亲摆手说，不要赔不要赔，我不是来要瓜钱的，我要把我儿子摇出来的船摇回去，弟弟你行行好，帮我找找船吧。

福三的母亲原来是要跟着歪嘴去的，歪嘴不愿意让她跟着，崔主任也劝她留下来等。福三的母亲就坐下来了，坐在窗边，看着窗外面的河道。崔主任又给她倒了杯水，她客气推托了半天，说喝不进去了。又问崔主任以前在铁心桥下卖葱的老太太还在不在，说她也是好人，也给她喝过开水的。崔主任问，哪个老太太？姓什么？她却说不上来，光说那老太太嘴角上有一颗痣。崔主任其实没有兴趣和福三的母亲交谈，嘴里哼哼着，手上忙自己的工作，听见福三的母亲说，我年轻时候摇船到铁心桥来卖过白菜，认识好多人的。崔主任随口问，都认识谁呀？福三的母亲想了想，说，老虎灶上的人，药铺里的人，烟纸店里的人，我认识几个人的。崔主任说，老虎灶去年刚拆的，药铺就是现在的新风药店嘛。福三的母亲叹了口气，说，我有了五妹以后就没空出来卖白菜了，二十年没来铁心桥了，他们也认不出我来的，我眼睛哭坏了，我也认不出他们的。

正说着话歪嘴在外面把安平推进了门，把安平推进来歪嘴就完成任务，甩手走了。安平镇定自若地站在门口，斜着眼睛看看崔主任，看看福三的母亲，一只手挖着鼻孔。崔主任说，王安平你把人家的船摇到哪儿去了？安平说，不知道，船到哪儿去了？崔主任说，不是你摇的船吗？你不知道谁知道？安平说，我就解了缆绳，谁说我摇了？是达生摇的，我们就把船摇到铁心桥桥洞，船自己横过来，卡在桥洞里了，我们就上去了。崔主任学他的腔调说，你们就上去了？你们把别人的船摇出去，卡在桥洞里你就不管了？安平说，船现在不在桥洞里，它自己漂走了。崔主任火起来，说，自己漂走了，不是你的责任？去把达生叫来，你们负责把船找回来，否则我告诉王德基，看他怎么收拾你！

福三的母亲弯着腰坐在凳子上，过了一会儿坐不住了，起来去拉崔主任的衣服，说，崔同志你跟小孩好好说。又走到安平面前，弯腰替他拍了拍裤子，她的表情看上去忧心忡忡的，但还是努力地向安平挤出了笑脸，她说，弟弟乖啊，我们乡下没有船过不了日子的。安平说，你拍我裤子干什么，又没有灰！他厌恶地瞪了她一眼，在她拍过的裤子上又拍了一下。福三的母亲便去摸安平的脑袋，说，弟弟乖。安平一甩手，身体灵巧地向后一跳，就把福三母亲的手晾在半空了，他继续挖着鼻孔，斜着眼睛看福三的母亲，突然说，是你儿子让寿来捅死的吧？

崔主任这时候冲过来，用报纸在安平头上拍了一下，说，我要不告诉王德基，我就不姓崔！崔主任回头看福三的母亲，福三的母亲弯着腰站在那里，身体抖了一下，并没什么异常。她对崔主任摆摆手，小孩子的话，我不计较的。她撩起衣角在眼睛四周抹了一圈，说，自己命苦，不好跟别人计较。前年我家老头子病殁了，去年春上猪圈里闹猪瘟，死了三头大母猪，今年是福三出事情，一年一灾，我眼泪哭干了，我一哭眼睛痛得厉害，眼睛一痛头疼病会犯，犯了头疼病我就没力气摇船了，我不能再哭的，我要把船摇回家的。

把船摇回去。崔主任听出来这件事情对于福三的母亲来说比天还大。福三母亲的精神状态让崔主任松了口气，有的妇女以为居委会就是让她们哭闹让她们晕倒的地方，崔主任是很反感的，福三的母亲不哭也不闹，让她感到同情，还有一丝侥幸，唯一棘手的是那条船，不知道漂到哪儿去了，不知道是不是还在北大桥以东香椿树街居委会的管辖范围内。崔主任不能扔下工作帮着去找船，她就严肃地对安平说，王安平同学你听好了，你马上带着这位老大娘去找她的船，从铁心桥找到北大桥，这是我给你的任务，你完不成我有办法，什么办法？你不懂？真不懂还是假不懂，很简单的，让王德基替你来完成这个任务！

那天下午我们看见王德基的儿子带着福三的母亲沿着河边人家走，有人指着老妇人问安平，那是你外婆吗？你外婆是松坑的？安平没好气地说，你外婆！你外婆才是松坑人！福三的母亲也不计较他对松坑人的歧视，对着路遇的人笑脸相迎，说，同志你看见松坑那条西瓜船了吗？安平说，你还要不要我找了？要我找你就别问东问西，话又说不清楚，是船不是酒，别人以为你要找酒喝呢！福三的母亲又试图去摸他的头，手伸出去又缩回来了，说，弟弟乖，奶奶眼睛坏了，看不见，要你帮忙呀。安平就哼了一声，说，你懂不懂学雷锋，崔主任在逼我学雷锋呢，我不学雷锋她就让我爸爸收拾我，这个妖婆！

走到达生家门口，安平对福三的母亲说，你在这儿等，我到这家去看看。安平推开虚掩的门，闯到达生家里，嘴里喊着达生的名字，人径直穿堂入室，直扑临河的窗子而去。达生的母亲李金枝正在缝纫机上缝窗帘，让安平吓了一跳，说，死孩子你干什么，吓死人了！安平说，我找达生！李金枝说，达生不在！达生他爸爸不是警告过你不准找达生吗，你把我家达生都带坏了。安平冷笑一声，还警告呢，谁稀罕找他呀？告诉你吧，我在学雷锋，找一条船！安平嘴里说着话，人已经上了达生的床，跪着，打开临河的那扇窗子，探出身子向外面的河道看。李金枝拿了把量衣尺子来打他，安平叫起来，别打我，我骗你是狗，我在学雷锋，是一条船，你看见有船从这儿漂过去吗？

李金枝一边拼命把安平从床上拉下来，一边恨恨地听他陈述他的目的。什么西瓜船冬瓜船的？她说，没见过没见过，我又不是猫，天天蹲在窗台上看船过。安平突然叫道，就是寿来捅死人的那条船呀！李金枝又被吓了一跳，缓过神来就更气愤了，拿着量衣尺朝安平肩上啪啪地打，骂道，该死的小畜生，你到我家来找那死人船，怎么不上你家找去？触了霉头看我不找王德基去，打死你！安平躲避着她的尺子，从达生的床上逃下来，嘴里还申辩着，我家不沿河，怎么找船？你这个笨女人！

安平跑到外面，李金枝追了出去，差点撞到门外福三的母亲，看见松坑来的那个老女人，她突然明白安平这次不是撒谎了。福三的母亲叫了她一声阿姐，李金枝倒不见怪，她知道无论年轻年长，松坑人都管女人叫阿姐的。李金枝应了一声，放开了安平，打量起福三的母亲来，是你儿子——她这么问了半句，觉得不得体，又咽回去了。她与寿来的母亲陈素珍是一家纺织厂的工人，平时关系不怎么好，这时忍不住说了一句，那个寿来，不是我诳人，从小我就看得出要闯大祸，娘老子宠出来的，养子不教父母过呀！李金枝没有从福三的母亲那里得到任何回应，她醒悟过来，说这个是白说，人家恐怕还不知道是谁要了她儿子的命呢。福三的母亲显得心慌意乱的，跟着安平要走，李金枝拉着她说，进来喝口水再走！福三的母亲说，多谢阿姐了，我喝过水了，喝不下了。阿姐你在河边住，没见过我家那条船吧？李金枝嘴里顺口说没有没有，记忆中却出现了傻子光春扛着一条船橹从她的自行车旁走过的情景，她的眼睛一亮，叫起来，等等，我带你们去光春家看看！

这样一来，福三的母亲又被带到街那边去了，往回走，去傻子光春家了。

李金枝在光春家门口遇到了光春奶奶的阻拦，她说光春傻归傻，从来不偷人东西。还反问李金枝什么时候看见光春拿人东西的。李金枝说，他是不拿人东西，他拿人摇橹呀！李金枝指着外面的福三的母亲，说，你看看人家，看看人家！光春奶奶探出头去，看见一个松坑老妇人弯着腰站在电线杆旁边，她问李金枝，人家怎么啦？李金枝压低声音说，是西瓜船上那福三的娘亲呀，光春他奶奶呀，光春不懂事，你可是烧香念佛的人，怎么能把那船橹放在家里？

光春奶奶镇静的脸上变了色，抬起小脚匆匆往天井而去，边走边叫，光春光春，你还说你不傻，你不傻怎么把那东西扛回家了。李金枝跟进去，一眼看见傻子光春，正在天井里守护着那条船橹。船橹上的桐油都磨没了，露出发乌的木头的颜色。一向与水打交道的摇橹，离开了水，看上去倒像一种老式的笨重的兵器，正适合傻子光春对战争的一些奇思异想。光春的奶奶在橹头上晾了一把腌菜，湿漉漉的拖把则搁在橹梢上，还在滴水。李金枝也不管三七二十一，拖着摇橹到门口，对着福三的母亲喊，这橹是不是你家的？

福三的母亲迎上来，眨着眼睛没看清什么，摸一下就叫起来，说，正是，是我家那条橹！用了二十年的橹了，我认得出来，这橹把上原来绑着红布条的。

李金枝舒了口气，说，橹在船就在，就看那傻子记不记得船在哪儿了。她正要回去追问，傻子光春已经被他奶奶推到门外来了，向福三的母亲敬了一个军礼。光春奶奶跟出来，摇着福三母亲的手，说，我们家光春脑子不好，拆了橹回来做兵器要的，你千万别跟他计较，他骗我说是酒厂码头的废船呀！

那天黄昏我们看见一群人抬着一条船橹向酒厂码头方向而去，傻子光春骄傲地走在最前面，尾随他身后的队伍组合得非常牵强，王德基的小儿子安平，李金枝，光春奶奶，还有头上包着一块毛巾的松坑老妇人，后来人们就都知道了，那个被光春奶奶挽着手的松坑老妇人，是福三的母亲。他们一路走着一路有人加入进来，安平就没资格扛橹了，他也不敢胡闹了，因为王德基正好下班回家，看见儿子又在外面野，骑车冲过来吼，滚回家去！安平跳了一下就跳到福三的母亲身后去了，指着福三的母亲说，我在学雷锋，不信你自己问她。

王德基后来告诉别人，他看见福三的母亲吓了一跳，说从来没见过长得如此相像的母子，面容酷肖倒在其次，他惊讶的是福三的母亲弯着腰站在人堆里，满脸疲惫，一手撑腹，一手向他慢慢地伸过来，要来握他的手，那母亲的姿势，让他一下就想起了福三在铁心桥下是怎么扶着厕所的墙，怎么向他出示那把西瓜刀的。

从松坑来的那条西瓜船，二十天以后谁也认不出来了。它被酒厂运送黄酒的船群挤在码头一角，散发着弃船特有的凄凉气息。篷顶上的麦秆席子没有了，四根篷柱不见其三，只剩下一根孤零零地耸立在船上，像小学校里的简陋的旗杆，船头的行灶不见踪影，一定有人看上了那几块垒灶的砖头，拆得很干净，半块砖头都没留下。除了傻子光春，不知是哪些人上过船，有人在西瓜船里倒了点煤渣，倒了点水，还扔了些菜叶子，船舱里看起来很脏，有点像夏天沿河收垃圾的船了。

李金枝站在码头上，手指着运酒船大声批评那些船户，怎么这么缺德？好好一条船，给你们弄成这样，你们自己船上倒是干干净净的，怎么把人家船当垃圾船呢。运酒船上有人厉声地回应道，你还张嘴骂人呢，要不是我们把船钩回来，这船早就漂到太平洋去了！

船在就好，阿姐你不要和他们吵。福三的母亲安慰着李金枝，眼睛看着王德基他们装橹，也怪王德基他们没有经验，笨手笨脚的，福三的母亲一着急，身体一点点地往下面挪，李金枝正要扶她，她已经挪到船上去了。

正是九月黄昏时分，酒厂码头的阳光也像陈年的黄酒一样，馥郁地流淌，河面闪闪发亮，西瓜船上的一摊干涸的血迹吸引了所有人的目光，起初人们都在看福三的母亲和王德基他们装船橹，是傻子光春最先透露血迹的位置的，他指着船头一角对安平说，看那摊血，像不像一头牛？大家顺着光春的手看过去，果然是一摊血，不一定像一头牛，但是一摊非常清晰的血迹。李金枝瞪着眼睛，用手指压着嘴唇，示意大家别嚷嚷。她说，她眼睛不好的，最好别让她看见。安平偏不听她的，对傻子光春卖弄他的知识说，血迹很难洗的，水洗不掉，要用酒精擦。又让光春去拿酒精来，说他可以当场试验给他看。傻子光春问，酒精在哪儿？安平给他问住了，翻着眼睛说，算了算了，试给你看也是白试，你就知道看血迹像牛还是像马，傻子！

后来就剩下福三的母亲一个人在船上了，运酒船已经为福三的母亲让出了水道。王德基他们不会弄船，帮不上忙，干脆下来，在岸上看着她把船慢慢地摇出去。李金枝问王德基他们，你们看见船头那摊血了吗？王德基说，那么一摊血，怎么会没看见？不敢吱声罢了。李金枝叹着气说，她眼睛不好，最好看不见，否则看着儿子那摊血，怎么摇得动船呀？王德基说，本来就摇不动的，去松坑好几十里水路呢。她出来摇船，家里人肯定不知道的，知道了怎么能让她出来！

福三的母亲把船摇出了运黄酒的船群，水上就有路了，她摇摆着的身体突然停了下来，慢慢转过来，抬起臂肘擦眼睛，努力地眺望着码头上的李金枝他们这群人。看得出来她是要告别了。福三的母亲要和码头上的人告别，可是离得远了她什么也看不清，看不清楚码头上站立的哪些是香椿树街的好心人，哪些是酒厂堆积如山的黄酒坛子，她就突然跪下去，向着酒厂码头磕了个头。码头上傻子光春先笑起来了，说，她怎么向黄酒坛子磕头？大人不傻，知道是福三的母亲眼睛不好，磕错了方向，都挥起手，叫喊起来，不敢当的，快起来快起来！

福三的母亲很快就起来了，人在远处站起来，小小的一团，被满河夕阳照着，身影还是很黑很模糊。就这样，松坑的最后一条西瓜船，也在九月的一个黄昏离开了酒厂码头。据去过松坑修理拖拉机的王德基估算，此去六十里水路，一定要在水上过夜了。福三的母亲毕竟年纪大了，她摇船的姿势看上去不像其他松坑人那么流畅，也许是累的，她摇得很慢，船也走得很慢，看上去不是她摇着船走，是船领着她向下游而去。船向河下游而去，那是松坑的方向，福三的母亲虽然眼睛不好，松坑的方向应该是永远记得的。

而王德基他们站在酒厂码头上，眺望着夏天来的西瓜船向河下游而去，一来一去，按节气来说居然隔着夏秋两季了。

拾婴记

一

一只柳条筐趁着夜色降落在罗文礼家的羊圈。

母羊被惊醒了，它有限的智慧受到了从未遭遇的挑战。柳条筐散发着湿润的青草之香，里面盛着的却不是夜草，是一件被露水打湿了的女装棉袄，蓝底黄花的灯芯绒面料，上面均匀地分布着几朵葵花，母羊以为陌生人送来了一堆葵花，细看之下，葵花掩映的是一张婴儿的小脸！葵花也好，婴儿也好，那都不是饲料，但母羊仍然执拗地停留在柳条筐边，用鼻子辨别着婴儿身上所散发的微妙的香气，那香气让母羊想起了春天清晨的草地，还有夏天在河边失散的一头小羊羔。

看起来那几朵棉袄上的葵花一直在守护熟睡的婴儿，葵花闪烁着金黄色的光芒，在黑暗中与母羊尖锐地对峙，仅仅过了一会儿，葵花便获得了胜利，软弱的母羊放弃了主人的权利，躲到角落里去了。

那天夜里枫杨树乡的狗零星地吠了一阵，对岸花坊镇北边似有群狗回应，是较量的回应，带着一种天然的傲慢。河两岸的狗也许是听见了什么，也许只是尽一点义务，狗很快就安静了，只有罗家的羊圈萌动着神秘的迷宫般的气氛。只有三只羊是事情的目击者，凭着那天夜里的月光，它们应该看得见窗洞外面弃婴者的身影，羊耳朵也灵敏，它们一定能够分辨出来那人的脚步声从哪儿来的，又是在哪里消失的。可惜三只羊都是羊，从不承担看门的义务，对什么事情都习惯了沉默。

羊这么固执地沉默，它的主人罗文礼一家也没办法追究，你即使把浑水河两岸所有的青草割来，也无法收买一头羊，人可以收买，可谁有本事从羊嘴里套出什么秘密来呢。

二

他们开始是把柳条筐放在家门口的，有点失物招领的样子。罗文礼的大儿子庆丰看着柳条筐，心不在焉的，一会儿蹲下，一会儿又站起来，庆丰手里捧着个大碗喝粥，喝几口喊一声，来看看，来看看，谁往我家羊圈塞了个孩子？

男人们一早都去花坊监狱送白菜了，孩子们上学去了，闻讯而来的大多是村里的妇女，他们小跑着奔过来，有的手里还拿着镰刀，有的肩上搭着毛线和编针，那么多丰满的身体和蓬乱的脑袋组成一道篱笆，把柳条筐热情地围了起来，后来者只能从人缝里看见筐子里的几朵金黄色的葵花，跺着脚对庆丰说，哪儿有孩子？看不见，就看见葵花了！

先来的妇女们细细地观察柳条筐里的女婴，嘴里啧啧地响，多标致的小女孩，怎么扔了呢？扔了还不哭，你看她还笑呢。有人贸贸然地问庆丰，是谁家的孩子呀？庆丰瞪着眼睛反问道，要知道是谁家的孩子，还放在这里让你们参观？他们知道庆丰脾气坏，不跟他说了，蹲在柳条筐边窃窃地讨论起来。有人说，那做大人的什么铁石心肠，怎么把孩子扔羊圈里了呢？笨死了！

庆丰在一边用手指敲着碗沿，说，你们才笨，说话不动脑子，这么冷的天，扔在外面不冻死才怪，羊圈怎么的，我们家羊圈比你们家温度高，不懂，你们就别乱说！

那妇女回头说，我们什么都不懂，你什么都懂，你什么都懂就教教我们，这孩子，怎么造出来的？

庆丰冷笑道，你以为这就难住我了？怎么造出来的？一男一女，× 出来的！

庆丰大了，对许多事情莫名其妙地烦躁，见到饶舌的妇女就更烦，他不愿意守着柳条筐，一碗粥喝光就走了，走到羊圈外面，对他母亲喊，你自己吆喝去，我吆喝来那么多人，都是看热闹来的，没一个要抱孩子！

卢杏仙就出来了，抖着围裙上的草灰对别人说，你们看看这叫个什么事？早上起来出羊粪的，一眼看见这筐子，吓我一大跳，我这辈子手黑，从来没捡到过一分钱，这下好了，一下子让我捡了个孩子，你们说，这枫杨树乡谁不知道我家穷，那丢孩子的是瞎了眼，怎么偏偏丢我家来了？

妇女们大致上是默认卢杏仙的说法的，只是不好指明谁家富裕，谁家适合丢孩子，给她火上浇油，他们都默契地遥望着河那边花坊镇方向，七嘴八舌的，说的是一个意思，杏仙呀，这枫杨树的姑娘媳妇肚子里有个什么动静，也逃不出你的眼睛，这不是我们枫杨树的孩子呀，是花坊镇扔过来的孩子！也有像长炳的女人那样在任何场合都要显示其素养的，她就在人堆里发出不同的声音，撇嘴说，杏仙，你别老是钱呀钱的，钱生不带来死不带去的，哪儿有人好？你家再穷还养着羊，多一张小嘴吃饭，也不能把你家吃垮了，看看这小女孩多水灵，自己留下养嘛。

卢杏仙的目光尖利地落在长炳女人身上，说，她要是一头羊，我还就留下她了！羊吃草，不花钱不占口粮，可你没看见吗，这是孩子，不是羊！你让我给孩子也喂草呀？

谁说让你给孩子喂草了？我们这里，谁不是粗茶淡饭吃大的？杏仙，这孩子不管扔得是不是地方，跟你家也是个缘分，自己养着吧。

缘分不能当口粮！你不是不知道我们家人多口粮紧，怎么张嘴就给我下这个指示呢？卢杏仙悻悻地折她的围裙，一边折一边眼睛亮起来，对女邻居说，你们家就两个女孩，口粮够，你不口口声声说女儿迟早要嫁人，一嫁人，连说话的人都没有，不如你把她抱走，陪你说话去。

长炳的女人说，是送到你家羊圈的呀，要是送到我家，我一定养。

卢杏仙的脸沉了下来，斜睨着长炳的女人，说话的口气里有了威胁的意味，好呀，那我养她一天，她说，明天早晨孩子在谁家门口，孩子就归谁养！

让卢杏仙这么一说，长炳的女人翻了个白眼就走了，其他邻居也莫名地恐慌，很快都散开了，有个女邻居在离开之前提醒卢杏仙，杏仙呀，孩子不管给谁，你先去报告政府，捡孩子不比捡小狗小猫，婴儿也是人口，是人口都要去花坊镇登记的！

登记登记，我怎么不知道要登记？卢杏仙把围裙当毛巾拍打着裤子，一只手突然向后义愤地一挥，指着院子里的一匾晒干了的萝卜，我哪儿忙得过来呀，你们各家的腌菜倒都好了，没看见我家的缸个个底朝天，腌萝卜的盐还没买呢。反正我家庆来要去花坊镇买盐，如果这孩子没人抱，让庆来顺路送到政府去！

三

早晨九点，越过河流，枫杨树少年罗庆来来到了花坊镇。

罗庆来提着那只柳条筐从花坊码头下来，码头上锣鼓喧天，他看见一群穿白衣蓝裤的人在储运仓库前敲铜鼓，文化站的一个干部正拿着电喇叭指挥排练。男孩在后排敲大红鼓，敲一阵举起鼓槌，齐声高喊：毛主席，万岁！女孩腰间用红绸绑着小腰鼓，组成几个圆圈，每人都沿着圆圈跳，一边跳一边敲小腰鼓，敲一会儿人身体都斜过来，脑袋朝天，喊道：祖国，万岁！好多路过码头的人都停下脚步，罗庆来也站在台阶上听了一会儿，说，敲什么敲？敲得一点也不整齐。旁边有个男人，一定是哪个敲鼓学生的家长，对罗庆来不满地瞪了一眼，说，不整齐？那你去敲。罗庆来的脸莫名其妙地红了，转身就跑，一边跑一边说，我才不敲鼓，要敲就敲你们的头！

他的手里提着一只柳条筐。柳条筐里装着一个陌生的女婴。女婴乖得有点出奇。罗庆来一直提防着她哭，她要是哭了他就要找个僻静的地方喂她，可是她不哭，不哭他就不用停下脚步。母亲在筐里塞了一个盐水瓶改装的奶瓶，里面是热过的羊奶，她说，孩子已经把过屎了，她要哭一定就是饿了，饿了你就喂她一口奶。罗庆来知道凡是婴儿都要哭，他为这常识焦灼不安，这个婴儿不会哭，她不哭！罗庆来一边向政府所在的八一街那里走，一边狐疑地看着柳条筐里的女婴，他看见女婴在柳条筐鲁莽的颠簸中坦然地前进，那么红润那么神秘的一张小脸，脸颊上有一层细细的金色的茸毛，乌黑的眼睛忽而睁开，迎接阳光，阳光来了，却又害怕地闭上了。

罗庆来说，你不哭才好，不哭就不要喂了，多谢你了，你不哭就省得我去做妇女的事情！罗庆来研究着女婴在阳光下的脸，脑子里蹦出一个奇怪的念头，你长得很像一头小羊，羊也从来不哭的，你会不会是个羊人呢，你吃不吃草的？罗庆来看见街边一户人家的窗台上种了一盆菊花，菊花枯萎了，土里的一丛草倒是绿的，他就去拔草，草是拔出来了，但他犹豫着，最终放弃了探索的念头，罗庆来把草往柳条筐内一扔，说，开玩笑的，你这么小，我怎么会欺负你？

花坊镇半新半旧，旧的寂静和荒凉藏在那些花格木窗和老墙青苔后面，街上的水泥路永远是热闹的，罗庆来尽量地躲避人多的地方，还是有那些好管闲事的人追着他的柳条筐，喂，你筐子里装的什么好东西？经过供销合作社门口时，他想起母亲关照的买盐的事，要看看价格，是不是六分钱一斤的盐，他把柳条筐放在玻璃门外面，脑袋探进去看盐缸上的那面小红旗，价格没看清，却听见一个妇女在他身后又惊又喜地叫起来，这孩子倒是聪明呀，怎么把你妹妹装在筐子里，没见过！

罗庆来说，谁说她是我妹妹？她是一头羊！

罗庆来不愿意和那些妇女多费口舌，他想反正盐可以回去时候再买的。他提着柳条筐向八一街跑，路过老杜的桌球摊子时他的脚步一下迟疑起来。他看见他的小学同学罗小正弯着腰，站在那儿，有板有眼地打桌球，罗庆来正在纳闷他的桌球什么时候打得有板有眼了呢。罗小正也看见他了，罗小正向他摇着球杆，慷慨地邀请他，过来，一起打，我包了桌子，还有一个小时！

他几乎立即决定要去打白赚的桌球了，唯一让他放不下的是那柳条筐，他不想让罗小正笑话他。罗小正说，你手里提的什么东西？罗庆来顺口编了一句，盐！他指了指前面，说，你等等我，我把筐子交给我三姨去。

白打的桌球，还有一个小时，这让罗庆来心急如焚，他后来就向着镇政府方向一路小跑起来，奔跑的时候他听见了女婴和奶瓶在柳条筐里左右滑动的声音，女婴仍然像奶瓶一样安静，也许她不敢哭，也许她喜欢他奔跑。然后罗庆来经过了花坊镇的红旗幼儿园，幼儿园的风琴声引起了他的注意，他猛然刹住了脚步，心里生出个大胆的念头。他想起那个神秘的弃婴人丢孩子的方法，你可以把柳条筐丢在我家羊圈里，我为什么不可以把柳条筐丢在幼儿园里呢？罗庆来这样思索着，人紧张起来，他看看四周没有人，就去推幼儿园的窗，窗后是一排排漆成天蓝色的小床，如果瞄得准，他甚至可以直接把孩子倒在小床上。可不巧的是窗子被反插上了，他一推窗，里面有个小孩子哇地一声哭起来，然后他看见好多小孩子摇摇晃晃地从床上站了起来，朝他这里张望，他没来得及打开窗子，一个保育员已经冲到大屋里来了。

窗子碍事，罗庆来最终没能把女婴倒到床上去，惊惶之下，他把柳条筐往幼儿园的窗下一放，人一阵风似的逃了。他跑过李六奶奶家门口时，没注意到出来倒痰盂的李六奶奶，一条挥舞的胳膊把李六奶奶手里的痰盂撞翻了。

李六奶奶没有看清罗庆来的模样，只看见那个愣头青的少年一阵风似的跑出去，转眼之间人就不见了，空气中留下一丝可疑的气味，李六奶奶吸着鼻子闻了一会儿，觉得那不是痰盂打翻的气味，是羊身上的淡淡的膻味。

四

李六奶奶发现了幼儿园窗下的女婴。李六奶奶站在窗下敲玻璃，快出来个人啊，你们阿姨怎么看孩子的？怎么把孩子丢到外面来了？

三个幼儿园阿姨惊恐地挤到窗前，看清了外面的柳条筐，都松了口气，说，不是园里的孩子！不是的！又不无指责地说，六奶奶你吓我们一跳，怎么不看看清楚再说，这是个婴儿呀，最多两个月大，我们这里只收三岁以上的孩子，从来不收婴儿的！

李六奶奶见不得他们推脱责任的样子，撇嘴说，什么两个月八个月的，幼儿园就是收孩子的，哪来这么多规矩？你们出来个人嘛，把孩子端回去。

一个中年阿姨不屑于理睬李六奶奶，背过身低声骂了一句老糊涂，就走了，剩下一个老阿姨和年轻阿姨，仍然伏在窗台上研究柳条筐里的女婴，一个说，肯定是那个乡下孩子丢下的，脑筋不正常了？把自己的妹妹丢在这里。年轻的阿姨说，孩子又不是垃圾，怎么可以随便乱扔的？就算是垃圾也不能随便扔！老的那个阿姨突然拍拍窗台，说，也不一定是妹妹呀，我看那乡下男孩胡子都黑了一圈了，没准是和哪个女孩闯了祸，孩子钻出来，没办法了，抱出来一丢了事。

李六奶奶说，你们怎么说起闲话来了？不管是谁的孩子，你们是幼儿园不是？幼儿园管的就是孩子，你们倒是出来个人呀，外面风这么大，孩子吹坏了怎么办？

两个阿姨都冷静地看着李六奶奶，一个口气还算缓和，说，六奶奶你不懂的，我们是幼儿园，不是儿童福利院，幼儿园有规章制度的，不允许随便收孩子，六奶奶你自己想想，要是别人不要的孩子都往这窗下一扔，我们这幼儿园不成马蜂窝了？另一个对李六奶奶的无知多少有点烦，朝她嚷起来，我们三个人就三双手，三双手要伺候几十个孩子，本来就忙不过来，你还来给我们添麻烦！

李六奶奶说，怎么是我给你们添麻烦了？我又不要你们把屎喂饭，是这个小宝宝呀，人心都是肉长的，外面风这么大，你们怎么就站在那儿看，偏偏不肯出来呢？

一个阿姨说，出来了也不能收的，李六奶奶你不懂，我们这里收孩子都有手续！

李六奶奶说，我怎么不知道手续？我知道手续，你们就不能先收下孩子，再补办一个手续？

那阿姨对着李六奶奶苦笑起来，说，跟你是说不清楚了，李六奶奶，我们是日托，下午各家父母都要接回家的，我现在要是把她抱回来了，下午把她交给谁去？你不是看不出来，这孩子没父母呀！

没父母的孩子才可怜！李六奶奶蹲到地上，手先探进向日葵棉袄里摸索了一下，又抽出来，在女婴的额头上摸了摸，说，不像是个病孩呀，眉眼也秀气，好好的一个女孩子，怎么丢在这里没人管呢？李六奶奶又闻到了一股淡淡的羊的气味，她吸着鼻子，判断出那气味就是羊的气味，但她对窗台上的两个阿姨报告的是另一个消息，她向他们招手说，你们快来闻闻，这女孩子身上香呢，像奶油饼干的香味。

两个阿姨聪明地拒绝了李六奶奶的邀请，说，孩子身上的味道，我们闻多了，不爱闻。

李六奶奶绝望地瞪着窗台，突然冷笑一声，说，谁说人心都是肉长的？有些人的心呀，是冰凌子长的。

年轻的阿姨对李六奶奶终于忍无可忍了，你心好，你自己抱回家去！丢下这句话，她就把幼儿园的窗子砰地关上了。

五

他们看见李六奶奶拖着小木轮车在街上蹒跚地走，有人跟她打招呼，六奶奶，去买煤呀？李六奶奶摇头，说，不买煤，买什么煤，看见煤就想起他们的人心，现在的人心比煤还黑呀。她苍老的脸上残存着委屈而义愤的表情，看上去愈发苍老了。

中午时分花坊镇上的人都行色匆匆，很少有人注意到小木轮车驮着的柳条筐里，装的是一个婴儿，大多数人以为是李六奶奶脱下来的一件棉袄，棉袄上鲜艳的向日葵图案倒是引人注目，他们说，吔，六奶奶老来俏，穿那么一件大花棉袄！

李六奶奶的小木轮车停在侄儿张胜家门口了，张胜媳妇半敞着毛衣，手里抱个婴儿迎出来，她看见李六奶奶弯着腰，从柳条筐里也抱出一个婴儿来，李六奶奶说，快来快来，快给这孩子喂两口奶吧。

张胜媳妇一边喂奶一边听李六奶奶诉说幼儿园那些阿姨的不是，她关心的是女婴的来历，偏偏李六奶奶说不出个来龙去脉。李六奶奶只是盯着女婴的嘴和张胜媳妇蓬勃的乳房，说，多喂几口，你奶多，本来也要挤掉的。张胜媳妇说，几口奶是不稀奇的，可六奶奶你怎么随便在街上捡孩子呢，现在外面流行黄疸肝炎，万一——李六奶奶打断她的话说，哪来这么多万一的，你看看这孩子的脸色，白里透红的，哪里会有什么病？张胜媳妇不时地回头看床上自己的婴儿，似乎在比较两个婴儿的异同，过了一会儿她平缓地将乳头从女婴嘴里抽出来了，六奶奶，你闻到这孩子身上有什么味道吗？她说，怎么有点羊膻味呢？

李六奶奶犹豫了一下，笑起来说，什么羊膻味？是香味，我闻着像奶油饼干的味道。

张胜媳妇喂好了奶，把女婴放回到柳条筐里，看见筐里那只盐水瓶改制的奶瓶，拿出来晃了晃，说，人家给孩子准备了奶的，你偏要让她喝我的。李六奶奶说，就那么半瓶，得省着喝，等会儿把孩子送政府去，谁知道政府里有没有奶？张胜媳妇去抱自己的孩子，回头问了一句，等会儿你用木轮车把孩子送政府去？这一问把李六奶奶问得不高兴了，沉下脸说，你们这些年轻人，共产党白教育你们了？别人丢掉的孩子也是孩子，怎么都是一个腔调？我这把年纪了，腿脚又不好，说话干部也听不懂，你们年轻人不送让我去送？张胜媳妇说，没说让你去送，六奶奶你为什么要管这闲事呢？李六奶奶嚷起来，这不是闲事，是个孩子！

毕竟是长辈，李六奶奶一嚷，张胜媳妇就不吱声了，抱着自己的孩子在屋里走，走了几圈说，反正我也腾不出手来，反正张胜马上要回家吃饭了，要送让张胜去送。

六

贮木场的张胜在中午时分到过政府大楼，他去得不巧，是饭后的午休时间，花坊镇政府的五层楼里寂静无声，信访处、妇联、计划生育领导小组的办公室都关着门，只有五楼的一间办公室引起了他的注意，那一间的玻璃草草地糊了报纸，里面有人声，张胜便爬到窗台上从气窗向里面张望，看见几个干部正围在一起打扑克，有一个干部的鼻子上粘了两张小纸条，张胜就笑着跳下来了，说，他们也打这种牌啊。

他敲了很长时间的门，里面安静了一会儿，终于有人问了，是哪位？出来开门的是一个穿橘红色西装的女干部，她侧着身体，在半开的门缝里警惕地看着张胜，说，现在是午休时间，不办公。

张胜记得她是妇联的。妇联管孩子，他这么叨咕着从地上捧起那只柳条筐来，以一种夸张的姿态献给女干部，你们午休，我可是要赶去上班了。他说，我姑姑在幼儿园外面捡了这孩子，让我交给政府。

女干部下意识地闪避着那只柳条筐，嘴里惊声道，孩子是哪儿的？

张胜道，丢在街上的！

女干部又尖声问，你是哪儿的？

张胜把柳条筐放在地上，说，我是贮木场的革命职工，你那么瞪着我干什么？我送来的是孩子，又不是颗炸弹！你快接着，你不接我就放这儿了。

屋里的其他几个人也拥出来了，其中有个保卫干事认识张胜，说，怪不得呢，是这个愣头，前几年经常到派出所挂号的！看张胜要跑，一个年轻干部冲上来拽住他，你不能把孩子扔这儿，这不是儿戏，要调查要登记的。

张胜说，调查个鬼呀，路上捡了钱要交给你们，捡了孩子难道不交公吗？

少来狡辩，交公也要办公时间来，你把筐子抱起来，下楼等着，两点半到计生组登记！

张胜不肯去抱那个柳条筐，身体一直在往楼梯口悄悄移动，其他两个男干部反应快，识破了他的心计，干脆一起过来，把柳条筐强行塞到他怀里，然后他们一边一个，几乎是架着张胜下了五层楼。

张胜在楼下的传达室里坐了大约有五分钟，五分钟内他一直骂骂咧咧的，看门的老年费了好大的劲才弄清楚事情的原委，他不好多说什么，就给张胜倒了一杯水，还递了支烟给他。张胜气得厉害，不喝水也不抽烟，就是一心要把柳条筐留给老年。老年说，我一辈子打光棍，没弄过孩子，你把这孩子扔给我，不是为难我吗？张胜愤怒地看着窗外，又看看老年，脸上掠过一种决绝的强硬的表情，我不为难你，他说，我走，我把孩子放到外面去！

老年是亲眼看见张胜把柳条筐放在楼外花坛边的。张胜走的时候替女婴掖了掖棉袄，掖棉袄也没用，老年隔窗监视着张胜，嘴里忍不住骂了一声，混账东西！他后悔给张胜倒了那杯茶，递了那支烟，这张胜不是个东西嘛，上班再要紧，也不能把孩子这么丢在花坛边，那是个孩子，又不是一盆花。

午后的阳光爽朗地照耀着政府大楼外面的花坛，花坛里的菊花半开半靡，对热情的阳光有点爱理不理的样子，倒是那只柳条筐，每一根柳条都接纳了阳光，看上去闪烁着一圈淡金色的光晕。

第一个注意到柳条筐的是一只猫，不知道是谁家的猫匆匆地跑过来，绕着柳条筐转了几圈，猫把爪子搭在筐沿上，脑袋探下去很细致地闻了闻婴儿的气味，气味不对胃口，猫转了几圈，最后心灰意懒地走了。紧接着又跑来了一条狗，撒着欢往花坛边奔，是食堂的大师傅养的那条黄狗，看见狗也来凑热闹，老年冲出去，把狗撵回去了，老年说，那是个孩子，不是鱼骨头肉骨头，你们畜生来凑什么热闹！

老年隔窗守望着柳条筐，他等着筐里传来女婴的哭声，可是始终没等到，女婴出奇的安静让老年疑虑重重，怎么就不哭呢？这么苦命的孩子，偏偏就不哭。老年想，这孩子会不会是个哑巴？如果是个哑巴，谁抱她都是抱一个麻烦回去，也怪不得别人心不善呢。

后来两个跳牛皮筋的小女孩来到了国旗的旗杆下，他们把牛皮筋的一端捆在旗杆上，另一端谁也不肯拿，都要先跳，正吵闹着，一个小女孩先看见了柳条筐，丢下同伴跑到花坛边去了，很快老年就听见了两个小女孩的惊叫声，谁的孩子？谁把孩子扔了？有坏人扔孩子啦！

老年看见两个小女孩拖着牛皮筋向传达室奔跑过来，一下就慌了。老年赶紧把门反锁了，回头一看，可供藏身的只有一张简易床，他急中生智地跑到床边，鞋子一蹬，掀开被子就钻了进去，他钻进被窝时门已经被擂响了，老年装作没听见，他用被头蒙住脸，在被子里面埋怨两个小姑娘，笨丫头笨死了，小宝宝的事情，怎么找老光棍管？我是看门的，不是看孩子的！

两个小姑娘离开之后老年仍然躲在被窝里，他没法起来了，不起来也没问题，他看着墙上挂钟的时间呢，他会在两点三十分领导们进楼上班之前起来，那时候柳条筐一定有人接手了。窗外开始有人声一浪一浪地传进传达室，看来小姑娘尖利的叫喊声惊动了附近的文化站和卫生院里的人，老年从被子里探出脑袋，偷偷地窥望窗外，看见花坛那里的人影子动荡不安，在一片嘈杂中老年突然听见了女婴清脆响亮的啼哭声，那啼哭与别的婴儿相比没有任何异常，但老年的耳朵被震得又痒又疼的，他一边抠着耳朵，不知怎么松了口气，嘀咕道，还是会哭的嘛，不是哑巴！

大约下午两点一刻，老年从床上起来了，和衣假寐时间长了，人乍然感到一丝阴冷，他从门后摘下了冬天的棉衣披在身上。外面乱哄哄的声音已经平息了，老年在窗边朝花坛那里张望了一会儿，看见几个人还站在那里，指手画脚地说话，柳条筐不见了。人一多，果然就有热心肠的来解决问题了，老年说不出来自己心里是什么滋味，他披着那棉衣朝外面走，觉得外面的空气中残留着一股淡淡的羊膻味，那气味若有若无的，压倒了花坛里残菊的香气，老年记得那是柳条筐和女婴的气味。

是食堂的几个女师傅还站在花坛边，她们忘情地议论着那只柳条筐的归宿，那个惊人的消息也是几个女师傅告诉老年的，一个女人说得简明扼要，是疯女人瑞兰把柳条筐端走了！另一个补充得比较详细，是疯女人瑞兰把柳条筐抢走了，她抢呀，谁也拦不住，她说是她的女儿呀，花坊镇人人知道她女儿在浑水河里淹死了，她偏偏一口咬定，是她的女儿！

老年张大了嘴巴，过了一会儿才反应过来，突然大叫一声，她是疯的，你们也疯了？怎么看着她抢孩子呢，一个疯子怎么能养孩子？女师傅们发现一贯温厚的老年有点莫名其妙的冲动，便开始安慰老年，说，你就别担那个闲心了，瑞兰她领不去的，她哥哥瑞昌也在旁边呢，瑞昌说等她的疯劲过去了，孩子该送哪儿就送哪儿，他负责！老年说，说得轻巧，他负责，神仙也不知道孩子是谁的，他准备把孩子送哪儿去？一个女师傅说，送到河对岸去呀，送枫杨树乡去！老年不明白，为什么认定孩子的父母在枫杨树乡？那女师傅说，这还不明白，乡下人重男轻女嘛，养个女孩就扔掉！另一个女师傅这时候很不客气地打断了她，说，你刚才又不在，胡说些什么，让对岸的乡下人听见了，拿锄头来砍你！她看来是掌握了足够的信息，一番话让老年信服多了，原来是一个顺藤摸瓜的思路，她说卫生院打针的小陆刚才也来了，是小陆透露了孩子的枫杨树乡的身份背景。小陆认得那筐里的奶瓶呀，那女师傅说，你们看见那个盐水瓶了吗，里面还灌了半瓶奶，枫杨树乡的妇女，最喜欢到卫生院来偷盐水瓶，拿回家做奶瓶！

七

一只柳条筐趁着夜色降落在罗文礼家的羊圈。

第二天早晨卢杏仙起来出羊圈，一眼便看见了归来的柳条筐。柳条筐又回来了。卢杏仙惊叫起来，她突然意识到自己家的羊圈已经被谁偷偷地改造成了一个迷宫，迷宫般的羊圈半明半暗，羊藏身在暗处，柳条筐却大胆地沐浴着早晨的阳光。卢杏仙蹑足走过去，发现那件葵花棉袄还在，女婴已经不见了。她壮着胆子摸了摸葵花棉袄，棉袄有点湿漉漉的，有夜露打湿后不易消退的潮气，摸上去有点黏手。卢杏仙嘴里叫起丈夫的名字来，文礼文礼你快来，我们家羊圈闹鬼了！可是勤快的罗文礼已经出门去耕地了，她逃到栅门边，回头望着柳条筐，又大声地唤起儿子来，庆来庆来，快起床，你到底把那孩子送哪儿去了，怎么孩子送走，筐子又回来了呢？

回头之间，卢杏仙突然发现羊圈里多了一头小羊，怯懦地站在角落里。昨天夜里喂草的时候还是三头羊，早晨起来就多了一头羊，过度的惊愕使卢杏仙怀疑自己看花了眼睛，她朝屋里喊，庆来庆来你快起床，我的眼睛怎么啦，我看不清咱家有几头羊！

庆来穿了个短裤就出来了，他看见柳条筐，心虚地转过头看看母亲，又去看羊，脸色大变。他伸出手指数羊，说，是多了一头，跟夏天时候一样，是四头羊了。庆来走过去要拉那头小羊的羊角，手伸出去又缩回来了，回头对母亲说，妈你别怕，我认识它，是夏天走散的那头羊，它回来了。

卢杏仙说，你还在做梦呢，羊又不是狗，认识回家的路，你给我看清楚了，这是谁家的羊，怎么跑到咱家羊圈里来了？

庆来蹲下来，向地上吐了口唾沫，开始严厉地审视飞来的小羊，过了一会儿，所有的恐惧和疑惑都消失了，你是羊，我还怕羊吗？他嚷了一句，手毅然向前一扑，抱住了小羊的脑袋，他自己的脑袋也转过来转过去，端详着羊，突然，庆来叫起来，妈快来看，这头羊在哭，羊眼睛是潮的！

卢杏仙拿起一根扁担在儿子的屁股上打了一下，我都吓糊涂了，你还吓我？她说，羊怎么会哭，我养了几十年羊，从来没见过羊哭，会哭的是牛！

庆来说，妈，我没吓你，这羊的眼睛不一样，你自己来看呀！

卢杏仙走过去，按住儿子的肩膀，看那头小羊的眼睛，羊眼睛里似乎是覆盖着一层泪光。这是谁家的羊呀，怎么还会哭？卢杏仙大声叫起来，菩萨观音苍天在上，我们家对羊有多好，你们是看在眼里的，我们家人吃得半饥不饱，羊肚子从来都吃得鼓鼓的，怎么让我们家的羊圈闹起鬼了呢？

庆来没有像他母亲那样慌乱，那天早晨幸亏了他的冷静和聪明。庆来瞥了一眼窗洞下的柳条筐，又看了看那头羊，突然一个寒噤，打了个响亮的喷嚏。

卢杏仙说，受凉了？你回去穿上衣服再来，把羊牵出去，看看是谁家的羊？

庆来迷茫地注视着母亲，说，妈，再别撵它走了，撵不走它的，都怪你，你昨天说错话了！

卢杏仙说，我说错什么话了？

庆来说，你昨天说那孩子要是一头羊，你就能养，你说错话了！

卢杏仙说，你这孩子怎么回事，怎么云里雾里的，一直在说梦话呢？

庆来沉默了一会儿，把卢杏仙拉了出去。在羊圈的栅门外面，在第二天早晨初升的太阳下面，少年罗庆来对他母亲透露了枫杨树乡间历史上最大的一个秘密。他说，妈妈，我告诉你你别怕，你别怕，那不是夏天走散的羊，也不是别人家的羊，我告诉你你别怕，是你说错话，那个孩子认准咱家的门，又回来了！

茨　菰

姑妈回家先看见了两只芦花大公鸡，它们被网线袋包围着，一只蹲，一只站，但看上去都还乖巧。看见芦花大公鸡，姑妈就知道我表哥回家来了，她仔细地看了看地上，也不知道是鸡讲卫生，还是饿着肚子无法便溺，总之地上很干净。姑妈抓过一只公鸡的鸡冠检查了一下，说，不会是病鸡吧，光知道带公鸡回来，又不能炖汤，又不能下蛋的，早晨还吵死人。姑妈走到厨房边，正要去抓米给鸡吃，看见天井里坐着一个穿桃红色衬衣的陌生姑娘，正在用瓷片刮茨菰。

她以为是我表哥带女朋友回来了，有点喜悦，又有点紧张，像做贼一样地往厨房里一闪，闪进去了，又出来，抿着头发，站在那里咳嗽。刮茨菰的姑娘抬起头来，抬起一张黑里透红的脸，一看就是个乡下姑娘。她从板凳上跳了起来，说不上来是害羞还是礼貌，正努力地向姑妈笑着。姑妈听见她嘴里含糊地吐出一个称谓，是乡下方言，分不清是在叫她什么。姑妈下意识地皱起了眉头，那姑娘垂着手，目光在姑妈身上撞了一下，缩回去，怯怯地看着我表哥的房间，突然叫起来，小杨同志，你出来一下，出来一下呀。我表哥就睡眼惺忪地出来了，他一出来那姑娘就埋着头钻了进去。看见我姑妈愣在那里，表哥挠着肚子干笑起来，对她说，你眼睛瞪那么大干什么？以为我带女朋友回来了？我思想还没那么先进呢，找乡下人做女朋友！我姑妈等他往下面解释，他却不解释了，指着房间里的人，又指指地上的两只芦花大公鸡，敷衍了事地说，是顾庄的顾彩袖，人家遇到了麻烦，要在我家住几天，避一避风头！

无论彩袖的故事怎么曲折，本来应该发生在我姑妈家，与我们家是没什么关联的。但那天夜里我姑妈提着一只芦花大公鸡心急火燎地跑到我家来了，说是要和我母亲商量个急事。其实那急事就是彩袖的事，急不到哪儿去，只不过我姑妈用了一种人命关天的语气描述，就显出事情的棘手来了。我那会儿还小，不知道换亲这种农村盛行的婚姻形式，光是听清了其中的交换关系，很像我们数学课上学的方程，X + Y = X1 + Y1。彩袖的哥哥娶媳妇，那媳妇的哥哥就要娶彩袖。姑妈强调说那男人年纪很大，有羊角风，发病的时候把自己舌头咬掉了，所以还是个没有舌头的男人。听到这儿我母亲便失声大叫起来，这怎么行，好好个姑娘，让她嫁个没舌头的？顾庄不归毛主席管呀？把女同志不当人，他爹妈做下这等糊涂事，党组织就不管呀？姑妈说，你就别来这套了，乡下的党组织忙着学大寨嘛，都忙不过来，哪里管得了谁家换亲的事？又说麻烦在于生米煮成了熟饭，彩袖的哥哥已经把人家妹妹娶回家了，这边彩袖却被一帮知识青年做了思想工作，不肯嫁过去了。

我姑妈提到了一个叫巩爱华的女知识青年，说彩袖本来是准备为她哥哥牺牲自己的，是巩爱华不答应，替她作主，还帮她制定了一个详细的出逃方案。我姑妈一方面数落彩袖的父母狼心狗肺，为了儿子，把女儿往火坑里推，另一方面她一直在数落那个巩爱华，她就是个爱出风头的人，是野心家！不要她下乡她要下乡，就为了上报纸！到了乡下还要先进，还要上报纸，就拿人家彩袖垫她的脚了。我姑妈心怀怨恨，说，她先进我也不反对，她救人我也不反对，可她不能光荣匾自己扛，把麻烦丢给别人，我们家大猫没脑子呀，他就听巩爱华使唤，让他领回来他就领了。你说我们家那么窄，又都是男孩子，留个乡下姑娘住在家里算怎么回事？不让人家说闲话么？我姑妈说到这儿，见我母亲收了茨菰却没有什么表示，终于把那件急事兜出来了。我们家没地方搭她的床呀，你们家阁楼就小妹一个人睡，让那姑娘跟小妹一起住阁楼吧。住五天，就五天，算帮我一个忙吧。我姑妈伸出一个巴掌在我母亲面前晃着，晃着，一直等到我母亲点头为止。最后她松了口气，说，我家那个没脑子的说了，我们家是第一交通站，还有其他联络站指挥所呢，他们把这事当革命大业做！等巩爱华国庆节回来，我就让大猫把人家姑娘送到巩爱华家去，我告诉大猫了，我们家那么多孩子，交通够忙的了，哪儿还做得了别人的交通站？

我对那个叫彩袖的乡下姑娘一无所知，但姑妈提到的巩爱华我是知道的。她和我表哥是不一样的知识青年，被有关方面树了典型。我们学校的宣传橱窗里挂着她的照片，一个大眼睛女孩，脸盘尖尖的，胸口扎了一朵大红花。由于拍照的时候微微侧身，摆了姿势，她的目光看上去非常悠远，而且是向上的，在我看来那是一种胸怀共产主义理想的姿势。

夜里我表哥打着个手电筒，把彩袖和一只公鸡送到了我家。他就像押送两件行李似的，货进仓库，人就掉头跑了。我母亲让他把盛茨菰的篮子带回家去，他嘴上答应得好好的，最后篮子还是让他丢在门后的角落里了。

彩袖就这样成了我们家的客人。

公鸡被一只木条箱倒扣在天井里，彩袖和我姐姐一起睡在阁楼上。我们家从来没有接待过这样的客人，不是亲戚，但接待亲戚的礼数少不了。第一天早晨，我母亲煮了一碗水潽蛋给她，她忸怩了一会儿，不知道怎么客气，就接过碗吃下了一个鸡蛋，突然瞥见我的眼神，一下就知道客气的方法了，把碗推给我，说，给弟弟吃吧，我们乡下鸡蛋多，经常吃的。我母亲嘴里威胁我，眼睛里却对彩袖表示着赏识，我看得出来，所以我把水潽蛋端到外面吃，我母亲并没有再阻止我，随口对彩袖说，那你喝粥吧，早晨还是喝粥最舒服，容易消化。

我瞥见彩袖喝粥的样子，碗盖住了她的脸，她不用筷子，几乎是像喝水一样，捧着碗往嘴里倒。

彩袖你慢点喝，粥一大锅呢。我母亲说，彩袖你夜里睡得好吗？

她不会城里人的敷衍，想了想，摇头道，醒了好几次，怎么半夜里还有火车叫，轮船也叫，吓死我了。

你不是睡得挺好的吗？八点钟才起床！我听见你还打呼噜呢。我姐姐在旁边斜着眼睛看她，发牢骚说，我才没睡好，六点钟就醒了，让你磨牙磨醒的！

就你耳朵眼娇气，磨个牙就把你磨醒了？人家乡下喝生水，肚子里有蛔虫，夜里睡觉都磨牙的。我母亲制止了姐姐的抱怨，又问彩袖，彩袖，你在乡下也八点才起床呀？

公鸡没叫，我以为天没亮呢，在乡下我听鸡叫起床的。也怪了，你们夜里火车叫轮船叫，公鸡倒不叫的。她朝天井瞥了一眼，轻轻地嘟囔道，公鸡也怕生的，到了城里都不打鸣了。

公鸡不在啦。我母亲说，孩子他爸一大早已经把鸡宰了，腌了做咸鸡，过年吃正好。

厨房里静下来了，彩袖放下了粥碗，她的表情看上去很惊愕，不知为什么要惊愕。那种表情让我们一家人都感到某种莫名的不适。我姐姐刺耳的声音便响起来了，我们这儿是卫生先进街道，不让养鸡的！

彩袖斜着身子往天井走，脸色有点发灰，她朝晾衣绳上那只光裸的公鸡瞟了一眼，靠在门框上，她没说什么，但是我看得出来，她很不开心。

我们这儿不让养鸡的。我母亲追过来，一边打量彩袖的表情，一边开导她，是只公鸡呀，又不是小兔小羊的，有什么不舍得的，鸡养大了都要宰的。

不是不舍得。彩袖摇头否认，说，那公鸡是我从孵房里挑的小鸡，是我喂大的。

那还是不舍得。是你喂大的，就更不舍得了。我母亲试探地看着她，说，宰都宰了，也没办法了吧？

彩袖依然摇头，说，不是不舍得。我母亲等着她的下文，她却没有什么下文，闪烁其词地说，一只公鸡宰了也吃不到几块肉，我们乡下，不兴吃公鸡的。

我母亲听出来那是有点谴责的味道了，偏偏是个乡下姑娘在谴责她，我母亲有点下不来台，丢下她走了，边走边说，你们乡下要听公鸡打鸣，我们不要，有闹钟的，公鸡还是腌了吃实惠！

公鸡茂盛而漂亮的鸡毛被我父亲拔下来，摊在旧报纸上晒太阳。彩袖蹲在那堆鸡毛前，挑起一根金黄色的鸡毛，捏了捏又放下了，留着鸡毛干什么呢？她问，做毽子吗？弟弟你踢毽子的？

谁踢毽子？我又不是女孩子。我不耐烦地告诉她，晒干了卖给收购站，鸡毛可以卖钱的！

毕竟彩袖是我们家的客人，无论她是否讨人欢喜，待客之礼是一样少不了的。第一天我姐姐带着彩袖出去，说是去逛公园，但彩袖对公园不感兴趣，草草地转了一圈就出来了。彩袖说就那么些大树，就那么个池塘，池塘边堆个假山，假山上搭个亭子，就是公园了？就要收钱了？出来了看见别人都往公园里面走，彩袖又后悔，对我姐姐说，不该这么快出来的，反正不能把三分钱要回来，不如在里面多走走。我姐姐说彩袖一路上都在为那三分钱心疼，直到经过了东风照相馆，她才忘了公园给她的伤害。

彩袖站在东风照相馆门口不肯走了，对着橱窗里陈列的那些漂亮姑娘的照片左看右看的。我姐姐反正也喜欢照相馆的橱窗，就耐心地陪她看。彩袖说她从来没有拍过照片，又打听拍照要花多少钱。我姐姐猜到了她的心思，有点犯难，说，我妈就给我一块钱，说是你的招待费，只够拍半寸的小照片，拍出来就手指甲那么大。彩袖竖起手指掂量了一下，说，那什么也看不见呀，拍了也白拍，再大一点的尺寸有吗？我姐姐说，怎么没有，一寸两寸的都有，就是要你自己贴钱了，你有钱吗？彩袖犹豫了一下，看看街上的行人，把我姐姐拉到了自己身边，你挡着我。她嘱咐我姐姐。我姐姐便用身体挡着她，听见她窸窸窣窣地在裤带下面忙碌，最后摸出了一卷毛票，是用橡皮筋捆好的，彩袖说，我有钱。我们顾庄的女孩子，我钱最多。

她们之所以回来那么晚，就是因为在东风照相馆排队拍照。女孩子在照相馆拍照大多是矫揉造作的，她们回来时还是那种模样。彩袖穿着我姐姐的白色绣花衬衣，两条长辫子卷成一堆马粪似的，盘在了头上。她的头发现在和我姐姐是一样的了，也许是故意没有把照相馆提供的口红抹干净，彩袖的嘴唇很红，看上去像是刚刚从舞台上下来，有点亢奋，有点害羞的样子。由于弄不清楚样片的意义，我听见她一再地问，那么多女孩子去拍照，照相馆会不会弄错，把别人的照片给她，她的照片反而给了别人。怎么会呢？我姐姐被她问烦了，说话不免有点刻薄，告诉你多少遍了，取照片都是要看样片的，谁要别人的照片？你又不是美女，别人拿了你的照片有什么用？

我被迫和彩袖相处了五天。我不认为彩袖有我父亲说得那么朴素，也不认为她像我母亲说得那么有心计。那五天时间里彩袖留给我的印象几乎是一个谜。比如说我不明白她为什么在饭桌上吃得那么少，却要趁厨房里没人的时候打开菜罩子。她像做贼一样地偷吃茨菰烧肉，我看得很清楚，她用手去扒开茨菰，挑里面的肉吃。她偷吃菜不稀罕，我也经常偷吃的，但她把我们家放白糖的罐子抱在怀里，偷吃白糖的动作让我很惊讶，我就向她大喊了一声，你在干什么？我把彩袖吓了一跳，糖罐子落在地上，很干脆地变成一堆碎片，半罐子白糖都撒到了地上。

彩袖的脸吓得煞白煞白的，她傻站在那里，半天回过神来，跺着脚对我喊，你看你干的好事！

我没想到她倒打一耙，尖叫起来，你偷吃糖，是你干的好事！

我干什么了？糖罐里飞进了一只苍蝇，我把它抓出来了。她很快镇定下来，跪在地上，小心地把白糖拢到一只碗里，我不喜欢吃糖的，我的嘴也没那么馋。她抬起头看着我，语气不那么坚定了，就算我嘴馋，你不吓我糖罐子也不会掉地上，弟弟你也有责任的。

我没有责任，是你在偷吃白糖！

她不怎么慌乱了，眼睛闪闪烁烁的，一定是在开动脑筋。阿娘他们就要回来了，她把一碗白糖放回到木架上，试探着看我，这糖罐子，就说是我不小心弄碎的，不过弟弟你不能诬赖我偷吃白糖，千万别诬赖人，啊？

谁诬赖你？我看见你偷吃了。我突然对这个乡下姑娘充满了歧视和仇恨，一句残忍的评价脱口而出，你这种人，只配嫁一个羊角风男人！

彩袖一定没料到我会说出如此刻薄的话来，她惊恐地瞪着我，谁教你的这句话？我看见她的眼睛里有一道暴怒的白光一闪，预感到她会做出什么危险的举动，要跑来不及了，彩袖喉咙里咯地响了一声，她低下脑袋，像一头野兽一样向我的胸口冲撞过来，我一下就失去控制，一屁股坐到我家的水缸上去了。

那也许是我和彩袖唯一的一次正面交锋。这么个不伦不类的事，没有失败也没有胜利，胜利也没意思。糖罐事件后我没有和彩袖说过话。后来她一定后悔用头撞我了，我去上学的时候还殷勤地替我整衣服领子，我对她的手充满厌恶，一下甩掉了她的手。她识趣地退到一边，不知道是安慰我还是安慰她自己，说，没事的，小孩子家，没事的。我当然没什么事，只是每次走过学校的宣传橱窗，看见巩爱华的照片就会想起彩袖，想起彩袖就觉得那橱窗里还匍匐着一个人影，是一个陌生的乡下男子，没有舌头，口吐白沫，于是那个明亮的橱窗一下变得阴森起来。

我姐姐把她和彩袖的样片取回来了。她们像是举行一个隆重的秘密活动，躲在阁楼上看，我听见她们在上面又笑又闹的，照片给我姐姐带来的永远是不满，她总觉得摄影师把她拍丑了，而那张一寸大的样片，给彩袖带来的是一种惊喜，不仅与容貌有关，也许是与生命有关了，我看见彩袖那天从阁楼上下来，黑红的脸上洋溢着一种无与伦比的喜悦。然后彩袖带着那份喜悦在厨房里刮茨菰，我姐姐在一旁给炉子换蜂窝煤，她突然想起那个有羊角风的男人，回头问彩袖，羊角风什么样子？为什么叫个羊角风呢？

彩袖沉默了一会儿，大概是等待我姐姐放弃这种损人不利己的问题，但我姐姐不仅没有放弃的意思，还更深入地问了一句，羊角风要打人吗？彩袖这次毫不含糊地回答，不打人，他怎么打人？人不打他就算好的了。她的声音听上去异常冷静。你见过得病的疯羊吗？就像羊犯疯瘟病一样，倒在地上，抽筋，发抖，嘴里吐白沫。彩袖说到这里突兀地干笑了一声，然后笑声一下沉下去，又过了一会儿，我听见彩袖在厨房里说，其实他们都糊涂，我嫁谁都没有好日子，嫁给他，不是我苦，是他的日子更苦。我姐姐听不懂她的意思，还要打破砂锅问到底，彩袖就把手里的瓷片往地上一扔，蒙着脸冲出厨房，又往阁楼上去了。

我记不清楚那是彩袖到我家来的第四天还是第五天了，只记得是傍晚，我们一家人和彩袖正在吃晚饭呢，我姑妈仓皇地跑来，一来就对彩袖摆手，别吃了，别吃了，快上阁楼躲起来！

原来是彩袖的哥哥长寿来了。我姑妈明显没有做好应对这个突发事件的准备，她满头虚汗，把彩袖推到阁楼的梯子那里，对彩袖说，你哥哥吓死我了，蹲在我家门口，带了一只化肥袋，里面装的是一条大麻绳，他是要来绑人呀！我父亲拍着桌子说，光天化日的带绳子来绑人，还有没有王法了，把他扭送到派出所去！大家都对那条大麻绳感到愤怒，愤怒过后却有点发慌，毕竟是人家的家务事，不好那样对待他的。我母亲对姑妈说，是认准门牌号码来的吧，会不会蹲到我家门口来了？我姑妈让她放心，说长寿认到了她家的门，不会认识我家门的。我母亲却不放心，说你们家旁边那几个邻居我还不知道，都是长舌头，不问她们都会说出来的。我姑妈嘴里一迭声地否定着这种可能性，心里却是虚的，她的脑门上急出了汗，捞了一块毛巾擦着，突然眼睛里冒出怨恨的火光，巩爱华，都是她弄出来的麻烦！姑妈叫起来，她做好人，什么也不管，天下哪有这么便宜的事，我不管她有没有回来，明天就把彩袖送她家去，长寿认识我家，我认识她家！

大家一下子都不表态。我父亲示意姑妈降低她的大嗓门，别让阁楼上的彩袖听见，姑妈压低了声音，但是凭着那股怨恨，她说，不怕她听见，无亲无故的，我们对她很不错了。

太平无事的香椿树街一下风声鹤唳了，我母亲让我去门外看一看，门外没有人，是对面铁匠家的大黄狗蹲在我家门口，我朝街东方向望过去，远远看见我姑妈家门口堆了一团人影。也不知道是我眼花了还是过于敏感，我依稀看见那里的人都在向我家指指点点的。

等我回到屋里的时候，姑妈已经做出了决定，她要马上把彩袖从我家转移出去。你们替我招待她好几天了，不能再连累你们家了。姑妈说，乡下人蛮不讲理的，万一她哥哥来闹，闹出个什么意外来，我对你们家没交代。我母亲问，现在就送巩爱华家去？巩爱华不是没回来吗？姑妈说，夜长梦多，绍兴奶奶和钱阿姨她们的嘴，我也不放心。迟早要送，不如现在就送，巩爱华不在家怕什么？不都是做父母的替孩子受过嘛，我不是心狠，是要个公平，该轮到巩爱华的父母照应彩袖去了。

姑妈把我父亲的自行车推了出来，她要亲自把彩袖驮到小柳巷的巩爱华家，她不去也不行，只有她认识巩爱华的家。我母亲和姑妈商量着行车的路线，怎么能绕过姑妈家门口，掩人耳目，他们一致认为从油脂加工厂穿出去是最科学的路线。为了更加稳妥，我母亲还拿了一套蓝色的工作服出来，准备让彩袖穿上。然后我听见姑妈在楼梯那里叫彩袖的名字。彩袖，彩袖，下来吧。姑妈说，我们去巩爱华家了。阁楼上没有声音。姑妈又对着阁楼喊，彩袖彩袖下楼吧，去巩爱华家最安全，你哥找不到你的。彩袖的沉默让大家都聚到了楼梯那里，每个人的脑袋都不安地向上面仰望着。我母亲说，彩袖，不是我们怕事，是为了你好，你哥哥带绳子来的，你们怎么闹都是亲兄妹，都是家务事，我们夹在中间不好办的。姑妈看上去很急躁，她用自行车钥匙敲打着楼梯，彩袖你倒是快下来呀，马上你哥哥就来了，他来了你要走也走不了啦，我们只好看他把你绑回乡下去。姑妈一急就有点像骗小孩子了，她不再把矛头指向巩爱华身上，反而向彩袖夸大巩爱华家的种种优越性。巩爱华家在曲里拐弯的小弄堂里，你哥哥找不到的。又说，巩爱华家旁边就是派出所，她又是先进人物，你哥哥敢到她家去闹，派出所就把他绑起来！

彩袖白着脸下了阁楼。也不知道她是不是哭过，她始终垂着眼睛，是被羞辱过后的严峻的表情，也可以说是悲伤释放过后轻松的表情，我注意到她的下巴颏那里是湿的。彩袖提着她那个灰色的人造革旅行包，慢慢地走下来，走到楼梯最后一格，我看见她突然扔下旅行包，捂着肚子，坐在了梯子上。

我姐姐冲过去扶她，彩袖你肚子疼？

彩袖先点头，看看我母亲已经抻开了那件蓝色的工作服，又摇头，推开我姐姐，自己站了起来，像个木头人一样站着。他们七手八脚地替彩袖穿好了工作服，我姐姐端详着彩袖，彩袖你去照照镜子，你不像你了！她的建议受到了我母亲和姑妈一致的抗议，你来添什么乱，都什么时候了，哪儿有心思照镜子？

穿上工作服的彩袖仍然是彩袖，她不说话，你就不知道她心里在想什么。然后是彩袖跟着姑妈的自行车，我们跟着她，一行人小心谨慎地来到街上。看看街东方向，姑妈家门口的一堆人影子厚了好多，说明泄密的危险越来越大。快点走！彩袖几乎是被我们一起架到了自行车后座上。彩袖坐到自行车上，我才知道她为什么走得魂不守舍的，照片，照片！她突然回过头对我姐姐喊，我的照片，你怎么给我？

那天夜里长寿果然跑到我家门口来了。他敲门，敲门没人开，他就用拳头擂门，一边擂门一边喊，彩袖，你给我出来，死出来！我父亲后来去开门了，不是为了让他进来，是他自己要出去叫人。我父亲冷静地从那只化肥袋上跨过去，瞥了一眼袋子里的绳子，冷笑了一声，你还带了绳子来捆人，还不知道这绳子最后捆谁呢。

我从床上爬起来的时候，父亲的人马已经到了。一大群男人，有老人，是来做说服工作的，还有几个都是我表哥的朋友，三把手之流的人，都是膀大腰圆的，一看就知道他们是来干什么的。三把手他们把长寿从门里拽出来，一边拽一边骂他，你这个乡下佬，把自己妹妹当畜生卖，还敢跑我们这里来闹事？你这种人，买块豆腐撞死算了！

长寿矮小，但很粗壮，他的身体被抬出我家门框，很快又顽强地进来了，彩袖，彩袖，你给我死出来！他被按倒在地上，但一只手死死地抓住我家门框，要往里边来，对于别人的辱骂他并不计较，也不反驳，只是一味地叫喊着他妹妹的名字。昏黄的灯光照着他的脸，可以发现他的脸和彩袖异常地相像，方脸，鼻梁是塌的，眼睛却很大很亮。这样混战了好一会儿，长寿终于安静了，不安静也不行，三把手他们趁他的裤腰带掉下来，干脆把他的裤子扒下来一半，威胁他说，你再闹就这样把你送派出所去，流氓罪把你抓起来！长寿拼命拉着自己的裤子，终于安静下来。三把手他们停不下来，他们把长寿推来搡去的，又开始骂他，娶不到老婆就不娶了，你们乡下那么多猪那么多羊，你不会 × 老母猪去，× 母羊去，为什么把亲妹妹换给羊角风老头？把裤腰带还给你，你用裤腰带把自己吊死算了！

长寿不还嘴，目光躲避着那几个青年，似乎他们的辱骂都是某种事实。他也不听老人们对他的政治教育和道德教育，似乎他们是在教育他们自己。他坐在地上，一只鞋子被谁踩掉了，长寿就一条一条地拨开别人的腿，找他的另一只解放鞋。那只鞋就在我父亲的身后，长寿探起身子去捡那只鞋，三把手手疾眼快，一把捡起来，扔到很远的地方去了。去捡吧，捡完了不准再回来！三把手推了长寿一把，给我往东走，到长途汽车站过一夜，天一亮就有班车了，你哪儿来的就给我滚哪儿去！

看得出来那只鞋对长寿很重要。我们看见长寿站在三把手身边，愤怒地瞪着他，三把手说，你瞪我干什么？又脏又臭的解放鞋，你不赶紧去捡，狗就把它当屎给啃啦。长寿试着推了推三把手，三把手怪笑起来，你还敢推我，你别敬酒不吃吃罚酒，再闹我把你的人也扔出去，你信不信？

长寿去捡那只鞋了，他走路有点罗圈腿，走得很艰难的样子，又有点像伤到了什么关节。我们看着他去捡鞋。我父亲有点不安，对三把手说，你吓唬他一下就行了，怎么那么整他？三把手说，这种乡下人，要无产阶级专政的，不专政治不了他，等他回来还要吓他。大家都以为长寿捡了鞋还会回来的，但出乎大家的预料，长寿只是在远处停留了一会儿，停了一会儿就真的向东走了。他走得很慢，一条矮小的身影，慢慢地在香椿树街的灯光里漂移，大家都以为长寿被驯服了，突然一声凄厉的叫声又在远处炸响，彩袖，彩袖，你给我死出来！

他又开始叫他妹妹的名字了，这回是沿着深夜的街道叫，所以声音听起来有点恐怖，伴随着空旷的回声，我记得很清楚，隔着很远，能依稀听见长寿哽咽的声音，令人同情的哽咽过后，还是那恐怖的叫声，彩袖，彩袖，给我死出来，跟我回家去！

几天以后我姐姐把照片送到小柳巷去。她千辛万苦找到了巩爱华家，却没有看见巩爱华，也没有看见彩袖，只是隔着厨房的窗子，见到了巩爱华的老奶奶。

巩爱华的奶奶也在厨房里刮茨菰。我姐姐说她一眼认出那是来自顾庄的茨菰，胖胖的，圆圆的，尾巴是粉红色的。看见顾庄的茨菰就看见了顾庄来的人。可是我姐姐没能把巩爱华喊下楼来。巩爱华的奶奶满头白发，也许是老糊涂了，也许不是糊涂，是精明，我姐姐在窗外朝里面张望，她不动声色地注视着外面，严密监视我姐姐，我姐姐喊巩爱华的名字时，那老妇人才颤巍巍地站起来。别这么大声叫，邻居有上夜班的，正在睡觉呢。隔着窗子，她忙不迭地对我姐姐摆手，爱华不在家，她是大忙人，又去省里开会啦！

我姐姐说她看见一个短发姑娘的脸从楼上的窗边一闪而

过，她怀疑那是巩爱华，而且楼上支出来的晾衣架上有一件白色的年轻姑娘穿的胸衣，还在滴着水，这更加深了我姐姐的怀疑。她不知道巩爱华为什么会不在家。我姐姐只好向老妇人打听彩袖的下落，老妇人更加警惕起来，她问我姐姐，你是谁？哪儿来的？这么个简单的问题偏偏把我姐姐难住了，她说不清楚她是谁，一赌气就把彩袖的照片扔到了临窗的桌子上，我才不管别人闲事呢，我就是送照片来的。扔进去了我姐姐又不放心，退回窗台，手伸进去挡住老妇人，从小纸套里摸了一张出来，说，人家拍一张照片不容易，你们家这个态度，我不放心，替她留一张下来吧。

我姐姐临走听到了彩袖最后的消息。那消息是巩爱华的奶奶透露的，老妇人明显对彩袖的事情有偏听偏信之处，或者说她完全误解了巩爱华在这件事情上所起的作用。她隔着窗子批评我姐姐，你们不要把我家爱华当枪使，什么麻烦事都来找她。人家姑娘的婚事也要她来管？你们就不怀好心，看着爱华是先进，故意影响她的前途！我姐姐让她批评得摸不着头脑，站在那里向老妇人翻白眼，老妇人就忿忿地扔了个茨菰尾巴出来，说，你别跟我翻白眼，那乡下姑娘的事，不归我家爱华管，归妇联管，你要找她，去妇联找！

关于彩袖去了妇联的消息，是我姐姐带回来的。后来我们知道彩袖确实去过市妇联的办公室。是巩爱华的父亲带她去的，他也是个机关干部，最知道什么机关解决什么问题，哪个上级单位管辖哪个下级单位。但是很明显，我们这里的妇联一时无法解决彩袖的麻烦，巩爱华的父亲让彩袖向妇联的干部详细反映她的情况，他急着要去上班，便给彩袖画了张自己家的地图，让她自己找回家来。他们说彩袖那天坐在妇联的办公室里，坐了很长时间，也说了很长时间，旁人都不知道她是在说自己的事，看上去她是在描述一桩别人的可怕的婚姻。后来她被送出办公室，并没有离开，她很安静地坐在一张长椅上，听一对闹离婚的男女在走廊上互相谩骂，互相揭露对方的私生活，她还上去劝了那女方几句，劝什么，别人也听不懂。再后来妇联下班了，干部们都走了，接待处的一个女干部路过铁狮子桥，看见那个顾庄来的姑娘坐在铁狮子桥的桥堍下，一边喝一分钱一杯的热茶水，一边东张西望的对照着那张画在信纸上的地图。女干部去桥堍下的贩米船上买了一包籼米回来，再瞥一眼茶摊，那彩袖还坐在那里，但彩袖的悲伤已经像早晨的太阳喷薄而出了，彩袖捧着一杯茶哭，彩袖看着铁狮子桥上来来往往的人哭，茶摊的主人和几个热心的路人都围到了彩袖身边，他们以为那乡下姑娘是为了那张信纸哭，可是信纸被摊展开来，那些热心的人们看见的是一张简陋的用圆珠笔勾勒的地图。那个女干部犹豫了一会儿，最终还是急着回家做晚饭了，因为她听见有人热心地站出来了，说，小柳巷？你要去小柳巷？我认识，我来带你去！

现在我们都知道了，那个热心人后来并没有把彩袖带回巩爱华的家。这是一个令人费解的结果，直到现在，与此事有关的人们还在争议，那个带路的人到底是谁？他到底把彩袖带到哪里去了。长寿后来没有找到他妹妹，他在巩爱华家闹了两天，没看见彩袖的人影，巩爱华也始终没露面，倒是派出所的人来了，按照有关条文，他们把长寿强行押到长途汽车站，遣送回去了。

我们这一边后来谁也没见过彩袖，我姐姐有一天回来告诉我母亲，她在铁狮子桥下面看见一张寻人告示，是找彩袖的。我母亲说，彩袖失踪了，当然要贴告示。但我姐姐哭了起来，一边哭一边嚷，那张照片，照片！我母亲一下明白过来，明白过来脸就发白了，说，你现在知道哭了，让你带她出去玩，你偏带她去拍照片，为什么要拍那张照片？为什么？这张照片拍了干什么用的，啊？啊？我母亲冲动地质问着我姐姐，把自己也问得哭了起来。他们从逻辑上推理出来的结果是沉重的，我姐姐脱不了干系，因此我母亲在道义上承担了沉重的压力。为了宣泄这份压力，我母亲必然要问责我姑妈，最后的结果可想而知，我母亲和我姑妈绝交了，我们两家住那么近，住在一条香椿树街上，我姑妈是我父亲的亲妹妹，我父亲是我姑妈的亲哥哥，可是我们两家就这么绝交了。

彩袖后来是搭一条贩茨菰的船回到顾庄去的，这些消息都确凿，因为确凿让我们和姑妈一家高兴了一阵子。只是彩袖消失的那几天里，她到底是在哪里度过的，怎么度过的，和谁在一起度过的，这些细节从来都是个无头案，我们大家一点也不清楚。

表哥说彩袖后来兑现了家里的许诺，嫁给了那个患有羊角风的中年人。我表哥春节回来过年时还说他们的婚姻不错，看见彩袖和她男人去赶集，女的卖了小鸡，男的买了锄头，在路上一前一后地走。到了五一节回来，表哥不肯提彩袖的名字了，一追问就问到了那个令人震惊的消息，彩袖服农药自杀了。表哥说彩袖死得很有计划，她在菜园里打农药，打完农药别人看见她拿着个塑料桶坐在地里，都以为她是在喝水，说彩袖刚才还看见你喝水的，怎么一会儿又渴了？彩袖说今天天热，渴死人了。彩袖当着好多人的面喝了半桶农药。我姑妈那边，我们家这边，都被这个消息吓着了。我表哥闪烁其词地提到了村里的一些流言蜚语，说彩袖死的时候可能怀了身孕，大家都怀疑彩袖怀的孩子是野种，不是羊角风的。姑妈立刻大叫起来，羊角风不影响生育的，不是他的是谁的？

然后大家都突然沉默了。想到了彩袖失踪的那段时间，想到她是带着一个秘密回到顾庄去的，一下谁都不敢说话了。每个人都在掩饰自己慌乱的内心，却掩饰不住那种带有犯罪感的表情。后来我姑妈突然站起来，一句话让大家都得到了解脱，她说，我们对彩袖问心无愧的，彩袖苦命，怪不得别人呀，要怪就怪那个巩爱华，不是她惹这个麻烦，彩袖她也不至于落这么个下场。

香椿树街一带的居民，习惯于把亲朋好友的照片压在玻璃台板下面，彩袖的那张照片一直压在我家五斗柜的玻璃台板下面，平时那位置上是放一瓶塑料花的，那瓶塑料花常年盖着彩袖的照片，就像是盖着一件隐私一样，无法丢弃，也不愿暴露。我们有我们庸常而繁冗的日常生活，谁会无端地想起顾庄的一个乡下姑娘来呢？我们几乎把彩袖遗忘了。直到那年搬家，我和我姐姐清理玻璃下面的照片时，突然看见彩袖的照片，一时竟然都想不起来照片上的人是谁了，我努力地揭下那张粘连在玻璃上的照片，是什么人，脸那么熟？我姐姐突然叫起来，是彩袖呀，怎么她的照片还在这下面？

于是我也想起了彩袖，不知为什么，想起彩袖我就想起了茨菰，小时候我不爱吃茨菰，但茨菰烧肉我爱吃，现在人到中年，我不吃茨菰，茨菰烧肉也不吃了。